AtV

Nino Filastò, geb. 1938, lebt in Florenz. Rechtsanwalt aus Familientradition, zuzeiten auch Schauspieler und Theaterregisseur, intimer Kenner der toskanischen Kunstszene, Autor sehr geistvoller Kriminalromane, die in mehrere europäische Sprachen übersetzt wurden. – Avvocato Scalzi, alter ego des Autors, bedächtig, skeptisch, überhaupt kein Karrierist, dafür von hohem Berufsethos erfüllt, ermittelte bereits sehr erfolgreich in

Der Irrtum des Dottore Gambassi
Alptraum mit Signora
Die Nacht der schwarzen Rosen
Forza Maggiore

Ein einsamer Archivar wird in einer Florentiner Bibliothek ermordet aufgefunden. Was hatte er in jenem Buch aus dem 17. Jahrhundert entdeckt, in dem er seit Monaten las – überzeugt, daß seine Entdeckung ihn zum Millionär machen werde? Corrado Scalzi, derzeit für ein gutes Honorar mit einem unsympathischen anderen Fall beschäftigt, gelangt rein zufällig auf Spuren dieses seltsamen Mordes und stößt schließlich auf ein Geheimnis, das Jahrhunderte weit in die Geschichte der Stadt zurückreicht. Bis zu Masaccio, jenem großen Maler der Renaissance, dessen berühmtes Fresko »Sagra« aus der Kirche Santa Maria del Carmine als verschollen gilt. Dies aber ist der Stoff, der den kunstbesessenen Avvocato aktiv werden läßt. Wir erleben einen Scalzi in Hochform, lebhaft, engagiert, mitunter mit ironischem Blick auf sich selbst – und auf seine Stadt Florenz, die für ihn ein »Brunnenschacht« voll unergründlicher Geschichten, Schicksale, Verbrechen, Wunder ist.

Nino Filastò

Fresko in Schwarz

Ein Avvocato Scalzi Roman

Aus dem Italienischen
von Esther Hansen

Aufbau Taschenbuch Verlag

Titel der Originalausgabe
Aringa rossa per l'avvocato Scalzi

ISBN 3-7466-2216-6

1. Auflage 2005
Aufbau Taschenbuch Verlag GmbH, Berlin

Umschlaggestaltung Mediabureau Di Stefano
unter Verwendung eines Fotos von mediacolors
Druck und Binden C. H. Beck, Nördlingen
Printed in Germany

www.aufbau-taschenbuch.de

»Nun haben wir ihn, das ist alles«, sagte er. »Ich kenne einen Hund, der diesem Geruch bis ans Ende der Welt folgen würde. Wenn eine Meute einem über den Boden einer Grafschaft geschleiften Hering nachspüren kann, wie weit kann dann ein speziell geschulter Hund einem derart stechenden Geruch folgen?«

Arthur Conan Doyle, *Das Zeichen der Vier*

Den Freunden des Vereins ArtWatch

Erster Teil

1
Grau

Bereits auf dem Hinweg zur Bar war Olimpia mit ihrem Regenschirm kurz im Rahmen des Schaufensters aufgetaucht, zwischen den spinnenförmigen Armen der Göttin Kali und einem vom Regenwasser geschwärzten, verwitterten Wächter der Nepalbrücke. Dabei hatte der Ruf zur Pflicht sich noch auf einen flüchtigen Seitenblick beschränkt. Auf dem Rückweg von der Kaffeepause jedoch überquerte sie zielstrebig die Straße, ließ sich aus der linken Faust eine Erdnuß in den Mund fallen, während die rechte den Schirm hielt, dann stieß das wandelnde Gewissen der Anwaltskanzlei mit dem Knie die gläserne Tür des Geschäfts einen Spaltbreit auf und steckte den Kopf herein:

»Ich grüße die Herrenrunde vom Borgo Santa Croce. Du kannst dich ja kaum retten vor Arbeitswut, was, Avvocato?«

Corrado Scalzi fühlte sich ertappt. Heute nachmittag waren ihm die Akten, die sich auf seinem Schreibtisch stapelten, noch dröger vorgekommen als sonst. Das Klingeln des Telefons hatte ihn so genervt, daß es ihn kaum auf dem Stuhl hielt, unter dem Tisch scharrte er nervös mit den Beinen, die innere Unruhe ließ ihm keinen Frieden. Wenn er aus dem Fenster sah, fiel sein Blick auf einen bleiernen Himmel, der sich in der Scheibe spiegelte und die Blätter der Steineiche mit einem grauen Schleier überzog.

So hatte Avvocato Scalzi die Kanzlei mit einer dahingebrummelten Ausrede verlassen, nachdem er sich davon überzeugt hatte, daß heute keine Termine mehr anstanden – zumindest keine, die sich nicht verschieben ließen.

Ein graues Florenz war gar nicht lustig. Bei Sonnenschein spielten die Steine des Zentrums leicht ins Bläuliche. Doch an diesem Februartag war der Himmel dicht und trist wie das Fell einer Maus, und die Sträßchen im Viertel Santa Croce wirkten in ihrem trostlosen Grau wie aus Rauch gemacht.

Die Leuchtschrift der kleinen Bar neben der Kanzlei war erloschen. Die Straßenlaternen schienen eine gelbliche Schleimspur auf die Mauern zu zeichnen. Die Feuchtigkeit breitete sich aus und trieb den durchdringenden Geruch des Hochwasserschlamms vom Arno durch die in einem Oval verlaufenden Gassen, die zu Römerzeiten die Laufgräben des Amphitheaters gewesen waren. Scalzi mußte bei dem Geruch in den menschenleeren Straßen an den Muff unter den Röcken einer ungepflegten Alten denken. Die kleinen, auch in der Hochsaison von Touristen vernachlässigten Geschäfte strahlten einen Hauch von Melancholie aus. In den seltenen Pausen des Mopedgeknatters, das aus der Via de' Benci herüberkam, hörte er das gleichmäßige Rauschen des feinen, fast unsichtbar strömenden Regens.

Scalzi hatte die hundert Meter zwischen der Kanzlei und der kleinen Kreuzung zurückgelegt, von welcher der Borgo Santa Croce abzweigte. Giuliano saß in seinem Laden hinter dem Telefontischchen und sprach leise mit Signor Palazzari, der fröstelnd in Mantel und Schal gewickelt war, auf dem Kopf einen breitkrempigen Hut.

Giuliano war also von seiner Indienreise zurück. Scalzi betrat das Geschäft für orientalische Antiquitäten, das den beziehungsvollen Namen »Homo Sapiens« trug.

Die Glastür hatte sich automatisch wieder geschlossen, und Olimpias Stimme war nicht mehr zu vernehmen, so daß der Avvocato seiner Irritation nur mit einem fragenden Blick Ausdruck verleihen konnte.

Olimpia stieß nochmals die Tür auf, blieb aber draußen im Regen stehen:

»Im Büro warten Leute auf dich.«

»Laß sie warten«, schnaubte Scalzi.

Das Gespräch der beiden Männer wandte sich gerade einem neuen Thema zu.

»Dieses Männlein, das immer wie eine Maus hier vorbeihuschte und dabei fast mit den Mauern verschmolz ...«, setzte Giuliano an.

»Der mit dem Bart?« erkundigte sich Signor Palazzari.

»... der immer irgendwie wütend aussah, immer in Eile war, als hätte er wahnsinnig wichtige Dinge zu erledigen«, präzisierte Giuliano.

Ein Gefühl der Langeweile überkam Scalzi. Jetzt würden sie wieder über jemanden herziehen. Er hatte gehofft, daß seine Laune sich beim Anblick der farbenfrohen tibetanischen Tankas und des japanischen Porzellans bessern würde. Daß der Handelsreisende vielleicht ein paar exotische Abenteuer zum besten geben oder ihnen einen ungewöhnlichen Gegenstand zeigen würde, den er auf seiner Reise erstanden hatte.

Doch auch im »Homo Sapiens« glich die Atmosphäre dem Tag dort draußen. Als Scalzi hereingekommen war, beendete Signor Palazzari gerade seinen Klagegesang über einen Anflug von Grippe. Giuliano wiederum schien deprimiert. Seine Neuerwerbungen würden erst in einer Woche per Kurier aus Nepal eintreffen; außerdem war sowieso nichts Besonderes darunter, der Markt gab zur Zeit nicht viel her, die Reise war langweilige Routine gewesen, die nur von den Ausläufern eines schrecklichen Erdbebens unterbrochen wurde, das die Region Gujarat heimgesucht hatte.

Das indische Fernsehen hatte laut Giulianos dramatischem Bericht von Opferzahlen gesprochen, die an die »zweieinhalb Lakh« heranreichten, wobei das indische Wort *lakh* gleichbedeutend sei mit hunderttausend und das

Erdbeben folglich zweihundertfünfzigtausend Tote und Vermißte gefordert hatte.

Scalzi versuchte die Unterhaltung noch einmal auf die Naturkatastrophe zu lenken:

»Ich sehe darin geradezu etwas metaphysisch Böses. Die Schulkinder zum Beispiel. Wie viele verfluchte Zufälle mußten zusammenkommen, damit dieses Beben der Stärke acht just in dem Augenblick losbrach, als eine Prozession von über zweihundert singenden und irgendeinen Gedenktag feiernden Kindern in die Gasse zwischen den baufälligen Häusern einbog? Als hätte eine böse Macht das genaustens geplant und ausgetüftelt. Alle unter den Trümmern begraben, nicht eines gerettet! Wir werden von da oben regiert, aus dem Weltraum, von einem allmächtigen Außerirdischen, der ganz entschieden ein Sadist ist ...«

Aber niemand ging auf Scalzis eschatologische Provokation ein.

»Den kenne ich gut«, fuhr Signor Palazzari unbeirrt fort, ohne den Einwurf des Avvocatos zu beachten. »Ich habe ihn sogar schon mal für ein Gespenst gehalten.«

»Wen?« fragte Giuliano, abgelenkt durch Olimpia, die mit plattgedrückter Nase den im Schaufenster ausgestellten Schmuck begutachtete und in der er eine potentielle Kundin vermutete.

»Na, diesen Typ, von dem du redest. Ich meine, man könnte ihn geradezu für ein Gespenst halten ...«

Signor Nino Palazzari liebte Geschichten, die auf irgendeine Art mit dem Übersinnlichen zu tun hatten. Immer wieder erzählte er von einer Vorfahrin seiner Familie, die vom Papst in aller Form seliggesprochen worden war und deren Leichnam in einem Kloster in Messina ruhte; er dachte nie daran, daß diese Stadtlegende den Besuchern des »Homo Sapiens« nur zur Genüge bekannt war. Die Leiche der frommen Frau sei noch völlig intakt, so seine Überzeugung, und das, obwohl sie bereits im siebzehnten Jahrhundert verstorben war. Palazzari zufolge hörten die Fingernägel der alten Tante nicht auf zu wachsen, so daß die Klosterschwestern sie ihr immer wieder schneiden mußten und die Späne anschließend den Gläubigen als Reliquien verkauften.

Das Prasseln des nun heftiger strömenden Regens überlagerte allmählich das entfernte Rauschen der Autos auf dem nassen Asphalt der Via de' Benci.

Signor Palazzari kicherte, indem er seine Nase zwischen Mantelkragen und Schal vergrub:

»Calogero Catanese, kennst du den?«

»Den Trickspieler? Aber natürlich!« Giuliano nickte mit angewiderter Miene.

»Der hat es geschafft, deinem huschenden Männlein eine bedeutende Briefmarkensammlung abzuluchsen, im Wert von rund zweihundert Millionen Lire. Die hatte sich die graue Maus nach und nach aus den Familienarchiven des Florentiner Adels zusammengesammelt. Im Gegenzug erhielt er von Catanese eine Leibrente: eine halbe Million monatlich, schriftlich vereinbart und alles. Der edle Signor Catanese zahlte drei oder vier Monate lang, dann stellte er alle Zuwendungen ein. Unser gespenstischer Alter ... wie heißt er doch gleich ...«

»Jacopo Brancas«, ergänzte Giuliano, »Spitzname Ticchie.«

»Stimmt. Ticchie. Warum er wohl so genannt wird? Florentinische Spitznamen sind häufig sehr rätselhaft. Ich, zum Beispiel, wurde als junger Mann an der Universität Nino Grappino genannt. Warum?«

»Vielleicht vom Grappa, weil du in deiner Jugend hin und wieder einen gebechert hast?« vermutete Giuliano.

»Also, dieser arme Ticchie ... Wenn ich so darüber nachdenke, vielleicht ist der Name eine Abkürzung von ›lenticchie‹, Linsen. Da Brancas sich Tag und Nacht die Augen über den Manuskripten ruiniert, ist er blind wie ein Maulwurf. Und hat immer eine Brille mit Metallgestell auf, so eine kleine, altmodische, mit kreisrunden Gläsern ... Ach, das muß ich euch erzählen ...«

Wieder mußte Palazzari sein Lachen im Mantelkragen ersticken.

»Ticchie wußte, daß ich mit Catanese befreundet war, ich kannte ihn noch von der Universität. Auch seine Freunde kann man sich ja nicht immer aussuchen. Mit Tränen in den Augen kam Ticchie also zu mir, der Ärmste. Er bat mich, den Betrüger Mores zu lehren. Daß er die Briefmarkensammlung zurückbekommen würde, war ausgeschlossen, damit hatte er sich abgefunden. Aber Catanese sollte ihm doch zumindest einen Teil der Leibrente zahlen, wenn schon nicht jeden Monat, dann doch wenigstens jeden dritten, und wenn nicht die ganze Summe, so doch zumindest die Hälfte ... Er tat mir leid, und ich nahm mir vor, mit Catanese zu reden. Ticchie hatte nicht mal genug Geld fürs Essen. Wenn ich den Betrüger also traf, und das war zu jener Zeit nicht gerade selten, sagte ich daher immer: ›Nun bezahl ihn schon, verflucht noch mal, finde eine Lösung für ihn, gib ihm eine einmalige Sonderzahlung, du willst doch nicht einen armen Christenmenschen quälen, oder? Du bist wirklich fies ...‹ Und so weiter. Ich ließ ihn nicht in Ruhe, ich nervte ihn, wie die sprechende Grille aus *Pinocchio*.«

Olimpia hielt es nicht länger im Regen. Sie schloß den Schirm, schüttelte das Wasser ab und betrat den Laden.

»Was ist, Avvocato? In der Kanzlei wirst du seit fünf Uhr erwartet«, sagte sie leise.

»Ich komme ja gleich«, brummte Scalzi.

»Eines Tages dann«, fuhr Signor Palazzari fort, »ich will gerade wieder einmal mit meinem Sermon ansetzen, unterbricht mich Catanese: ›Wie, du weißt es noch nicht? Der arme Brancas alias Ticchie ist gestorben. Vor fast drei Monaten.‹ – Den Hungertod gestorben, du Witzbold, denke ich bei mir. Aber ich bin froh, daß die Sache endlich ein

Ende hat, ich habe die Nase voll davon. Und es gab auch keinen Grund, daran zu zweifeln, da ich Ticchie schon länger nicht mehr gesehen hatte. Aber es vergeht eine kleine Zeit, ich weiß nicht mehr, wie lange. Eines Abends ... Es war ein Abend wie heute, regnerisch, ich bin hier ... das heißt, ich stehe auf der anderen Seite der Straße, unter dem Bogengang der Bar delle Colonnine. Ich warte darauf, daß der Regen nachläßt, damit ich die Straße überqueren kann, es schüttet wie aus Eimern, geradeso wie jetzt. Da glaube ich ihn plötzlich zu sehen, Ticchie, grau in grau, wie er still an der Straßenecke der Via de' Neri steht. Ein Irrtum, denke ich: bei diesem Regen und der Funzelbeleuchtung an der Kreuzung ... Doch dann sehe ich, wie er über die Straße geht, bleich wie ein Leintuch, ganz langsam einen Fuß vor den anderen setzend. Die Augen hat er starr auf mich gerichtet, Vorwurf im Blick. Als er auf der Mitte der Kreuzung ankommt, gibt es keinen Zweifel mehr: Er ist es! Dabei bin ich so sicher, daß er tot ist, daß mir ein eisiger Schauer über den Rücken läuft. Daß der Catanese gelogen haben könnte, kommt mir nicht mal in den Sinn, ich weiche seinem starren Blick aus, der Schauer ist bei den Füßen angekommen und sammelt sich dann in der Mitte, so daß es mir die Arschbacken zusammenzieht. Ich bin felsenfest überzeugt, daß ich es mit einem Gespenst zu tun habe, das aus seinem Grab auferstanden ist, um mir vorzuwerfen, ich hätte mich bei dem Gauner nicht für ihn eingesetzt. Dann geht Ticchies Geist grußlos an mir vorüber, er gleitet wie auf Eis. Als er die Tür zur Bar delle Colonnine erreicht, bin ich sicher, daß er durch sie hindurchschweben wird, und sehe zu meiner Überraschung, daß er sie ganz normal aufdrückt. Erst als ich höre, wie er einen Cappuccino bestellt, komme ich allmählich wieder zu mir. Aber meine Arschmuskeln entspannen sich erst, als ich ihn trinken sehe.«

»Wenn du ihn heute treffen würdest«, bemerkte Giuliano in melancholischem Ton, »wäre er wirklich ein Geist. Das habe ich letzten Dienstag in der Osteria de' Benci erfahren. Am Montag haben sie Ticchie gefunden, tot, er saß am Tisch in einem kleinen Nebenraum der Nationalbibliothek. Aber vermutlich hatte er unser irdisches Jammertal schon seit zwei Tagen verlassen. Mindestens seit letzten Samstag, die graue Maus konnte wohl auch mit Büchern verschmelzen, nicht nur mit Mauern. Man sagt, daß er schon zu riechen begann und ein Student ihn deshalb bemerkt habe.«

»Das habe ich auch gehört. Eine Bibliotheksangestellte hat es mir erzählt. Sie aber sagte, er sei ermordet worden«, mischte sich Olimpia ein, die derlei makabre Geschichten mochte. »Dazu würde auch passen, daß seit Montag permanent ein Einsatzwagen der Kripo vor der Nationalbibliothek steht.«

2
Schwarz

Der Mord an Brancas machte keine Schlagzeilen. Dabei war er ein einziges Rätsel, auf das sich die Zeitungen zu einem anderen Zeitpunkt mit Vergnügen gestürzt hätten.

Zunächst einmal war da die Todesart, kein ganz gängiger Mord, sondern das Werk eines Profis, der sein Opfer von hinten stranguliert hatte. Als Brancas gefunden wurde, ruhte er mit dem Kopf auf dem alten Buch, das vor ihm auf dem Tisch lag. Der Kragen seines Pullovers verdeckte das rote Mal der wahrscheinlich metallenen Schlinge, mit der man ihn erwürgt hatte.

Vielleicht um den anderen Bibliotheksbesuchern den unschönen Anblick des verarmten Archivars zu ersparen, hatte die Direktion Ticchie einen kleinen Raum überlassen, der früher als Sammelstelle für restaurierungsbedürftige Bücher gedient hatte. Ein abseits gelegener Ort, an dem Brancas seit neuestem den Tisch mit einem anderen Forscher teilte, der ungefähr in seinem Alter, aber wesentlich besser gestellt war als er.

Sein gewohnter Tischnachbar war seit Samstag abwesend, dafür war sein Platz vorläufig von einem nordafrikanischen Studenten belegt worden.

Wenn man nur etwas genauer hinsah, bemerkte man, daß der Kopf irgendwie unnatürlich dalag, ganz schief und schlaff wie bei einem geschlachteten Huhn.

Doch der Student, der dem Opfer gegenüber gesessen hatte, war viel zu sehr in eine Originalausgabe des *Rotbuchs der Wächter der Ehrenhaftigkeit* über das Wirken der Florentiner Sittenaufsicht vertieft, um es wahrzunehmen. Seine historisch-soziologische Examensarbeit beschäftigte sich mit der Sünde im Florenz der Renaissance. Dazu gehörte eine juristische Analyse der Steuern und gelegentlichen Sonderabgaben, welche die Kommune den Prostituierten aufzwang, die in der Zeit vom vierzehnten bis sechzehnten Jahrhundert die Gegend um den Mercato Vecchio bewohnten; es gab damals eine so große Zahl von Bordellen und Straßenhuren in dem Bezirk, daß er schon fast einem Rotlichtviertel ähnelte. Diese Sittenchronik aber war in einem sehr unvollkommenen Latein verfaßt und mit flatternder Bürokratenhandschrift geschrieben und folglich schwer zu entziffern. Daher hatte der Student seinem Tischnachbarn den ganzen Morgen keinerlei Aufmerksamkeit geschenkt. Erst um die Mittagszeit hatte er plötzlich bemerkt, daß ihm ein Leichnam gegenübersaß, als ihm nämlich auffiel, daß der unangenehme Geruch nicht der Verpackung entstieg, also den lumpigen Kleidern der reglosen Figur, sondern sozusagen dem Inhalt. In der Zeitung hieß es, daß der zerstreute Student nach dieser Entdeckung erst einmal auf die Toilette gerannt sei, um sich zu übergeben.

Auch das Tatmotiv war ziemlich mysteriös. Wer konnte etwas gegen den Archivar Ticchie haben, der mit bibliographischen Recherchen sein Leben fristete, vorausgesetzt, er fand einen Auftraggeber, was in letzter Zeit immer seltener vorkam?

Die weniger lukrativen Aufträge stammten vom Heraldischen Institut, das im Namen ehrgeiziger Geschäftsleute nach Resten adliger Herkunft forschen ließ und ihm dabei sehr deutlich die Hand führte und die Ehrbarkeit beeinflußte. Hin und wieder beauftragte ihn auch ein Notar mit Recherchen in kleineren Erbschaftsstreitigkeiten. Einige Kunsthistoriker, die man an einer Hand abzählen konnte, ließen sich von ihm bei der Veröffentlichung eines Buches helfen, das einen historischen Teil über das alte Florenz enthielt. Ticchie war als Experte auf diesem Gebiet bekannt, so daß er für die Glaubwürdigkeit sowohl der Quellen als auch der Details ein sicherer Gewährsmann war.

Doch diese Beschäftigung war dem Untergang geweiht. Bei den derzeitigen demokratischen Verhältnissen nahm die Zahl der Geschäftsleute, über deren Namen auf der Visitenkarte ein Krönchen thronte, kontinuierlich ab. Ebenso die der Kunstwissenschaftler, die es noch für notwendig hielten, sich über historische Hintergründe zu informieren. Der größere Teil von ihnen fand es angenehmer, sich hinter der hermetischen Sprache einer rein ästhetischen Kritik zu verbarrikadieren.

Und im übrigen war der strahlende Stern des Internets gerade dabei, allen Bibliotheksmäusen den Garaus zu machen. Allgemeines Ausmisten, keine staubgrauen Nager mehr, die sich, über alte Folianten gebeugt, die Augen verdarben beim Versuch, Inkunabeln und andere Schwarten zu entziffern, wo es doch genügte, einen Eintrag anzuklicken und ein paar Sekunden zu warten: Ja, wozu brauchte man überhaupt noch Bibliotheken?

Ein Geheimnis also das *cur* und auch das *cui prodest**.

Und noch ein weiterer Umstand sorgte dafür, daß der sonst unstillbare Durst der Journalisten nach dem Unerklärlichen gelöscht war: Die Stadt hatte bereits genügend Mysterien. In Florenz waren Verbrechen in den letzten Jahren so normal geworden, daß sie keiner Nachricht mehr wert waren; die Stadt schien unentrinnbar in ein Knäuel aus Greueltaten verstrickt.

Die Taten des »Ungeheuers von Florenz«, des berüchtigten Pärchenmörders, gar nicht einmal mitgezählt, hatte es eine Reihe von Morden an Huren in ihren eigenen Wohnungen oder anderswo gegeben, die von der Justiz so lange ungeahndet blieben, bis sie dem allgemeinen Vergessen anheimgefallen waren. Eine mehr oder weniger, was tat's,

* (lat.) Warum? – Wem nützt es?

schließlich gab es ihrer so viele und in allen Farben, vom Milchweiß der Slawinnen bis zum Nachtschwarz der Nigerianerinnen, die an den Umgehungsstraßen auf und ab schlenderten, am Bahnhof oder an den Ufern des Arno auf Kundschaft warteten, wen interessierte es schon, wenn sich hin und wieder jemand dazu herbeiließ, ihre Zahl ein wenig zu dezimieren? Zumal ja immer nur Ausländerinnen ermordet wurden, Afrikanerinnen, Albanerinnen, Mitteleuropäerinnen, Russinnen, und jene Mädchen verschont blieben, die die Gäßchen um den Mercato di San Lorenzo bevölkerten, die weniger verschlossen und zugänglicher waren, ein Schandfleck natürlich auch sie, doch immerhin in einer Gegend, die seit Jahrhunderten dem Geschäft der käuflichen Liebe vorbehalten war. Vielleicht gerieten auch deshalb die abscheulichen Morde an den ausländischen Freudenmädchen sofort in Vergessenheit.

Dann waren da die Homosexuellen, die nachts im Parco delle Cascine ermordet wurden. Aber das geschah so häufig, und die Verbrechen blieben so vollkommen undurchschaubar, daß die Stadt sich in einem Dilemma befand: Entweder mußte sie den Park in Festbeleuchtung tauchen und die gelblichen Friedhofslaternen ersetzen, welche die Dunkelheit, anstatt sie zu durchdringen, nur noch unheimlicher machten, oder aber die Zufahrtswege sperren und die Gärten in der Nacht schließen. Vor diese Entscheidung gestellt, hatten die öffentlichen Träger für die übliche Taktik votiert und die Dinge im gewohnten Halbschatten belassen.

Hinzu kamen noch zwei Adlige, die im Palazzo ihrer Ahnen niedergestochen worden waren, sowie ein Händler für sakrale Gegenstände, der um neun Uhr vormittags in seinem Laden mitten im historischen Zentrum mit dreißig Messerstichen barbarisch hingerichtet wurde ... Das Mysterium schien Florenz zu seiner Wahlheimat gemacht zu haben, aber es konnte dem Tourismus nur schaden, zu deutlich die Finger in die Wunde der nicht aufgeklärten Verbrechen zu legen.

Eine Woche also nachdem der Mord an dem Archivar landesweit durch Zeitungen und Fernsehnachrichten gegangen war, wanderte Brancas auf die Lokalseite, um dann innerhalb von zwei Wochen ganz zu verschwinden.

Allerdings genügten diese vierzehn Tage nicht, auch im »Homo Sapiens« das Interesse an dem Ereignis zum Erliegen zu bringen. Noch nie hatte ein Verbrechen das Umfeld des Konventikels so unmittelbar betroffen. Nicht nur die Bekanntschaft des Signor Palazzari mit dem Opfer, eine oberflächliche Bekanntschaft, gewiß, die aber durch die Episode mit dem Gespenst eine eigentümliche Betonung erfahren hatte, hielt das Thema am Leben. Ticchie war außerdem ein enger Freund Niccolò Pasquinis gewesen, eines weiteren Stammgasts im Laden für fernöstliche Antiquitäten.

Pasquini, der den ebenso blasphemischen wie hochtrabenden Spitznamen »der Messias« trug, besuchte das »Homo Sapiens« normalerweise einmal im Monat. Seine Besuche hatten ein doppeltes Ziel: Erstens kam er zum Spionieren, zweitens zum Lästern.

Niccolò sah Giuliano als Konkurrenten an, da er mit der gleichen Importware aus dem Fernen Osten handelte. Allerdings lag sein Geschäft in den Außenbezirken der Stadt, sehr weit von den touristischen Ufern des Arno entfernt, in deren Nähe sich das »Homo Sapiens« befand. Wieso also ein Konkurrent? Doch Pasquini war nun mal so ein Mensch, er sah alles unter dem Aspekt des Wettstreits. Giuliano verkaufte die gleichen Dinge wie er? Giuliano suchte dieselben Orte auf, folgte denselben exotischen Reiserouten? Also waren sie Konkurrenten, und es spielte keine Rolle, daß die Kunden des »Homo Sapiens« ausländische Touristen waren, hauptsächlich Amerikaner, die auf ihrem Weg von den Uffizien zur Basilika an dem Geschäft im Borgo Santa Croce vorüberkamen, und daß er, Niccolò, einen festen Kundenstamm von Sammlern hatte, denen er die gleichen Gegenstände verkaufte, für die Giuliano den dreifachen Preis verlangte. Man mußte das »Homo Sapiens« trotzdem im Auge behalten und versuchen, mit der Weisheit und den Gaben eines professionellen Beichtvaters die Geheimnisse des »Konkurrenten« zu ergründen.

Auf der anderen Seite empfand Pasquini, der nur selten Leute zum Reden hatte, um in seinem abseits, zwischen anonymen Wohnblocks gelegenen Laden die Zeit totzuschlagen – er wickelte seine Geschäfte fast ausschließlich über Korrespondenz ab –, den steten Publikumsverkehr im »Homo Sapiens« als höchst anregend für seine Lästerzunge. Und darin war er Meister: in der Verbreitung von Indiskretionen meist sexueller Natur, die diese oder jene Person von öffentlichem Ansehen betrafen.

Palazzari, der eine Antipathie gegen ihn hegte, sagte, er sei nur deshalb aus dem Priesterstand ausgetreten, um endlich Beichtgeheimnisse offenlegen zu können, ohne sich den Vorwürfen des Heiligen Offiziums auszusetzen. Tatsächlich war Niccolò Priester gewesen, bevor er begann, mit äußerst heidnischen Objekten zu handeln, die in früheren Zeiten als ketzerisch oder gar als Instrumente der Schwarzen Magie galten und ihn damals auf den Scheiterhaufen hätten bringen können.

Wenn Pasquini im »Homo Sapiens« war, nahm das Gespräch stets eine bestimmte Wendung. Niemals versäumte er es, beim Betreten des Ladens mit derselben geistlosen Bemerkung die Stimmung gefrieren zu lassen, aus der unschwer der Neid auf das vornehme und städtische Erscheinungsbild des in seinen Augen konkurrierenden Geschäfts herauszulesen war: »Der Homo sapiens, der verständige Mensch, hat ausgedient. Mit Dummheit kommst du heut weiter als mit Verstand!«

Ein Weilchen wartete der Messias dann ab, bis das laufende Gesprächsthema sich erschöpfte. Hin und wieder zog er dabei Giulianos Aufmerksamkeit auf sich, indem er wie nebenbei ein zum Verkauf angebotenes Objekt berührte: »Oh, wo hast du das denn her? Ich wette, aus Bali. Der Stil kommt mir bekannt vor ...« Dabei irrte er sich absichtlich, um Giulianos Widerspruch zu provozieren und sich auf diese Weise von der braven Seele eine neue Bezugsquelle offenbaren zu lassen, einen noch wenig bekannten Markt, einen exotischen Grossisten mit traumhaften Preisen. Dann trat ein bösartiges Glitzern in Pasquinis winzige Äuglein, in dem sich die Befriedigung über den in Erfahrung gebrachten Geheimtip spiegelte. Er wurde ganz steif, rieb sich die Hände, auch sie winzig, wie alles an ihm irgendwie reduziert erschien: seine Statur, seine Arme und Beine, ja selbst die honigsüße Stimme eines Sakristans.

Wenn er an der Versammlung teilnahm, die Olimpia die »Herrenrunde vom Borgo Santa Croce« nannte, wartete Pasquini höflich die erste Gesprächspause ab, um dann mit sanfter Stimme, beharrlich wie eine Stechmücke, im genau richtigen Moment die neueste unerhörte Indiskretion loszuwerden. Seine liebsten Ziele waren dabei Personen des öffentlichen Lebens der Stadt. Schauspieler, Sänger, Maler, Künstler ganz allgemein, aber auch Prominente anderer Berufssparten sowie im Licht der Öffentlichkeit stehende Amtspersonen. Fast immer drehte sich das gelüftete Geheimnis um sexuelle Fehltritte, meistens im Bereich der Homophilie: »Habt ihr schon von dem und dem gehört, der dabei erwischt wurde, wie er einen Jungen im Kino belästigt hat? ... Der Maler Caio, ja, ganz recht, Herrschaften, unser alter, allseits bekannter Caio: Er liest junge Fixer in einer Bar auf, bringt sie in seine Villa in Fiesole und läßt sich von ihnen mit Tritten traktieren. Nackt wie ein Wurm stöhnt er dann: ›Mehr, Liebster!‹ Bei den Junkies von San Pierino ist es bereits zum lukrativen, wenn auch langweiligen Nebenverdienst geworden: ›Was machst du heute abend?‹ – ›Ich fahr rauf nach Fiesole, dem Maler ein paar Arschtritte verpassen ...‹«

Pasquini also war auch mit dem Toten befreundet gewesen. Ihr Umgang miteinander beruhte auf jener merkwürdigen Kraft, mit der sich Gegensätze anziehen. Schweigsam der Archivar, wortreich bis zur Erschöpfung - seiner Zuhörer - der Messias. Ticchie so keusch, daß man ihn mit Fünfzig noch für jungfräulich gehalten hätte. Pasquini dagegen mit dem Ruf eines Don Juan, und ebendiese Leidenschaft für das andere Geschlecht hatte ihn auch das Priesteramt gekostet, das die Kurie ihm nach unzähligen Skandalen in der ihm unterstellten Landpfarrei entzogen hatte. Verwahrlost wie ein Penner Ticchie, häufig in viel zu große Kleider der Wohlfahrt gehüllt, die zerschlissen, zusammengestückelt und oft in lächerlich grellen Farben gehalten waren. Pasquini dagegen stets in korrekten Maßanzügen in immer dunklen Tönen, mattem Schwarz, rauchfarben, vielleicht ein Überbleibsel seiner einstigen religiösen Tätigkeit, dazu Hemden aus Rohseide, Schuhe von Ferragamo. Seine phantasielos gemusterten Markenkrawatten von Ferré, Versace oder Gucci bildeten darin den einzigen Farbfleck.

Der Unterschied zwischen den beiden sprang nicht nur ins Auge, er stieg auch in die Nase. Ticchie umgab ein strenger Geruch von schlecht verdauter und reichlich mit Knoblauch gewürzter Armeleutekost, während Pasquini nach dem edlen Aftershave einer vornehmen alten Apotheke im Stadtzentrum duftete.

Worin also bestand das verbindende Element ihrer Freundschaft? Wovon handelten ihre stundenlangen Gespräche in Pasquinis chaotischem Lädchen - die sie nicht einmal für einen Espresso unterbrachen, Ticchie wegen fehlender finanzieller Mittel und Pasquini aus angeborenem Geiz? Niemand konnte es sagen, und doch wußte man im »Homo Sapiens« von ihren häufigen Zusammenkünften, Palazzari hatte es erzählt, der sie mehrmals beim Tête-à-tête überrascht hatte im staubigen Hinterzimmer von Pasquinis Butike, wo es stank wie in einem Trödelladen von Calcutta und die Gegenstände wahllos übereinandergetürmt waren.

An einem Morgen im März, vier Wochen nach der Tat, verweilte Avvocato Scalzi auf dem Rückweg vom Gericht für einen Augenblick in Giulianos Laden, der bereits voll von Menschen war, die sich angeregt unterhielten. Das heißt, eigentlich lauschten sie andächtig einem Monolog, denn Pasquini hielt hof. Und wie immer, wenn der Ex-Priester erst einmal in Fahrt war, konnte niemand ihn in seinem Wortschwall unterbrechen.

Außer Giuliano sah man natürlich Signor Nino Palazzari, heute aber auch den Journalisten Luigi Carparelli, einen Verschwörungstheoretiker, der von der fixen Idee besessen war, daß hinter allem und jedem umgelenkte Geheimdienste steckten. Schließlich war da Luca, der »Onkel«, so nannten ihn der Geschäftsführer und die Kellner der Osteria de' Benci, wobei diese Familienbande reichlich dunkel waren, wenn man bedachte, daß die Familie des Trattoria-Besitzers von vornehmer persischer Herkunft war, Luca Graziadei hingegen ein waschechter Neapolitaner.

Pasquini hatte seit dem Mord an Ticchie Giulianos Laden fast täglich aufgesucht. An diesem Vormittag nun hielt er dem versammelten Publikum einen Vortrag, den er um so eindringlicher verstanden wissen wollte, als er mit leiser, fast gehauchter Stimme sprach. Und natürlich ging es seit einem Monat immer wieder um dasselbe: um das Verbrechen an dem alten Archivar.

Pasquini hegte seine Zweifel. Angefangen bei dem Tatmotiv. Ihm zufolge waren die Beweggründe in den Tiefen der Vergangenheit zu suchen. Nicht in der persönlichen des armen Brancas, vielmehr in der historischen Vergangenheit, so als hätte der Ermordete über Ereignisse geforscht, die nicht länger als eine Woche zurücklagen und ihn persönlich betrafen. Er hätte wissen müssen, und Pasquini war nicht müde geworden, ihn darauf hinzuweisen, daß es gefährlich war, gewisse vergangene Dinge wieder auszugraben, fast so, als erlebte man sie ein zweites Mal. Doch Brancas hatte nicht auf ihn gehört, und seit vielen Monaten war er nun schon in diese Forschungen vertieft, für die er sehr alte Druckschriften und einige seltene und wertvolle Manuskripte konsultierte, welche er dank seiner jahrelangen Tätigkeit als Archivar und Wissenschaftler in der Nationalbibliothek und dem Staatsarchiv einsehen durfte.

Was jedoch die jüngste Recherche betraf, so hatte er sich selbst seinem Freund und engsten Vertrauten Niccolò gegenüber sehr verschlossen gezeigt, da er dessen indiskrete Natur fürchtete. Ein völlig unbegründetes und kleinliches Mißtrauen, wie der Messias fand, der doch, wenn ein Freund ihm etwas Vertrauliches mitteilte, schweigen konnte wie ein Grab.

Wenn die Polizei ihn verhört hätte, wie es ihre Pflicht gewesen wäre, anstatt ihre Zeit mit pseudowissenschaftlichen Ermittlungen zu verplempern, hätte Pasquini wertvolle Hinweise zu den Nachforschungen beisteuern können, die, zumindest von außen besehen, nicht recht in Schwung kamen.

Zum Beispiel schien der arme Ticchie in letzter Zeit vor irgend jemandem Angst zu haben.

»Ist das etwa uninteressant? Es könnte doch eine heiße Spur sein, den oder diejenigen ausfindig zu machen, vor denen sich der arme Brancas so sehr fürchtete, oder?«

Der Messias hatte ihn oft an seinem Arbeitsplatz in jenem abgeschiedenen Raum der Nationalbibliothek besucht, er hatte sich ihm gegenüber an den Tisch gesetzt, wo der Archivar seine verstaubten Folianten wälzte und seine so geheime Recherche betrieb.

»Ich habe gute Augen, jawohl. Ich kann Gemütszustände erkennen. Ich merke es, wenn jemand auf glühenden Kohlen sitzt. Manchmal sah ich, wie er ganz plötzlich blaß wurde, die Hände rang und einen richtig verängstigten Gesichtsausdruck bekam, so als befände er sich in Lebensgefahr.«

Das aber hatte er erst in den Monaten unmittelbar vor seinem Dahinscheiden bemerkt. Vorher sei Brancas zwar ein sorgenvoller Charakter gewesen – so wie er die Straßen beinahe entlangrannte, vornübergebeugt und die Tasche voll alter Zeitungen unter den Arm geklemmt –, doch hatte es sich dabei eher um alltägliche Sorgen gehandelt. In den letzten Monaten aber habe er diesen verzweifelten Blick bekommen. Er, der wahrhaftig Sitzfleisch hatte, der Stunde um Stunde ohne die geringste Bewegung am Tisch ausharren konnte, wenn man mal von der rechten Hand absah, die die Seiten umblätterte, während die linke sich Notizen machte – er war Linkshänder –, schien von einem bestimmten Augenblick an plötzlich Hummeln im Hintern zu haben, er rutschte auf dem Stuhl hin und her, unterbrach die Lektüre oder das feinsinnige Gespräch mit dem Freund, blieb minutenlang am Fenster stehen, um in einer Art Panik auf die Geräusche zu lauschen, die von draußen hereindrangen.

»Einmal sah ich, wie er aufstand, über den Flur ging und ans Fenster trat. In krampfhaft gespannter Haltung blickte er einige Minuten hinaus. Plötzlich sah ich, wie er zurückwich, als hätte ihn etwas erschreckt. Er kehrte zum Tisch zurück und biß auf seinem Kopierstift herum – er benutzte diese unmöglichen alten Kopierstifte der Marke Fila, ich sehe noch genau seine blauverschmierten Lippen vor mir –, dann setzte er sich wieder hin und stützte den Kopf in die Hände. Fast hatte ich den Eindruck, als wolle er wie ein Kind anfangen zu weinen.«

»Als er das nächste Mal«, fuhr Pasquini fort, »vom Tisch aufstand und zum Fenster im Flur ging, trat ich neben ihn. Ich sah die Autos auf der Suche nach einem Parkplatz, wie sie vor dem Eingang der Bibliothek anhielten, dann die Polizei bemerkten, die den Verkehr zum Corso dei Tintori umleitete, so daß sie sich am Ende wieder in den Verkehrsfluß am Arno einfädeln mußten. Plötzlich schnellte Ticchie nach hinten, als hätte er eine Schlange gesehen. Da sah ich, wie ein größeres Motorrad in Richtung Arno davonfuhr. Und ich erinnerte mich, daß Brancas immer dann sehr unruhig geworden war, wenn von der Piazza her das Dröhnen einer großen Maschine hörbar wurde. Wäre so was nicht interessant für die Ermittlungen? Ich war sein einziger Freund. Und dennoch hat mich nie einer befragt. Nie einer hat gesagt, entschuldigen Sie, Sie kannten ihn doch sehr gut, haben Sie vielleicht einen Verdacht? Ist Ihnen irgend etwas aufgefallen?«

Pasquini erinnerte sich, daß der Motorradfahrer mit großer Geschwindigkeit am Fenster vorbeigefahren war, wie ein dunkler Blitz. Gemerkt hatte er sich nur die schwarze Lederkluft des Fahrers und seinen schwarzen Helm mit abgetöntem Visier.

Die Polizei hätte diesen »schwarzen Reiter« finden, sie hätte ihn identifizieren und befragen sollen, um endlich mal einen Schritt weiterzukommen.

Da nun mischte sich der Verschwörungstheoretiker Carparelli ein. Der Motorradfahrer sei ein sehr schwaches Indiz, genaugenommen überhaupt keins. Es sei durch nichts bewiesen, daß Ticchie ausgerechnet vor diesem Mann in Schwarz Angst hatte, der doch, zumindest laut Pasquinis Bericht, nicht im geringsten auf den Archivar am Fenster geachtet hatte. Alles an dem Verbrechen ließe auf dunklere Hintergründe schließen, er selbst glaube darin die Handschrift eines mysteriösen Agenten zu erkennen. Denn wenn der Schlüssel zu dem Verbrechen, so zweifelte der Journalist, in den Recherchen lag, die der Verstorbene durchgeführt hatte, wie war es dann möglich, daß der Messias trotz seines Scharfblicks und seiner profunden Kenntnis des Ermordeten deren Gegenstand nicht herausgefunden hatte?

Brancas, so erwiderte Pasquini, sei eben sehr zugeknöpft gewesen, Fragen sei er immer ausgewichen, er habe sich so lächerlich verhalten wie ein Schuljunge, der seinen Banknachbarn nicht abschreiben lassen will, er habe sogar die Titel der eingesehenen Bücher mit Zeitungsschnipseln abgedeckt, die er für seine Notizen benutzte.

Überhaupt, die Zeitungsschnipsel. Man stelle sich nur mal dieses Elend vor: Der arme Mann benutzte alte Zeitungen als Notizzettel. Pedantisch schnitt er sie in kleine Quadrate, um dann mit dem Kopierstift in Ameisenschrift quer über die gedruckten Zeilen zu kritzeln. Zusammengehalten wurden die Zettel von einer rostigen Büroklammer.

Einmal, als Ticchie seinen Platz verlassen hatte, um zur Toilette zu gehen, und das Zettelbündel auf dem Tisch zurückgeblieben war (nicht so das Buch, über dem er gerade arbeitete, das hatte er vorsichtshalber mitgenommen), hatte Pasquini versucht, die Notizen zu lesen, aber ohne Erfolg, die blasse Farbe des Kopierstifts auf den gedruckten Zeilen der Zeitung verschmolz mit der winzigen Handschrift zu einem unentzifferbaren Etwas, das eines Geheimdienstes würdig gewesen wäre.

Luigi Carparelli nickte ahnungsvoll: »Sag ich doch.«

Etwas hatte der Messias dennoch herausgefunden. Bei den Recherchen, mit denen sich Brancas vor seinem gewaltsamen Tod beschäftigt hatte, handelte es sich nicht um Kinkerlitzchen, da steckten keine Wappenjäger dahinter und auch keine sich streitenden Erben. Da ging es um eine Sache, bei der eine ganze Menge Geld im Spiel war.

Eines Vormittags nämlich, nachdem er sich stundenlang Auszüge aus einem Buch gemacht hatte, das aus dem siebzehnten Jahrhundert stammte, wie der Messias an der Bindeart hatte erkennen können, hatte Brancas mit hochroten Wangen unter dem Bart – ein absoluter Ausnahmezustand, da seine natürliche Gesichtsfarbe eher ein blasses Grau war – mit der Faust auf den Tisch geschlagen und gesagt:

»Das ist es! Mit dieser Information könnte ich Millionär werden, wenn ich wollte!«

Eine weitere Spur konnte Pasquini zufolge ein gewisser Typ sein, der in letzter Zeit mit an Brancas' Tisch gearbeitet hatte.

»Ein zurückhaltender älterer Herr, der mir immer seinen Platz überließ, wenn ich Brancas besuchen kam. Er ging dann auf den Flur, eine Zigarette zu rauchen, aber ich hatte das Gefühl, daß er unseren Gesprächen lauschte wie ein Spion.«

Luigi Carparelli nickte:

»Sag ich doch.«

3
Archivare

Der ältere Herr wartete schon seit über eine Stunde, als Scalzi ihn bemerkte, während er den letzten Klienten des Tages zur Tür begleitete.

»Und wer sind Sie, wenn ich fragen darf?«

Der Herr stand auf und hob die Hand zu einem militärischen Gruß in Augenhöhe.

»Chelli!«

Damit schien der Klient alles Nötige gesagt zu haben, um endlich sein gutes Recht zu erhalten und vorgelassen zu werden.

Doch Scalzi erwartete keinen Klienten mehr, der Name Chelli stand nicht in seinem Terminkalender, innerlich war er schon darauf eingestellt, nach Hause zu gehen. Er spürte, wie Gereiztheit in ihm aufstieg und sich der Müdigkeit eines langen Tages zugesellte, den er am Vormittag im Gerichtssaal und am Nachmittag in anstrengenden Sitzungen mit einigen der wehleidigsten Klienten der Kanzlei verbracht hatte. Er verließ das Wartezimmer und stützte die Hand auf den Schreibtisch von Lucantonio, dem Anwaltsgehilfen und Faktotum der Kanzlei:

»Wer hat dem Signore gesagt, daß er warten soll?«

»Ich nicht«, murrte Lucantonio genervt.

»Das war ich.«

Olimpia erschien auf der Schwelle ihres Zimmers am Ende des Korridors.

Scalzi ging ins Wartezimmer zurück. Der Mann richtete sich auf, er war alt, sehr hochgewachsen, hatte ein langes Gesicht und den Augenausdruck eines geprügelten Hundes.

»Es tut mir leid«, sagte Scalzi, »Sprechstunde nur nach Vereinbarung.«

Er wies auf die Tür hinter sich.

»Dottor Siciliano wird einen Termin mit Ihnen ausmachen, wenn Sie ein andermal wiederkommen möchten. Guten Abend.«

Aber der neue Klient rührte sich nicht von der Stelle, er fixierte den Anwalt mit abwesender Miene. Scalzi nahm seinen Mantel vom Kleiderständer und wollte gerade hineinschlüpfen, als Olimpia sich zwischen ihm und der Tür aufbaute.

»Es ist aber wichtig ...«

»Er soll an einem anderen Tag wiederkommen.«

»Sehr wichtig ... es geht um den Mord an Brancas. Der interessanteste Klient seit Monaten.«

»Wunderbar«, sagte Scalzi und öffnete die Tür zum Treppenhaus, »dann laß du dir doch seine wichtige Geschichte erzählen.«

»Ich bin aber nicht der Anwalt«, protestierte Olimpia.

»Das ist egal. Ich bin müde. Wir sehen uns zu Hause.«

Und er ging. Aus dem Klang seiner schnellen Schritte auf der Treppe sprach die Ungeduld, mit der er seiner Wohnung am Stadtrand zustrebte, wo die Luft sauberer war und man in den Bäumen das beruhigende Gurren der Tauben hören konnte.

Beim Abendessen herrschte beleidigte Stille. Schließlich brach Olimpia das Schweigen.

»Er ist Archivar, genau wie der andere.«

»Welcher andere?«

»Na, der Tote. Dieser Brancas. Ticchie.«

»Also gut«, seufzte Scalzi, »dann erzähl mal.«

Eigentlich bevorzugte er beim Abendessen Themen, die nichts mit der Arbeit zu tun hatten, doch Olimpia davon abzubringen, daß sie ihm ihren Bericht über diesen so wichtigen Fall des neuen Klienten gab, war ein aussichtsloses Unterfangen.

Besagter Klient ging also der gleichen Beschäftigung nach wie der Ermordete. Sie hielten sich häufig in demselben Kämmerlein der Nationalbibliothek auf, das Brancas großspurig seinen »privaten Lesesaal« nannte. Signor Chelli hatte darum gebeten und auch die Erlaubnis erhalten, gleichfalls dort arbeiten zu dürfen.

»Was einem doch irgendwie merkwürdig vorkommt«, Olimpia sah Scalzi vielsagend an, »da es sich allem Anschein nach um eine Art Abstellkammer handelt, klein und stickig, mit nur einem Tisch darin. Am Samstag, als Brancas ermordet wurde, war unser Mann nicht in dem Kabuff, und auch nicht am Montag darauf. Er sagte mir, er habe die Grippe gehabt.«

Signor Chelli stöberte aus persönlicher Leidenschaft in der alten florentinischen Geschichte. Als leitendem Angestellten bei der Handelskammer und nunmehr im Ruhestand ging es ihm vergleichsweise gut, er mußte für seinen Lebensunterhalt nicht mehr arbeiten.

Brancas tat ihm leid, der sich immer so verzweifelt bemühte, Mittag- und Abendessen miteinander zu verbinden. Chelli hatte ihm mehrmals seine Hilfe angeboten. Für ein konkretes Ziel hätte er sich gern ein wenig die Augen verdorben. Aber Brancas war von eher ungeselliger Natur, um nicht zu sagen abweisend, und wachte eifersüchtig über seine Forschungen, besonders jene letzten in der Zeit vor seiner Ermordung.

»Unser Klient«, fügte Olimpia hinzu, »hat Ticchie einmal brummeln hören, daß er, wenn er wollte, mit einer bestimmten Information aus diesem sehr seltenen und kostbaren Buch, in dem er gerade las, Millionär werden könnte. ›Der arme Kerl‹, hat Chelli gedacht. ›Was muß er für ein Hungerleider sein, wenn er eine Million Lire noch für

Reichtum hält. Die wirklich reichen Italiener nennen sich heutzutage Milliardäre ...‹«

Chelli hatte den Versuch gewagt und Brancas gefragt: »Welche Information denn?« Aber Ticchie hatte nur gehässig gelacht, hehehe, was soviel heißen mochte wie: ›Wenn du glaubst, einen Moment der Schwäche bei mir ausnutzen zu können, hast du dich getäuscht.‹

In der Zeit danach war Signor Chelli aufgefallen, daß Brancas Angst hatte. Manchmal schien er geradezu terrorisiert.

»Interessant«, meinte Scalzi, »über die Aussicht, Millionär zu werden, hat er auch schon jemand anderen informiert.«

»Wen?«

»Einen, der im ›Homo Sapiens‹ ein und aus geht. Ein gewisser Pasquini.«

»Dieser geleckte Typ, der aussieht wie aus einer Modezeitschrift? Der entlassene Priester?«

»Der Messias, genau. Aber was will dieser Chelli eigentlich von uns?«

»Bevor er zu uns kam, war er als braver Bürger bereits bei der Polizei, um dort seine Hilfe anzubieten. Er wollte eine Aussage machen über das wenige, was er wußte. Leider geriet er dabei an einen dieser aufgeblasenen Beamten. Du weißt schon, einer von der Sorte, die sich für Maigret halten und im Zweifelsfall in einer Ermittlung den Wald vor Bäumen nicht sehen. Er hat ihn mit dem Qualm seiner ewigen Toscano-Zigarre eingenebelt und ihn schließlich wie eine x-beliebige Nervensäge abgewimmelt. Praktisch also hinausgeworfen. Und seit dem Tag seines Besuches auf dem Präsidium glaubt Chelli, daß er selbst verdächtigt wird. Er sagt, daß sie hinter ihm her seien, sein Telefon abhören, er vermutet, daß er beschattet wird. Deshalb sucht er Hilfe bei unserer Kanzlei ... Also, nicht so sehr aus diesem Grund ... Sein eigentliches Anliegen ist noch ein anderes ...«

»Und welches?«

»Er hat Angst. Er fürchtet weniger die Polizei als den Kriminellen, der so dicht neben ihm zugeschlagen hat. Er sagt, am Tag des Mordes war er aus purem Zufall nicht in der Bibliothek, weil er mit Grippe im Bett lag. Er ist überzeugt, daß der Mörder ihn überwachte und seine Abwesenheit ausgenutzt hat. Er möchte, daß wir herausfinden, wer Brancas umgebracht hat.«

»Wenn's sonst nichts weiter ist!« meinte Scalzi. »Ich vermute, du hast ihm gesagt, daß ich Anwalt bin und kein Privatdetektiv. Und daß trotz allem, was in den Zeitungen steht und man in den Vorabendserien zu sehen bekommt, es hierzulande keine Anwälte in der Art eines Perry Mason gibt. Den italienischen Anwälten fehlen die Mittel, um den polizeilichen Ermittlungen etwas entgegensetzen zu können. Wenn wir Geld dafür nähmen, wäre das Betrug. Wir sind erst nach den Ermittlungen dran und können dann nichts anderes mehr tun, als zu kritisieren, was die anderen getan haben. Wir Anwälte sind nicht mehr als Meckerfritzen, das hast du ihm hoffentlich gesagt.«

»Nein.«

»Ach, und warum nicht?«

»Weil es nicht stimmt. Das neue Gesetz ...«

»Das neue Gesetz! Wann werden du und deinesgleichen endlich verstehen, daß Gesetze nur innerhalb gewisser Grenzen gelten?«

Scalzi fühlte, wie erneut schlechte Laune in ihm hochstieg. Immer häufiger überkamen ihn in der letzten Zeit Zweifel, welche konkreten Möglichkeiten ihm sein Beruf eigentlich noch bot. Der negative Ausgang einiger jüngster Verfahren hatte dieses Gefühl der Nutzlosigkeit noch verstärkt. Der Staat herrschte seit Jahrhunderten allein über die Verbrechenskontrolle. Ein Monopol, das übrigens in vielerlei Hinsicht gut funktionierte. Ein neues kleines Gesetz konnte an einer Praxis nichts ändern, die, ob gut oder schlecht, seit über tausend Jahren geübt wurde. Auch die zivilsten und fortschrittlichsten Gesetze zählten nur so lange, bis es zu traumatischen Situationen kam. Oder bis ein aktueller Notstand von interessierter Seite und von Leuten mit ausreichender Macht über das Fernsehen und andere Kommunikationskanäle dazu hochstilisiert wurde: der Terrorismus zum Beispiel oder die illegale Einwanderung ... Da ließ sich Angst schüren. Und wenn die kollektive Furcht erst einmal ein bestimmtes Niveau erreicht hatte, war kein Gesetz mehr ausreichend. Dann schossen die Gegengesetze aus dem Boden, die die Lage nur noch verworrener machten. Ein Übermaß an Regeln war stets der Ausdruck einer schwach entwickelten Zivilisation; es verhüllte nur das Streben der Macht zum totalen Staat.

Der Avvocato redete sich in Rage. Olimpias Anwesenheit war ihm ein willkommener Anlaß dafür – wenn auch ihre Aufmerksamkeit mitunter gespielt war.

»Wie viele Gesetze gibt es heute bei uns? Hunderttausend? Zweihunderttausend? Dreihunderttausend? Und alle – von den geringfügigsten wie dem Verbot, gekeimte Knollen zu verkaufen, bis zu den ständig modifizierten Grundrechten des Menschen, etwa der Untersuchungshaft, um nur ein Beispiel zu nennen –, als sie in Kraft gesetzt wurden, hätten sie die definitive Lösung für das jeweilige Problem sein müssen. Geisteskranke? Aber es gibt keine Geisteskranken! Sie wurden alle geheilt von dem neuen Gesetz, das die Nervenheilanstalten abschafft! Drogenabhängige Jugendliche? Kein Problem! Ein Gesetz genügt, und schon hören sie auf, Drogen zu nehmen! Die Mafia sitzt uns seit über einem Jahrhundert im Nacken? Mit dem neuen Gesetz über verschärfte Haftbedingungen für Mafiosi werden wir denen schon beikommen ... Leider aber ist die Wirklichkeit wie ein Schwamm: Sie saugt alles auf. Sie saugt auch die Gesetze auf. Die Irren fahren trotz der Gesetze fort in ihren irren Handlungen. Die Jugend spritzt sich fröhlich weiter Kokain oder Heroin oder beides zusammen. Und hin und wieder mietet sich die Mafia für ein Treffen in einem Fünf-Sterne-Hotel ein. Einem System folgend, das ich nicht zu benennen wüßte – einer Art Glücksrad vielleicht oder einer antiken, heidnischen Tradition –, werden dann ihre Helden bestimmt, die als Opferlämmer herhalten müssen: Montalbano und Vigata stellen sich als Kronzeugen, Sciuri und Crozza gehen in den Knast. Absolut verständlich, wenn die Mafiosi gegen das Gesetz über verschärfte Haftbedingungen protestieren, es ist nicht sehr sportlich, es just auf ihre freiwilligen Helden anzuwenden. Aber trotz allem Gemurre gehen sie fröhlich weiter ihren mafiösen Geschäften nach, sie scheißen auf die verschärften Haftbedingungen, sie haben schon ganz anderes überstanden ...«

Olimpia hatte einen Blick aufgesetzt, den Scalzi bei sich den Blick der vierten Dimension nannte. Sie starrte auf die Wand, als wolle sie sie durchdringen. Das war ihre Art, Aufmerksamkeit vorzutäuschen. Die letzten Worte schien sie jedoch mitbekommen zu haben.

»Eine schöne Rede. Du bist ja in Hochform heute abend. Aber was hat die Mafia mit alldem zu tun, wenn ich fragen darf?«

»Einverstanden, vielleicht hat sie nichts damit zu tun. Er war nur so ein Beispiel«, gab Scalzi müde zu. »Wenn du diesem Signor Chelli nicht gesagt hast, daß ich keinerlei Absicht habe, den Beruf zu wechseln, um für ihn den Privatdetektiv zu spielen, so macht das nichts. Dann sage ich es ihm. Nebenbei glaube ich, unser Klient sollte sich lieber um sich selbst Sorgen machen. Er sagt, daß er am Tag des Mordes nicht in der Bibliothek war, wegen einer Grippe. Aber stimmt das auch? Hat er Beweise für seine Erkrankung? Und mit welcher Begründung hat er von der Bibliotheksleitung die Erlaubnis erwirkt, sich zu Brancas in dieses Kabuff zu quetschen? Du hast gesagt, daß es ein stickiger Ort ist. Die Verdächtigungen der Polizei sind nicht ganz aus der Luft gegriffen. Chelli hat gut daran getan, sich einen Anwalt zu suchen. Er braucht keinen Detektiv, er wird wohl eher einen Anwalt brauchen, der ihn verteidigt.«

4
Private Ermittlerin

»Meine Tante ist eine zynische Person«, sagte der Klient, »ja, sie handelt mit einem schlichtweg abstoßenden Zynismus. Bevor die Polizei kam und die Hausdurchsuchung bei uns durchführte – sie hatte die Bullen übrigens selbst gerufen, um ihre Anklagen zu untermauern –, hat sie sich was Ordentliches angezogen. Und sogar gebadet. Wenn Sie aber wüßten, wie sie normalerweise herumläuft, einfach unvorstellbar dreckig: Sie stinkt, daß man es neben ihr kaum aushält. Für einen Neffen – obwohl sie mir fast wie eine Mutter war, denn seit dem Tod meiner Mutter, als ich sechs war, lebt sie bei meinem Vater –, also für jemanden aus der Familie ist so etwas wirklich peinlich. Das ist auch der Grund, also, sie ist der Grund, weshalb ich solche psychischen Probleme habe. Ich habe Panikattacken, kann nicht unter Leute gehen, ich bekomme Atemnot, kann keine geregelte Arbeit ausüben ...«

»Wie alt sind Sie?« fragte Scalzi.

»Zweiunddreißig. Ich habe schon einmal eine Therapie begonnen, aber dann mußte ich sie abbrechen, weil es zu teuer wurde. Ich möchte, daß der Richter von meinen psychischen Problemen erfährt ...«

Scalzi blätterte in dem Dossier, das vor ihm lag, einer Kopie der Akte, die er sich im Hinblick auf den in vier Wochen beginnenden Prozeß im Sekretariat des Staatsanwalts besorgt hatte, dann unterbrach er den jungen Mann:

»Die Richter reagieren sehr empfindlich auf Beeinflussung, jetzt mal ganz allgemein gesprochen und nicht im Hinblick auf die Richterin Ihres Prozesses. Hier steht, die

Polizei habe bei der Hausdurchsuchung im Zimmer Ihrer Tante mehrere Behältnisse mit Urin gefunden. Das weise darauf hin, daß Sie Ihrer Tante die Benutzung der Toilette verweigerten. Die Signora sagt, sie hätte Angst, Ihnen in der Nacht auf dem Flur zu begegnen, wenn Sie dort vor dem Bad Wache stünden. Sie sagt, Sie würden sie mit Gewalt am Betreten der Toilette hindern. Sie berichtet von Schlägen und Tritten. Die Signora gibt auch an, daß sie tagsüber die öffentlichen Einrichtungen am Bahnhof aufsucht, aber nachts, wenn sie zu Hause ist, die Becher benutzen muß. Das wird die Richterin sicherlich nicht unbeeindruckt lassen ...«

»Die Signora ... daß ich nicht lache! Also erstens ist sie sowieso ständig unterwegs, zu Hause sieht man sie jedenfalls so gut wie nie, auch nachts nicht. Aber das beweist doch nur, wie recht ich habe!«

Der junge Mann riß hinter seinen dicken Brillengläsern die Augen auf, er hatte das runde Gesicht eines pausbäckigen Kindes, sein Haar lichtete sich, die aschblonden Strähnen zogen sich über die Stirn zurück, so daß schon der halbe Schädel kahl war.

»Sehen Sie nicht den Zynismus? Sie wußte, daß die Polizei kommen würde, also hat sie sich zurechtgemacht, hat gebadet und alles, aber die Becher mit dem Urin hat sie mit voller Absicht im Zimmer stehenlassen. Sie sollten sie ja finden! Ich bin sicher, daß sie sie auch erst kurz vor der Ankunft der Polizei gefüllt hat. Ich weiß, wo sie sich nachts herumtreibt, das liebe Tantchen! Stellen Sie sich nur mein Leben mit einer solchen Frau vor. Sie verhält sich wie eine böse Stiefmutter, seit mein Vater sie nach dem Tod meiner Mutter ins Haus geholt hat ...«

Und wieder begann der Klient mit den Klagen über seine psychischen Probleme. Sie hatten schon in der Kindheit begonnen, wegen der Angst, die er immer gehabt hatte, wegen der Schreie, der Schläge und weil Vater und Mutter sich damals, als sie noch jünger waren, den lieben langen Tag in den Haaren lagen. Später hatten sich dieselben Gewalttätigkeiten zwischen den beiden Schwägern fortgesetzt, die am Ende wie Eheleute zusammen lebten. Häufige Prügeleien untereinander, nicht anders als zu Lebzeiten der Mutter. Seit der Vater in Rente war, trank er so viel, daß er ständig betrunken war, ein Alkoholiker, den nichts mehr interessierte. Die Tante dagegen beruhigte sich durchaus nicht, als sie älter wurde, sondern gab sich dem ungezügelten Vergnügen hin, blieb noch mit Sechzig bis zum Morgengrauen weg, kehrte manchmal sturzbetrunken und in Begleitung von Männern zurück, die sie am Bahnhof aufgelesen hatte. Und wenn er, der mit der Zeit ziemlich kräftig geworden war, sie nicht daran gehindert hätte, das Haus mit diesem Abschaum zu beschmutzen, hätte sie sie noch in ihr Bett gezerrt und senile Schweinereien mit ihnen angestellt. Wenn es ihnen dennoch mal gelang, seiner Überwachung zu entgehen, sorgten sie und ihre Freier in ihrer Trunkenheit für Skandale: skurrile Auftritte, wildes Stöhnen, Schreie, die durch den ganzen Palazzo hallten. Des Nachts trieb sich die Tante regelmäßig im Bahnhofsmilieu herum, nicht selten wurde sie von der Bahnpolizei nach Hause gebracht, die sie schlafend auf dem Fußboden der Toiletten aufgelesen hatte.

Scalzi wartete, bis er sich ausgetobt hatte, und dachte insgeheim mit Gide: ›Familien, ich hasse euch.‹ Er versuchte sich die Wohnung vorzustellen, in der sich das alles abspielte. Aus den Prozeßakten ging hervor, daß sie im Besitz des Vaters war und sich im ersten Stockwerk eines alten Palazzos in der Via Torta befand, was von einer bürgerlichen Vergangenheit zeugte, der Vater war ein pensionierter Bankmensch. Doch die Nachbarn beschwerten sich über den Gestank, sie benachrichtigten sogar das Gesundheitsamt. Bei ihrer Inspektion fanden die Beamten Dinge, bei denen sich ihnen der Magen umdrehte: außer den Behältern mit Urin eine Waschmaschine, in der wer weiß wie lange schon schmutzige Wäsche vor sich hin schimmelte, schmierige Teller und anderes Geschirr im verstopften Spülbecken, ein überlaufendes Klo, zerwühlte Betten mit dreckstarrenden Laken.

»Wissen Sie, wie meine Mutter und natürlich auch meine Tante mit Mädchennamen hießen?« Der junge Mann machte ein pfiffiges Gesicht, als stecke eine Fangfrage dahinter.

»Ich kann mich nicht entsinnen.«

»Curafari«, sagte er mit besonderer Betonung.

Scalzi fand den Namen auf einer Seite der Akte.

»Nun gut, Curafari, und was bedeutet das?«

»Das bedeutet, daß die beiden Schwestern von den Waschfrauen von Grassina abstammen. *Curafari* wurden jene genannt, die sich um die *cure* kümmerten, die schmutzige Wäsche. Als es noch keine Waschmaschinen gab, verdienten sich einige Leute, die so arm waren, daß sie nicht mal ein Stückchen Land pachten konnten, ihren Unterhalt damit, daß sie die Wäsche der anderen in den Flüssen wuschen. Verstehen sie die Abstammungslinie? Und mein Vater ist ein Pazzi. Wissen Sie, von wem meine Familie abstammt?«

Das Gesicht des jungen Mannes nahm einen arroganten Ausdruck an. Er hob das Kinn, richtete sich im Stuhl auf und streckte die Brust heraus.

»Ich habe keine Ahnung.«

»Von den Pazzi. Einem Seitenzweig der reichsten und mächtigsten Widersacher der Medici. Die mit der berühmten Verschwörung. Meine Vorfahren, beziehungsweise die Überlebenden von ihnen, denn diese Medici-Bastarde ließen etwa sechzig von ihnen an den Fenstern rund um den Palazzo della Signoria aufknöpfen und ihre Leichen eine ganze Woche lang dort baumeln, gingen ins Exil, die meisten von ihnen nach Frankreich. Gegen Mitte des neunzehnten Jahrhunderts beschloß mein Urgroßvater, der in Frankreich ein Vermögen gemacht hatte, nach Florenz zurückzukehren. Doch die Luft in der alten Heimat bekam ihm nicht, er entwickelte eine Leidenschaft für das Glücksspiel, die *toppa*, kennen Sie es? Ein florentinisches Kartenspiel, das bis vor kurzem noch auf den Straßen gespielt wurde. Wegen seiner Spielsucht geriet er in die Fänge von Wucherern. Stellen Sie sich vor, in der Wohnung, die uns geblieben ist, denn einst gehörte uns das ganze Haus, gibt es Zimmer, in denen anstelle der Glasscheiben Plexiglas in den Fenstern ist, weil kein Geld da ist, um die kaputten Scheiben zu ersetzen. Aber den größten Schaden hat mein Vater angerichtet. Was hat er sich dabei gedacht, eine Frau zu heiraten, die aus einer Familie von Wäscherinnen kommt? Um dann den Abstieg noch zu zementieren, indem er zuließ, daß die Schwester der Verstorbenen sich als Hausherrin breitmachte, eine schmutzige, dumme Frau, wie es, glaube ich, auch meine Mutter war, obwohl ich mich kaum an sie erinnere. Daher rührt all unser Unglück, von dieser wenig standesgemäßen Heirat, sie ist das sichtbarste Zeichen unseres Verfalls.«

Scalzi begann den Mann allmählich mit anderen Augen zu sehen. Während ihrer ersten Sitzung, eine Woche zuvor, war er ihm wie ein typischer Diskogänger vorgekommen, ein Halbstarker aus einem Vorstadtviertel. Doch nun erkannte er in seinem Gehabe eine gewisse Selbstsicherheit, er wußte sich auszudrücken, und unter dem schwarzen Ledermantel, unförmig, wie es die Mode amerikanischer Filme vorschrieb, erahnte man einen Anzug mit Fischgrätenmuster.

Doch der leichte Modergeruch nach toter Katze, der sich langsam im Raum ausbreitete, wurde um einiges penetranter, als der letzte Nachkomme der Pazzi auf seinem Stuhl hin und her rutschte.

Und der Prozeß war einer von der übelsten Sorte. Wie hatte diese Familie nur so tief fallen können? Einige Jahre zuvor noch hätte Scalzi den Fall nicht übernommen. Er hätte zu dem Mann gesagt: »Bitte, dort ist die Tür, Signore.

Fälle dieser Art bearbeite ich nicht.« Ein Kerl, der scheinbar aus reinem Klassendünkel die eigene Tante prügelte, das war einfach abstoßend. Doch die neue Prozeßordnung hatte mit der Einrichtung von sogenannten Alternativverfahren eine Pattsituation geschaffen. Und so wie die Zeiten waren, durfte man nicht allzu kleinlich sein, die Arbeit wurde immer rarer, nur noch selten kam es in Prozessen zu einer öffentlichen Verhandlung, man mußte sich zu begnügen wissen.

»Hören Sie«, sagte Scalzi, »ich bin nicht ihr Psychotherapeut, ich verstehe die menschliche Seite Ihres Problems, aber ich soll Sie in einer ziemlich häßlichen Angelegenheit verteidigen: Mißhandlung einer mit Ihnen unter einem Dach lebenden nahen Verwandten. Ein Vergehen, das im Falle einer Verurteilung einen sehr schlechten Eindruck in Ihrem Strafregisterauszug hinterlassen würde. Wir haben nichts in der Hand, was wir der Strafanzeige entgegensetzen können, Sie werden sich im Verhör selbst verteidigen müssen. Aber dazu müßten Sie sich einen anderen Ton aneignen. Sie sind zu aggressiv, verstehen Sie? Und nicht sehr demokratisch. Auf diese Art arbeiten Sie nur der Anklage in die Hände.«

»Danke für den Rat, Avvocato«, erwiderte der Klient kalt, »dann sagen Sie mir, wie ich mich verhalten soll.«

Die Sprechanlage summte. Scalzi nahm den Hörer ab in der Hoffnung, mit einer Entschuldigung die Sitzung abbrechen zu können.

»Ginevra sagt, sie wartet noch fünf Minuten, dann geht sie«, teilte Olimpia ihm mit.

»Ginevra, immer diese Ginevra«, brummelte Scalzi.

»Wieso immer!« widersprach Olimpia. »Du hast ihr gesagt, daß sie heute kommen soll. Du selbst hast den Termin mit ihr vereinbart!«

»Gewiß, damit du aufhörst, mich zu nerven, und ich endlich Ruhe habe, darum habe ich den Termin gemacht.«

»Soll ich sie also wieder wegschicken?«

»Um Himmels willen! Niemals würde ich die Gelegenheit zu einer so kostbaren Zusammenarbeit verpassen wollen!«

»Noch fünf Minuten«, sagte Olimpia, »dann schicke ich sie weg.«

Scalzi stand auf, um anzudeuten, daß die Unterredung beendet sei.

»Es wäre verfrüht, jetzt schon über Ihre Aussage zu reden. Wir wollen zunächst abwarten, was Ihre Tante in der Anhörung zu sagen hat. Sie wird man als erste befragen, dann werde ich Ihnen mitteilen, wie Sie sich in der Vernehmung am besten verhalten.«

»Dann erst einmal vielen Dank, Avvocato.«

Der Klient hatte sich erhoben und deutete eine Verbeugung an, in der Scalzi eine Spur von Ironie zu erkennen glaubte. Ein langer Hemdschoß hing dem jungen Mann über die Hose. Als er auf die Tür zuging, fuhr ein fauliger Luftstoß wie ein Messerstich durch den Berufsstolz des Anwalts.

Ginevra stammte aus Livorno, was man dem breiten toskanischen Einschlag ihrer Sprache anmerkte. Und auch dem spöttelnden Tonfall, den die Livorneser gern ihrem Gesprächspartner gegenüber annehmen. Nach ihrem Jura-Examen hatte sie eine Lizenz als Privatdetektivin erworben. Das neue Gesetz – der letzte Schrei, wie Scalzi es nannte – war in jenem Jahr in Kraft getreten und hatte den Strafrechtlern die unendlichen Weiten der Ermittlungstätigkeiten aufgetan. Und die Zusammenarbeit mit Rechtsanwälten, die bereit waren, sich in Spürhunde zu verwandeln, hatte auch Ginevra gänzlich neue Arbeitsmöglichkeiten eröffnet, andere als das Recherchieren von vorehelichen Affären oder Markenbetrugsgeschichten, mit denen sie es als Angestellte einer Detektei bisher zu tun gehabt hatte. Prompt hatte sie sich selbständig gemacht. Ginevra war

Olimpias Entdeckung und erfüllte diese mit einem Stolz, der Scalzi auf beruflicher Ebene fast ein wenig eifersüchtig machte.

Ginevra Morelli war intelligent, Ginevra war gebildet, Ginevra war bestens vertraut mit allen modernen Investigationsmethoden: Mühelos bewegte sie sich im mare magnum des Internets, die ausgeklügeltsten Fotoapparate und Aufnahmegeräte bargen kein Geheimnis für sie, mit der Videokamera ging sie wie ein Profi um, und selbst auf dem Gebiet der wissenschaftlichen Recherche hatte sie einige Kenntnisse, sie wußte nicht nur alles über Fingerabdrücke, sondern auch genug über Genetik, um sich von DNA-Analyseverfahren nicht einschüchtern zu lassen. Sie bewegte sich gänzlich ungezwungen in allen Stadt-, Gerichts- und Wirtschaftsarchiven. Und schließlich kannte sie, und damit hatte sie neben ihrer Gewandtheit in technischen Dingen Olimpias größte Hochachtung gewonnen, keinerlei Hemmungen gegenüber den Verfassungsorganen und verfügte über Bekanntschaften und Türöffner in allen öffentlichen Ämtern, die irgendwie von Bedeutung waren. Außerdem war Ginevra aufgeweckt und mutig.

Auf welche Weise Olimpia sich von allen diesen Talenten der Signorina Morelli hatte überzeugen können, war nicht ganz klar, denn sie hatte bisher keine Gelegenheit gehabt, sie in Aktion zu sehen, außer bei einer Nachforschung im Umfeld der Wirtschaft, die sie einst im Auftrag der FATES durchgeführt hatte, als Olimpia noch im Sekretariat des Unternehmens beschäftigt war. Und dabei hatte es sich, soweit Scalzi wußte, um eine reine Routineuntersuchung gehandelt. Nein, er hegte den Verdacht, daß der ästhetische Faktor bei Olimpias Wahl keine geringe Rolle gespielt hatte. Abgesehen von ihrer Jugend – Ginevra war Anfang Dreißig –, übte der Sherlock Holmes in Frauenkleidern auch sonst eine gewisse Faszination aus: ausdrucksstarke dunkle Augen, wundervolles schwarzes Haar, das ihr über den Rükken herabfiel, stets gebräunte Haut, eine leicht gebogene Nase, die auf einen starken Charakter schließen ließ, und zu alledem grazile, katzenhafte Bewegungen.

»Du mußt ihr die Richtung vorgeben«, sagte Olimpia. »Signorina Morelli muß von dir wissen, wonach sie suchen soll.«

Chelli hatte, als er ihm den Auftrag gab, Brancas' Mörder zu finden, eine ansehnliche Summe für Spesen dagelassen, die die Zusammenarbeit mit einem Privatdetektiv erlaubte. Doch Scalzi war sehr skeptisch, was die realen Spielräume anging, die das neue Gesetz solchen Ermittlungen von privater Seite bot, und er hatte seinen Klienten darauf hingewiesen, daß es ungeheuer schwierig sein würde, zu einem positiven Ergebnis zu gelangen, das von den offiziellen Ermittlern akzeptiert werden würde.

»Wonach sie suchen soll?«

»Meine Güte«, Olimpia verlor allmählich die Geduld, »nach einem Motiv, zum Beispiel!«

Die junge Ginevra saß Olimpia am Tisch gegenüber auf einer Sofakante und lächelte ein wenig schüchtern. Doch diente diese Scheu in Scalzis Augen einzig und allein dazu, die Gier nach einem Honorar zu überspielen, das es in sich haben würde.

Die Unterredung fand in Olimpias Büro statt, das etwas weiblicher anmutete als der Rest der Kanzlei. Statt antikem Trödel stand ein brandneuer Computer auf dem großen Schreibtisch, davor ein ergonomischer Arbeitsstuhl, an den Wänden Regale, die alle Vorzüge moderner Ordnungssysteme hatten, und die Lichtquellen waren harmonisch im Raum verteilt. Die Wände waren in verschiedenen Blautönen gehalten wie auch der Mac und das kleine, hellblauweiß gestreifte Sofa. Vor der Balkontür, die auf einen lichtdurchfluteten Garten auf der Rückseite der Piazza Santa Croce hinausging, standen in einer Bodenvase Blumen mit riesigen leuchtendroten Blüten.

Olimpia warf einen strengen Blick auf Scalzi, der, die Beine von sich gestreckt und die Augen halb geschlossen, auf einem Stuhl hing und rauchte, entspannt wie ein Gast bei einem Höflichkeitsbesuch.

»Du sitzt da wie die Eule aus dem Witz ...«

»Welchem Witz?«

»Der von dem Typen, der aus Brasilien zurückkehrt und dem Onkel eine Eule mitbringt statt eines Papageis, wie vor der Abreise versprochen.«

»Und weiter?«

»Als der Typ den Onkel wiedertrifft, fragt er ihn zum Spaß, ob der Vogel mittlerweile sprechen gelernt hat. Und der Onkel sagt: Nein, hat er nicht. Aber er paßt im Unterricht sehr gut auf.«

Die Detektivin Ginevra lachte höflich, obwohl die Geschichte für sie kaum sehr erheiternd war. Beim Lachen hielt sie sich die Hand vor den Mund. Sie hatte kräftige Zähne wie eine junge Wölfin.

»Du hingegen paßt noch nicht mal auf, du siehst aus, als hocktest du in einer Bar«, fuhr Olimpia fort. »Wir haben ihn angenommen, den neuen Klienten, wir haben uns eine Anzahlung geben lassen. Du hast doch selbst gesagt, daß Chelli nicht ganz zu Unrecht verdächtigt wird. Daß er eine Anklage riskiert. Da könntest du dir ruhig ein wenig Mühe geben, findest du nicht?«

5
Ermittlungen von privater Seite

»Sag mal«, meinte Ginevra, »was hat dein Chef denn für ein Problem?«

»Er ist nicht mein Chef.«

Sie fuhren am Gelände eines Schrotthändlers vorbei. Olimpia sah einen Alptraum sich türmender Autowracks am Wagenfenster vorüberziehen.

»Egal ... was auch immer ... Eure privaten Beziehungen interessieren mich nicht. Ich meine den großen Avvocato Scalzi: Die wenigen Male, die er sich herabgelassen hat, mit mir zu reden, war er abwesend, als ginge ihn die ganze Sache nichts an. Er kriegt den Mund nicht auf, beachtet mich kaum. Fast macht er den Eindruck, als nerve ihn meine Anwesenheit: ›Wie Sie meinen, Signorina ... Wenn Ihnen das wichtig erscheint ... Reden Sie mit Olimpia darüber ...‹ Versteh mich bitte nicht falsch: Ich arbeite gern mit dir, sonst hätte ich ihn sowieso schon zum Teufel gejagt. Aber ich mag es eben lieber, wenn man gleichberechtigt zusammenarbeitet, und Leute, die sich aufführen wie der liebe Gott persönlich und immer über allem zu stehen meinen, gehen mir auf die Nerven.«

Olimpia hatte von Scalzi den Auftrag bekommen, Ginevras Arbeit von nahem zu verfolgen. Gerade suchten sie nach einer verlassenen Villa am Rande der Autobahn.

»Er spielt nicht den lieben Gott«, sagte Olimpia. »Er scheint mir nur ein wenig verzagt in letzter Zeit, er glaubt nicht mehr so recht an das, was er tut. Vielleicht ist es das Alter.«

Sie fuhren im Wagen der Detektivin durch Florentiner

Vororte längs der Autobahn, die die Stadt mit dem Meer verbindet, eine Gegend, die noch nicht gänzlich von der Industrie zugebaut war. Kleine Fabriken, Baracken oder Lagerhallen wechselten mit Artischocken- und Sonnenblumenfeldern, hin und wieder stieß man auch auf eine Schafherde. Auf der anderen Seite der Autobahn, die sie von einer Straßenüberführung aus gelegentlich sehen konnten, türmten sich die Pyramiden der städtischen Müllabfuhr, von Baggern schnell zu Hügeln geformt. Sie erinnerten an riesige Dünen, und ein Schwarm Möwen, der sich auf ihnen niederließ, verstärkte noch diesen Eindruck von Meer. Manchmal stieg eine Möwe von den Hügeln auf, um sich dann wieder wie ein Stein hinabfallen zu lassen.

Schon am frühen Morgen war Olimpia bei der Staatsanwaltschaft gewesen, um sich von der den Fall betreuenden Beamtin der Anklagebehörde einen Durchsuchungsbefehl für Ticchies Wohnung ausstellen zu lassen.

Die Frau Staatsanwältin war erst seit kurzem aus dem Süden nach Florenz gekommen, und ihr Nachname klang ein wenig chinesisch: Cioncamani. Eine kleine Frau, hager und launisch. Scalzi, der ihr schon einmal in einem schwierigen Prozeß gegenübergestanden hatte, behauptete von ihr, sie sei »psychologisch inflationiert«. Was nach der Definition von Jung eine Person bezeichnete, deren Ego sich aufgelöst hat, um vollständig in der Funktion aufzugehen: mit Sack und Pack sozusagen. Beziehungen, Privatleben, Weltanschauung, alles wurde in Beziehung auf das Amt gesehen, und jeder, der nicht zu diesem Amt gehörte, wurde mit Argwohn betrachtet, namentlich Anwälte, deren einzige Tätigkeit es ihrer Ansicht nach war, Sand ins Getriebe zu streuen. Eine haarige Angelegenheit, so fand Scalzi, wenn man mit einer Bürokratin dieses Kalibers zu tun hatte. Er hatte nämlich noch eine Rechnung mit Signora Cioncamani offen, die er in Anlehnung an ihren Nachnamen und um ihre Neigung zu unterstreichen, sich wie ein Mandarin im Reich der Mitte aufzuführen, »die Chinesin« getauft hatte. Der genannte Prozeß war zuungunsten des Anwalts ausgegangen, da die Signora ihre autoritären Sonderrechte schwer in die Waagschale geworfen hatte. Scalzi hätte sie darum nur zu gern bei einer Verfehlung ertappt. So war es sein Traum, das Rätsel um den Fall Brancas zu lösen, demgegenüber die Staatsanwältin bereits deutliches Desinteresse zum Ausdruck gebracht hatte, da sie das Opfer für kaum mehr als einen Penner und seinen Fall für wenig aussichtsreich hielt; sie widmete ihre kostbare Zeit lieber wichtigeren Angelegenheiten.

Olimpia vermutete, daß der wahre, aber unausgesprochene Grund, warum Scalzi sich auf Ginevras Mitarbeit eingelassen hatte und bereit war, sowohl die Kanzlei in den Fall einzuschalten, als auch eine dicke Scheibe des von Chelli hinterlegten Spesengeldes in die Nachforschungen zu investieren, eben aus diesem Wettstreit mit Signora Cioncamani herrührte.

Die Chinesin hatte Olimpia das von Scalzi vorbereitete Gesuch mit spitzen Fingern zurückgegeben, nachdem sie eilig ihr »gesehen und genehmigt« daraufgekritzelt hatte.

»Jetzt seid ihr dran«, hatte sie mit säuerlichem Lächeln gesagt, »viel Spaß. Welche aufsehenerregenden Entdeckungen will die Detektivin des großen Anwalts denn in dieser verlassenen Bruchbude machen? Was hofft sie zu finden, was nicht schon die Polizei sichergestellt hätte? Anfangs wollte ich euch den Durchsuchungsbefehl ja gar nicht bewilligen. Wer ist dieser Klient von Scalzi? Und was hat der Herr mit alledem zu tun? Soweit ich weiß, ist Signor Adolfo Chelli kein Angehöriger des Opfers. Und gegen ihn wird auch nicht ermittelt ... Bisher jedenfalls ...«

Als Olimpia Scalzi telefonisch mitgeteilt hatte, daß ihnen der Zutritt zu der alten Villa von der Staatsanwältin genehmigt worden sei, hatte Scalzi ihren triumphierenden Ton sofort gedämpft:

»Da brauchen wir uns gar nichts drauf einzubilden«, hatte er gesagt, »im Gegenteil, es ist sogar eher ein schlechtes Zeichen. Es bedeutet nämlich, daß die Chinesin vorhat, Chellis Namen auf die Liste der Verdächtigen zu setzen, sonst hätte sie uns nie und nimmer erlaubt, uns vor Ort umzusehen. Das ist nicht Fairneß, es ist reine Taktik. Sie fürchtet, ich könnte mich anschließend beschweren, an meiner Arbeit gehindert worden zu sein.«

»Da ist sie!«

Olimpia schlug mit der flachen Hand auf die Frontscheibe des Wagens und wies auf die Villa, die mit ihrem eingefallenen Dach und den verwitterten Rolläden plötzlich hinter einem Akaziengebüsch aufgetaucht war.

»Wir kurven schon eine ganze Weile um sie herum«, bestätigte Ginevra, »aber wie, verflucht, kommt man an sie heran? Einmal scheint sie sich unter einer Straßenüberführung zu verstecken, dann liegt sie plötzlich zu unserer Rechten, und jetzt ist sie auf der linken Seite. Wandert die? Oder hat sie vielleicht Räder?«

Hinter einer Kurve endete die Straße an einem Bahndamm. Ginevra ließ die Bremsen kreischen.

»Jetzt müssen wir gleich ein Pfand abgeben, wart's ab ...«

Brummelnd legte Ginevra den Rückwärtsgang ein.

»Wenn man wenigstens mal jemandem begegnen würde, den man nach dem Weg fragen könnte! Aber kein Mensch weit und breit. Man fühlt sich wie auf dem Set von diesem Benigni-Film, dem mit Alida Valli, wie hieß der noch mal?«

»Berlinguer, ti voglio bene.« Olimpia verfügte über eine lückenlose Filmbildung. »Das könnte tatsächlich genau die Gegend sein. Gib acht! Bieg mal da links in den kleinen Pfad ein, vielleicht haben wir es jetzt.«

»Scheiße, verflucht! Mein schönes Sondermodell«, jammerte Ginevra, »alles voller Steine und Schlaglöcher, wenn die Achsen draufgehen, stelle ich euch das in Rechnung.«

Ginevras »Sondermodell« war ein Fiat Punto mit zerbeultem Kotflügel, der schon seit Monaten keine Waschanlage mehr gesehen hatte.

Verkrüppelte Weidenbäume, die früher einmal Weinreben Halt geboten hatten, und ein kleiner Wald von Platanen und Pinien umgaben die Villa. Zwei Ulmen, deren entlaubte Kronen ineinandergewachsen waren, überragten sie, halb erstickt unter Efeu und einem Dschungel aus Brombeerbüschen und wildwachsendem Schilfdickicht, das am Rande eines benzinverseuchten Tümpels dahinvegetierte.

Von oben gesehen, flößte die Villa, die einmal bessere Tage gesehen hatte, nostalgische Gefühle ein. Von etwas unterhalb der Straße und im Vorüberfahren betrachtet, merkte man ihr den Verfall jedoch nicht an. Unerwartet tauchte sie inmitten eines Pflanzendickichts auf, das in ihrer bürgerlichen Vergangenheit ein prachtvoller Garten gewesen sein mußte. Quadratisch und solide, im Stile alter toskanischer Landhäuser gebaut, mit einem von Regen und Wildwuchs ausgebleichten Terrakottadach, wirkte sie wie der ideale Hintergrund eines Daguerreotyps. Olimpia sah das imaginäre Foto vor sich: eine Gruppe von Männern und Frauen, die das Haus vor einem Jahrhundert als Sommerresidenz nutzten, zu einer Zeit, als Calenzano, Campi, Brozzi und, in entgegengesetzter Richtung, Orte wie Rovezzano oder Compiobbi zu Anziehungspunkten für jene Florentiner wurden, die zu faul oder zu desinteressiert an Fernreisen waren. Die Herren mit Strohhut, Stock, wehenden Rockschößen und nach dem Essen aufgeknöpfter Weste ... Die Damen unter ihren breitkrempigen Florentinern, die Dienerschaft in Schürzen, der Gärtner mit mächtigem Schnurrbart, dem man genau ansah, wer der wahre Herr im Hause war ...

Aus der Nähe betrachtet, bot die Villa einen traurigen

Anblick. Mittlerweile war sie unrettbar dem Verfall preisgegeben, und es lohnte nicht einmal, sie von Planierraupen niederwalzen zu lassen und das Grundstück zu verkaufen. Zum Wohnen lag es zu nah an der Autobahn, und mit seinem von allen Seiten versperrten Zugang – der Bahnlinie, den Autobahnabsperrungen, schließlich dem Fluß, der sich seitlich an ihr vorüberschlängelte – eignete es sich auch nicht als Industriestandort. Aus der herrschaftlichen und stillen alten Residenz mit Blick auf sonnige Weingärten und fruchtbare Felder war eine Vorhölle geworden, die vom Dröhnen der vorbeirasenden Autos beherrscht wurde. Der Geruch von Benzol, zuweilen auch der stinkender Abwässer, die von einem benachbarten kleinen Chemiebetrieb in den Tümpel geleitet wurden, kratzte im Hals. Auf der Fassade breitete sich schmutziggrüner Moosbewuchs aus. In der Auffahrt, über die vor hundert Jahren, in den von Palazzeschi beschriebenen glücklichen Zeiten die Landauer gerumpelt waren, versanken die Füße im Schlamm.

Ginevra blieb mit einem Schuh in dem matschigen Grund aus Erde und verfaulten Blättern stecken. Auf einem Bein hüpfend, versuchte sie wieder hineinzuschlüpfen, ohne sich den Strumpf schmutzig zu machen.

»Bist du sicher, daß dieser Ticchie hier gewohnt hat?«

»Das fragst du mich?« meinte Olimpia und blieb stehen. »Du bist doch die Detektivin.«

Sie hatten den Wagen einige hundert Meter vor ihrem Ziel zurücklassen müssen. Wer weiß, welche Überraschungen der halb unter wucherndem Dornengestrüpp verborgene Weg noch bereithielt. Die Route zur Behausung des verstorbenen Jacopo Brancas herauszufinden, die in den Gerichtsakten nur sehr vage bezeichnet war – »baufälliges Haus an einer namenlosen Straße, Gemeinde Calenzano, Ortschaft Fosso Macinante« –, war das Ergebnis von Ginevras erster detektivischer Nachforschung gewesen.

Sie suchten die Hausfront nach einer Tür ab.

Olimpia zuckte zusammen, als sie plötzlich hinter einer halb zerbrochenen Fensterscheibe im ersten Stock ein Gesicht zu erkennen meinte.

»He!« rief sie, »ist da jemand?«

Langsam zog eine Hand den Fensterflügel auf. Ein Mädchen mit tiefschwarzen langen Haaren erschien, mit einem Gesicht wie aus Wachs geformt, und sagte mit hoher, durchdringender Stimme, fast ohne dabei die Lippen zu bewegen:

»Was wollt ihr?«

»Dürften wir vielleicht hereinkommen«, fragte Olimpia, »wenn es dir nichts ausmacht?«

Das Stimmchen erklang wieder, diesmal mit spöttischem Unterton:

»In diesem Haus wohnt niemand.«

»Ach, und was machst du dann da am Fenster?« fragte Ginevra.

»Ich? Ich zähle nicht. Es ist, als sei ich nicht da.«

Das Mädchen verschwand.

Olimpia fand den Eingang. Die aus Brettern gezimmerte Tür stand halb offen und führte in einen dunklen Gang. Ein Durcheinander aus zerbrochenen Stühlen, leeren Bierkästen, rostigen Überresten eines Kühlschranks und einer Waschmaschine wirkte, als hätte man den Weg zur Treppe absichtlich versperren wollen.

Sie schoben ein paar Dinge zur Seite. Die Treppe führte steil nach oben zu einer verschlossenen Tür. Sie stiegen hinauf.

Olimpia klopfte. Hinter der Tür erhob sich leises Stimmengewirr. Zwei Leute zankten miteinander, eine Frau in einer ihnen fremden Sprache, ein Mann in tieferem Ton. Olimpia klopfte noch einmal mit mehr Nachdruck. Kurze Stille, dann näherten sich eilige Schritte der Tür. Wieder Stille, in der Olimpia, die ihr Ohr an die Tür gelegt hatte, nur ein leises Atmen vernahm.

Ginevra trat neben sie und wühlte in ihrer Tasche. Schließlich zog sie ein Kombimesser hervor. Sie klappte eine Nagelfeile aus. An der Tür gab es weder eine Klinke noch Spuren eines Schlosses. Ginevra schob ihr Werkzeug zwischen Rahmen und Türflügel und übte einen leichten Druck aus, die Tür sprang auf. Die Frauen wichen zwei Treppenstufen zurück. Ginevra steckte das Messer wieder in ihre Tasche und murmelte:

»Mit ein bißchen Höflichkeit erreicht man doch alles.«

In der Tür erschien eine farbige Frau, so groß und kräftig, daß sie den gesamten Rahmen füllte. Sie rauchte einen Zigarillo und ließ ihre zornig blitzenden Augen rollen. Speichel tropfte ihr aus den Mundwinkeln, während sie eine unverständliche Litanei vor sich hin murmelte.

Die Frau trug einen seidenen Morgenmantel, der ihre Brüste nur halb bedeckte und eine große bläuliche Brustwarze im Ausschnitt sehen ließ. Eine Hand legte sich auf ihre nackte Schulter. Die Frau wandte sich leicht um, ohne ihren rätselhaften Monolog zu unterbrechen, und trat zur Seite. Hinter ihr tauchte ein untersetzter Jüngling auf. Er war von dunkler Hautfarbe und hatte grellgelb gefärbte Haare, die ihm wie einem Punk vom Kopf abstanden.

»Mach, daß du reinkommst. Kann ich mal wissen, was zum Teufel ihr hier wollt?« fragte der Mann mit breitem neapolitanischem Akzent.

Olimpia trat wieder eine Stufe höher.

»Nur eine Information. Hat hier ein Herr Jacopo Brancas gewohnt?«

Der Mann antwortete nicht. Aufmerksam musterte er eine kleine Schramme in der Tür.

»Da hat sich doch tatsächlich einer an der Tür zu schaffen gemacht ...«

Er lächelte, in seiner betont sanften Stimme lag ein ironischer, unterschwellig drohender Ton. Mit Blick auf Olimpia und Ginevra wurde sein Lächeln breiter.

»Dann seid ihr wohl beschissene Diebe, wie? Und was wolltet ihr abgreifen, hä?«

»Hören Sie, das ist ein Mißverständnis«, sagte Olimpia. »Wir suchen die Wohnung von Signor Brancas. Wir haben einen gerichtlichen Durchsuchungsbefehl.«

»Das ist mir scheißegal. Hier wohnt jedenfalls niemand. Und es kommt auch niemand in die Wohnung rein.«

Ginevra stellte sich auf die Zehenspitzen und reckte den Hals, um einen Blick in das Zimmer zu erhaschen. Sie erkannte ein ungemachtes Bett, auf dem die Farbige saß und ihren Zigarillo rauchte.

»Und ihr, was macht ihr dann hier?«

Augenblicklich wurde der Gesichtsausdruck des Mannes hart.

»Was geht euch das an, hä? Seid ihr Bullen oder was?«

Olimpia wollte gerade antworten, als Ginevra ihr eine Hand auf den Arm legte:

»Laß mich reden.« Sie hob das Kinn zu dem jungen Mann.

»So etwas in der Art. Wir haben die Erlaubnis, die Wohnung des verstorbenen Jacopo Brancas zu sehen.«

»Also, was jetzt, seid ihr Bullen, ja oder nein? Ich hab schon gesagt, daß hier niemand wohnt.«

»Was soll das heißen, niemand? Und Sie? Und die Dame dort?«

»Ich und die Dame dort gehen euch einen feuchten Dreck an. Wir sind nur vorübergehend hier. Aber wenn ihr es unbedingt wissen wollt, wir sind hier, weil es uns paßt. Alles klar? Zum Ficken, verstanden? Habt ihr was dagegen? Ihr stört den Betrieb, ihr nervt. Zieht endlich Leine!«

»Vielleicht ist es doch das falsche Haus«, flüsterte Olimpia. »Wir sollten lieber gehen.«

Ginevra sah sie stirnrunzelnd an. Hier wurde ihre Professionalität in Frage gestellt.

»Es ist das richtige Haus. Ich habe mich nicht geirrt.«

Der Mann mit den gelben Haaren wurde nervös. Er trat einen Schritt vor und fuchtelte mit der Hand in Brusthöhe herum.

»Jetzt aber mal ein bißchen plötzlich, oder soll ich euch Beine machen? Haut endlich ab! Verpißt euch! Und zwar sofort!!«

Ginevra trat eine Stufe zurück und steckte die Hand in die Tasche. Olimpia wußte, daß sie einen kleinen 38er Browning bei sich trug. Sie hatte ihn ihr gezeigt mit dem Grinsen einer Frau, die zu allem bereit ist. »Für alle Fälle«, war ihr Kommentar gewesen.

»O Gott, nein! Ginevra, ich glaube nicht, daß dies der richtige Moment ist, um amerikanisches Kino zu spielen. Laß uns gehen.«

»Ich weiß, wo der Weihnachtsmann gewohnt hat«, erklang eine helle Stimme, »ich kann euch hinführen.«

Am Fuße der Treppe stand das Mädchen mit dem weißen Gesicht und den schwarzen Haaren und strich sich den Rock über den mageren Beinen glatt.

Sie hieß Biserka Mikovic und war staatenlose Zigeunerin. Sie wohne mit ihrem jüngeren Bruder Milan im ersten Stock des Hauses, sagte sie, aber auf der anderen Seite. Auch der »Weihnachtsmann« habe auf der anderen Seite gewohnt, im Erdgeschoß. Sie nannte ihn so wegen seines Bartes und weil er nett gewesen war, immer hatte er ein Bonbon in der Tasche, das er vor wer weiß wie langer Zeit in irgendeiner Bar geschnorrt hatte und das schon ganz klebrig und mit dem Einwickelpapier verschmolzen war.

All das erzählte Biserka ihnen flink, während sie die beiden Frauen um das Gebäude herumführte, das größer war, als es aus der Entfernung den Anschein gehabt hatte, und mit Hilfe eines Stocks schlug sie sich den mit Brennesseln zugewachsenen Weg frei. Mitunter wandte sie sich zu ihnen um, sie auf ein Hindernis hinzuweisen: »Paßt auf die Scherben auf ... Hier kommt eine Pfütze ... Vorsicht bei den Brettern, die stecken voller Nägel.«

Vor drei kleinen Stufen, die zu einer frisch gestrichenen und grellgrün leuchtenden Tür führten, blieb Biserka stehen und drehte sich um, als sei ihr plötzlich ein Gedanke gekommen.

Sie sah Olimpia scharf an.

»Ihr seid hier, weil ihr das Zimmer vom Weihnachtsmann sehen wollt, richtig? Ihr seid nicht etwa Sozialarbeiter, oder?«

»Uns interessiert die Wohnung von Jacopo Brancas, wenn er dieser besagte Weihnachtsmann war.«

»Er war es«, bestätigte das Mädchen, »ich weiß, daß er Brancas hieß. Wir waren befreundet. Und du bist ganz sicher keine Sozialarbeiterin? Und die andere Frau da auch nicht?«

Olimpia legte sich die Hand auf die Brust.

Biserka hielt ihr mit ernster Miene die rechte Hand hin. Olimpia ergriff sie und schüttelte sie.

»Ehrenwort? Sozialarbeiter kann ich nicht leiden. Immer stecken sie ihre Nase in Dinge, die sie nichts angehen.«

Die fehlende Versiegelung an der Tür bestätigte aufs neue die Nachlässigkeit, mit der die Polizei und Dottoressa Cioncamani den Fall behandelt hatten. Biserka wies auf das im Halbdunkel liegende Zimmer.

»Hier. Hier hat Signor Brancas gewohnt.«

Auf der Schwelle schloß Olimpia kurz die Augen, um sich vom hellen Sonnenlicht des Mittags an das Dunkel zu gewöhnen. Ginevra drängte an ihr vorbei. Mit schnellen Schritten durchmaß sie den Raum und schaute sich um, ihre Absätze klapperten auf dem mit Ziegeln ausgelegten Fußboden. Von den Wänden hing in Fetzen die Tapete herab, sie hatte ursprünglich wohl ein Blumenmuster gehabt, das unter der Einwirkung der Feuchtigkeit aber fast unkenntlich geworden war. Die Decke schmückte eine Girlande aus Spinnweben.

Aus der Tiefe des Zimmers, wo die Lamellen des Fensterladens helle Streifen in den Staub zeichneten, erklang ihre enttäuschte Stimme:

»In dem Drecksloch ist ja rein gar nichts mehr zu finden.«

Tatsächlich war der Raum vollkommen leer. Einzig an der dem Fenster gegenüberliegenden Wand stand noch ein Lattenrost, auf dem eine aufgerollte Matratze lag – sonst nichts.

»Früher hatte er ein paar Sachen, der arme Brancas. Klar, daß jetzt nichts mehr davon übrig ist«, stellte Biserka fest. »Seit über zwei Monaten war niemand mehr hier. Die Polizei ist ein paarmal gekommen, beim letzten Mal hat sie die Tür offengelassen. Da haben die Leute alles weggetragen, was sie gebrauchen konnten. Sogar die Küchenmöbel sind fort, mit Herd und allem.«

»Die Leute?« fragte Olimpia. »Welche Leute?«

»Die Roma. Die haben ein Lager in der Nähe. Ein Zigeunerlager, verstehst du? Ich und mein Bruder haben früher auch dort gelebt, bevor wir hierherkamen. Die Roma also, und innerhalb weniger Tage war alles sauber. Sie haben nur den Lattenrost dagelassen, der eh schon durchgerostet ist und ein Loch hat, und die schimmelige Matratze.« Das Mädchen schien verlegen:

»Um ehrlich zu sein, ich habe auch ein bißchen was genommen ...«

Ginevra wischte sich mit einem Taschentuch die Hände ab.

»Wenn dein Chef an Kakerlaken interessiert ist, die kann ich ihm eimerweise liefern. Und Spinnen. Aber die Spinnen würde ich doch lieber an Ort und Stelle lassen. Immerhin dezimieren sie Fliegen und Mücken.«

»Zeigst du uns, wo du wohnst?« fragte Olimpia.

Biserka legte den Kopf schief.

»Ihr seid wirklich keine Sozialarbeiter?«

»Jetzt hör schon auf damit! Das habe ich dir doch gesagt.«

Sie stiegen eine steile Treppe hinauf, die jener anderen zum Verwechseln ähnlich sah, nur daß diese hier auf einen Dachboden führte.

Oben angekommen, öffnete Biserka eine Falltür und ließ sie auf die andere Seite kippen.

Der Raum, der sich darüber auftat, war pedantisch aufgeräumt und sauber. In der weiß gekachelten Wand über einem alten Küchenherd mit Kohlenstelle konnte man sich spiegeln. Das Kupfergeschirr blitzte und glänzte. Auf dem Tisch lagen langstielige rote Rosen, ein paar durchsichtige Plastikfolien, eine Schere und eine Rolle mit silberfarbenem Schmuckband. Biserka trat mit stolzem Blick einen Schritt zur Seite, um Olimpia und Ginevra hereinzulassen.

»Hier wohnen wir. Ich und mein kleiner Bruder.«

Biserka nahm zwei Rosen vom Tisch und reichte sie den Frauen.

»Ich verkaufe abends Rosen in Restaurants und Clubs. In Florenz kennen mich alle.«

»Danke«, sagte Olimpia lächelnd, als sie das Geschenk entgegennahm. »Und was macht dein Bruder?«

»Er ist Sammler. Er arbeitet dort drüben. Er sucht in den Abfällen nach Dingen, die man noch verkaufen kann. Manchmal bringt er es damit auf hunderttausend Lire.«

Das Mädchen öffnete das Fenster. Das Dröhnen eines Lastwagens ließ die Scheiben klirren, und eine Firmenaufschrift schob sich durch das Blau im Fenster. Jenseits des staubigen Grüns einer gekrümmten Pinie sah man den Streifen der Autobahn mit den vorüberrasenden Wagendächern. Dahinter qualmte die Müllhalde. Die Möwen saßen still in der Sonne.

»Ich mache euch einen Kaffee«, sagte Biserka.

Sie zog einen Eimer mit Kohle unter dem Spülstein hervor, knüllte ein paar Zeitungen zusammen, entzündete sie in dem Herdloch, ließ eine Handvoll Kohlen darauf fallen, wedelte mit einem Strohfächer Luft hinzu, nahm aus einem

Allzweckbehälter die Kaffeemaschine, füllte sie mit Pulver, stellte sie auf den Herd und fächelte erneut. Alles mit sehr sicheren und graziösen Bewegungen, sie hatte die Hände einer Klavierspielerin, elegante lange Finger.

»Normalerweise mache ich ihn auf türkische Art«, sagte Biserka, während sie die Tassen füllte, »das ist praktischer. Aber heute mal echt neapolitanisch, zu Ehren der Gäste.«

Während Olimpia an ihrem Kaffee nippte, der ein wenig nach verkohltem Gummi schmeckte, betrachtete sie Biserka. Sie hatte sich zu ihnen gesetzt und ihr Haar über die Schultern zurückgestrichen. Sie sah gar nicht aus wie eine Romani und hatte auch nicht die abwehrende Haltung der Zigeuner gegenüber jenen, die sie »gentili«, die Freundlichen, nannten, obwohl die Zigeuner von ihnen alles andere als freundlich behandelt wurden. Unter einer eng anliegenden Strickjacke begann sich ein kleiner Busen zu wölben, der Plisseerock schmiegte sich elegant um ihre schmalen, knochigen Hüften. Sie erinnerte an die herben Schönheiten der sechziger Jahre, wie man sie auf gewissen Postkarten festgehalten hatte, puritanisch sich gebende junge Schönheiten aus Übersee, die Begehren zu wecken vermochten, wenn nicht gar die geheimen Gelüste Pädophiler. Olimpia schossen sofort die Gefahren durch den Kopf, denen diese Lolita angesichts der Kerle hier ausgesetzt war, die bei solchen kleinen Nymphen gewiß alles andere suchten als die Inspiration für einen Roman.

»Wohnt ihr allein hier, du und dein kleiner Bruder? Wie alt bist du?«

Olimpia gab sich betont zurückhaltend, eingedenk Biserkas Abneigung gegenüber Sozialarbeiterinnen.

»Das weiß ich nicht so genau. Vierzehn, mehr oder weniger. Als wir mit unserer Karawane nach Florenz kamen, wohnte ich mit der ganzen Familie im Lager der Roma. Dann haben sie meinen Vater ins Gefängnis gesteckt, und meine Mutter ist mit meinem jüngsten Bruder in eine andere Stadt gegangen. Sie nimmt ihn immer mit, wenn sie herumläuft und bettelt. Also den kleinsten meine ich, nicht Milan, den Sammler. Deshalb sind wir hierhergekommen. Wir wohnen hier ohne Genehmigung, aber bisher hat uns niemand gestört. Das Haus hat keinen Eigentümer mehr, es ist verlassen. Als wir herkamen, lebte hier nur Signor Brancas. Uns ging es gut, mir und meinem Bruder, auch mit dem Signor Brancas als Nachbarn, das war ein freundlicher Mensch. Wir haben hier mehr Platz als in dem Zigeunerlager da draußen und sind weit weg von all dem Tohuwabohu, das die Roma abends immer veranstalten, wenn sie betrunken sind. Alles ging gut, bis der Weihnachtsmann starb. Da kam zuerst die Polizei, dann die Leute zum Klauen. Die beiden von eben, die auf der anderen Seite wohnen, dieser komische Typ mit den gelben Haaren und seine Schwarze, die sind nicht zufällig hier. Sie haben euch angelogen. Die kamen auch schon vor Brancas' Tod, ich weiß nicht, wozu, aber seltener; jetzt wohnen sie hier beinah. Mein Bruder wollte sie vertreiben, aber ich hab ihm gesagt, er soll sich keinen Ärger einhandeln. Wenn ihr einen Moment wartet, stelle ich ihn euch vor, den Milan. Um diese Zeit macht er Pause und kommt heim, um etwas zu essen.«

Ginevra, die abwesend durch die Küche gestreift war, öffnete eine Tür und blieb auf der Schwelle stehen: Zwei Betten standen dort, deren Federkissen mit gelb schimmernder Seide bezogen waren, und neben ihnen zwei Nachttischchen; auf einem von ihnen warf ein brennendes Öllämpchen seine Flamme auf ein Herz-Jesu-Bild. Sie klapperte mit dem Löffel in ihrer Tasse.

»Also, ohne eure Unterhaltung unterbrechen zu wollen, aber es ist fast ein Uhr, ich habe Hunger. Hier kann ich nichts Interessantes entdecken.«

»Einen Moment noch«, sagte Olimpia, und zu dem Mädchen gewandt:

»Ich will dir keinen Vorwurf machen. Aber vorhin hast du gesagt, daß du aus Brancas' Zimmer etwas genommen hast ...«

Biserka zog eine beleidigte Miene und wollte etwas erwidern, als schwere Schritte auf der Treppe erklangen. Die Falltür im Boden ging auf, es erschienen der Kopf und die Schultern eines jungen Mannes. Als er vollends in der Küche stand, wirkte diese um einiges kleiner. Er war über einen Meter neunzig groß, und seine übrigen Maße paßten zu der Größe. Dem bartlosen und noch sehr kindlichen Gesicht nach konnte er kaum älter als fünfzehn sein, doch seiner Gesamterscheinung merkte man an, daß er bei Tisch nichts umkommen ließ.

»Das ist Milan!« sagte Biserka.

Ginevra erstarrte mit ihrer Tasse in der erhobenen Hand:

»Das ist dein kleiner Bruder? Alle Achtung!«

»Wer sind die zwei, was wollen sie?« Die tiefe Baßstimme des Jungen zeigte, daß die Hormone ihn schon zum Mann gemacht hatten. Er war völlig verdreckt, der Staub bildete eine weiße Schicht auf seinem krausen Haar.

Biserka stellte sich auf die Zehenspitzen, legte ihm die Hände auf die Schultern, damit er sich zu ihr herunterbeuge, und flüsterte ihm etwas ins Ohr.

»Hm«, sagte Milan, »bist du sicher, daß sie keine Bullen sind?«

»Ganz sicher.«

»Und auch keine Sozialarbeiterinnen?«

»Okay, beenden wir die Störung. Wir wollten sowieso gerade gehen«, meinte Ginevra.

Olimpia sah, daß ihre Befürchtungen über die Gefahren, denen Biserka ausgesetzt sein könnte, unbegründet waren.

Ginevra war bereits wieder am Fuße der Treppe angelangt, Olimpia aber stand auf halber Höhe, als die Falltür noch einmal aufging und das wächserne Gesicht zwischen den langen dunklen Haaren erschien:

»Wenn ich dir zeige, was ich aus Brancas' Zimmer genommen habe, kriege ich dann Schwierigkeiten?«

»Was denn für Schwierigkeiten?«

»Na ja, von wegen, ich hätte geklaut und so ...«

»Aber nein. Wir sind nicht von der Polizei.«

»Dann komm noch mal hoch.«

Milan saß über einen Teller Spaghetti gebeugt. Ohne den Blick zu heben, wiegte er mißbilligend den Kopf, während seine Schwester in das andere Zimmer ging und mit einem Schuhkarton in den Händen zurückkam.

»Hier«, sagte Biserka und schüttete den Inhalt des Kartons auf den Tisch. »Das sind Schnipsel aus alten Zeitungen. Ich habe sie an mich genommen, als ich hörte, daß er tot sei, denn ich weiß, daß Brancas sehr an ihnen hing. Er hatte sie immer in seiner Nähe. Wenn er schlafen ging, schob er sie unter sein Bett. Ich weiß nicht, warum er so an diesen Schnipseln hing, aber vielleicht interessieren sie dich ja. Wenn du willst, kannst du sie haben.«

Olimpia hob einen der kleinen Stapel mit sorgfältig aus Zeitungen ausgeschnittenen Blättern hoch, die von einer Heftklammer zusammengehalten wurden. Es mochte ein Dutzend solcher Zettel sein. Deutlich zu lesen war darauf eigentlich nichts, obwohl man eine hauchdünne, blasse Handschrift erkannte, die quer zu den Druckzeilen verlief.

Nein, sagte Biserka auf Olimpias Frage, die Polizei wüßte nichts davon, weder von der Existenz der Zettel noch daß sie sie an sich genommen hatte. Niemand hatte sie befragt. Die Beamten der Kripo waren nur ein paarmal dagewesen, sie hatten einen flüchtigen Blick auf Brancas' Zimmer geworfen und waren wieder gegangen, ohne etwas mitzunehmen.

»Darf ich sie wirklich haben?«

»Du willst sie ihr mitgeben? Warum?« fragte Milan mit vollem Mund.

»Weil ich sie nett finde, klar?« erwiderte Biserka. »Wir können eh nichts damit anfangen.«

Der riesige Bruder zuckte mit den Schultern.

Ginevra, die die ganze Zeit unten an der Treppe gewartet hatte, steckte nun ihren Kopf durch die Luke.

»Sieh nur«, sagte Olimpia triumphierend und hielt ihr das Bündel hin, »nun kehren wir nicht mit leeren Händen zu Scalzi zurück.«

Als sie ins Auto stieg, spürte Olimpia Blicke auf sich gerichtet. Wenige Schritte entfernt stand, die Hände in die Hüften gestemmt, der junge Mann mit der gelben Punkfrisur und starrte gebannt auf den Karton, den Olimpia auf dem Rücksitz des Wagens verstaute.

6
Bleisoldaten

Scalzi saß nun schon über eine Stunde im »Homo Sapiens« und hielt die Tasche immer noch auf dem Schoß. Aber die Atmosphäre war so gespannt, daß er noch keine Gelegenheit gefunden hatte, sie zu öffnen und Palazzari Brancas' Zettelsammlung zu zeigen.

Die neueste Leidenschaft des Signor Palazzari waren nämlich Autographen bekannter Persönlichkeiten. Und er hatte sich mit solchem Fleiß darin geübt, die unleserlichsten Handschriften zu entziffern und ihren Inhalt zu verstehen, immer in der Hoffnung, eines Tages eine historisch umwälzende Entdeckung zu machen, daß er sich mittlerweile rühmte, auch in die verworrensten Manuskripte noch einen Sinn bringen zu können.

Palazzari war ein besessener, aber auch wenig konstanter Sammler. Seine Leidenschaften kamen und gingen wie der Wind. Bevor er sich den Autographen zuwandte, hatte sein Hauptinteresse den Bleisoldaten gegolten, jenen über hundert Jahre alten, handbemalten Exemplaren. Ihretwegen war er auch mit dem Messias in Streit geraten.

Palazzari lebte in bescheidenem Wohlstand, obwohl er keinen Beruf ausübte. Eine großzügige Rente erhielt er von der saudischen Regierung mit der Auflage, niemals wieder einen Fuß weder in ihr noch in ein anderes islamisches Land zu setzen.

In seiner Jugend war er um die halbe Welt gereist und hatte in Saudi-Arabien das Herz der Tochter eines mächtigen Emirs für sich gewonnen. Die Prinzessin war so in ihn vernarrt gewesen, daß die Liebe in eine Ehe mündete. Palazzari war fünf Jahre in Saudi-Arabien geblieben und hatte sich diplomatischen Aufgaben gewidmet, was er weniger seiner polyglotten Bildung verdankte als vielmehr der Initiative des Schwiegervaters, der ihm mit Hilfe des Amtes zu größerem Ansehen verhelfen und ihn auf denselben noblen Rang wie seine Tochter heben wollte. Doch der Schwiegersohn löste mit seinen Aktivitäten immer wieder solche Verunsicherung aus – man erzählte sich, daß es seinetwegen sogar zu einer kurzzeitigen Verschlechterung der Beziehungen zwischen den Saudis und den USA kam –, daß eine Schar vom Schwiegervater angeheuerter Schergen ihn in der Stadt Djidda mit Gewalt festnahm, wo er mit seiner Frau lebte. In einem gepanzerten Mercedes durchquerten sie in halsbrecherischem Tempo Jordanien, Syrien und die Türkei, bis derselbe Mercedes den chaotischen Gatten in Edirne an der bulgarischen Grenze ablud. Natürlich ohne die Gemahlin, die vom Vater gezwungen worden war, sich von ihrem Mann loszusagen.

In die Heimat zurückgekehrt, hatte Palazzari ein zweites Mal geheiratet. Seine neue Dame machte es sich zur Aufgabe, den unruhigen und impulsiven Charakter des Ehemanns zu zähmen und seine Sammlerleidenschaft in puncto Frauen einzuschränken. Und seit das Alter ihm nicht mehr erlaubte, seinen sizilianischen Charme auszuspielen, und die Damen ihm nicht mehr reihenweise zu Füßen lagen, wandte sich sein Sammlerinstinkt den toten Gegenständen zu. So hatte er sich in letzter Zeit zunächst für chinesische Jadeartikel begeistert – der Anlaß für häufige Besuche im »Homo Sapiens« wie auch im namenlosen Geschäft von Niccolò Pasquini –, später für Bleisoldaten, und jüngst nun hatte er seine Aufmerksamkeit den Autographen zugewandt. Doch da seine Frau die Hand auf dem Geldbeutel hielt und ihm nur ein bescheidenes Taschengeld von seinen Einkünften ließ, blieb Palazzari nichts anderes übrig, als den Wert der früheren Erwerbungen in der neuen Passion aufgehen zu lassen. Deshalb hatte er seine Sammlung von Bleisoldaten an Pasquini verkauft.

Ein für ihn sehr nachteiliges Geschäft. Unter den kleinen Figuren waren einige, vor allem die handbemalten Exemplare, von beträchtlichem Wert. Die etwas gröberen und unbemalten wurden als weniger wertvoll eingeschätzt. Der Messias aber mit seinem sicheren kaufmännischen Gespür hatte ihm einen Preis gemacht, der dem Wert der unbearbeiteten Soldaten entsprach. Palazzari, der das Geld dringend für die Autographen benötigte, war, wenn auch knurrend, darauf eingegangen. Der Käufer hatte ihm schließlich eine Summe überreicht, die etwa einem Fünftel des Marktwertes der ganzen Sammlung entsprach.

Doch nachdem er die bemalten Stücke eins nach dem anderen verkauft und das Fünffache des Kaufpreises dabei herausgeschlagen hatte, war Pasquini mit süßlichem Getue und kühner Unverfrorenheit zu Palazzari gegangen, um mit dem verbliebenen Heer der unbearbeiteten Soldaten den Klagegesang des Betrogenen anzustimmen. Er verlangte von ihm, diesen Teil der Sammlung wieder zurückzunehmen, unter Rückerstattung des Betrages, den er für jeden einzelnen von ihnen erhalten hatte. Die kleinen Figürchen in ihrem matten Grau, so meinte der Messias, hätten sich als absolut unverkäuflich erwiesen. Palazzari erklärte sich bereit, die ganze Sammlung zurückzunehmen, allerdings inklusive der bunten Exemplare und gegen die Gesamtsumme. Das wies Pasquini empört zurück, ohne zu erwähnen, daß er die wertvolleren Stücke bereits verkauft hatte. Daraus entstand ein Zwist, der sich nun schon über Monate hinzog. Der Groll war mittlerweile zum Selbstläufer geworden, der sich jedesmal weiter von der Frage der Militärmännlein aus Blei entfernte, auf andere Themen übergriff und immer feindseligere und persönlichere Formen annahm.

An jenem Vormittag, als Scalzi sich in der Hoffnung in das »Homo Sapiens« begeben hatte, den Experten für Autographen um Rat fragen zu können, hatte sich das Feuer gerade an Palazzaris neuester Trouvaille entzündet. Dieser hatte nämlich der Herrenrunde nichts Geringeres als einen Autographen von Victor Hugo vorgeführt, einen Brief, den der große Schriftsteller seiner Tochter Adèle von der Insel geschrieben hatte, wo er im Exil lebte.

Pasquini hatte in seiner üblichen anmaßenden Art verlangend das Händchen ausgestreckt und gefragt, wo Palazzari ihn denn herhabe. Aus einem Antiquariat in Paris, auf der Place des Vosges, hatte Palazzari geantwortet und ihm vorsichtig das Blatt gereicht. Nach einem kurzen Blick auf das Schriftstück schüttelte Pasquini mit spöttischer Miene den Kopf:

»Schau dir doch bloß mal das Datum an, da geht's doch schon los. Zu der Zeit lag Hugos Frau im Sterben. Und der Brief erwähnt ihre Krankheit mit keinem Wort. Hältst du das für möglich? Und der Schluß? ›*Baisers*‹, Küsse, so ein Quatsch! Der Dichter zeigte sich niemals so herzlich gegenüber dem schwarzen Schaf der Familie, am Ende ließ er sie ja sogar in eine Art Irrenanstalt einsperren. Und die Schrift – sie ist gefälscht, und nicht mal sehr geschickt, sieh dir nur die Unsicherheit beim Buchstaben *g* an. Hugo hatte eine vollkommene Handschrift, schließlich war er ein großer Zeichner. Da hast du dir eine Fälschung andrehen lassen. Dieses Blatt Papier ist nichts wert.«

Daraufhin hatte Palazzari ihm den Brief so zornig aus der Hand genommen, daß eine Ecke abgerissen war. Und schon war der Zwist da.

Auf den »Scheißpriester« antwortete Pasquini mit »dreckiger Apostat«, womit er auf den Umstand anspielte, daß Palazzari vor seiner Hochzeit mit der arabischen Prinzessin das Christentum verlassen hatte und Moslem geworden und so in den Stand eines *Gjaur* gefallen war, der aus freien

Stücken der Großartigkeit und Überlegenheit der abendländischen Kultur abgeschworen hatte.

Ob er wohl gern für die Heilige Inquisition gearbeitet hätte, meinte daraufhin in galligem Ton Palazzari, die hätte ihn doch sicher noch postum zu ihrem Spitzel ernannt. Wie könne ein Ex-Priester es wagen, so leichtfertig von der Unterlegenheit einer antiken Kultur zu reden, die soviel reicher sei an Bildung, an hervorragender Literatur, an wissenschaftlichen Entdeckungen als der Westen? Wem haben wir denn das Zahlensystem zu verdanken, die geniale Erfindung der Null? Und den Kompaß, wer habe den erfunden? Außerdem sei das Christentum eine höchst depressive Religion, man brauche nur an die Belohnung der sogenannten Gerechten zu denken: Langweiliger ginge es wohl nicht, als die Ewigkeit mit Lobgesängen auf den Allmächtigen zu verbringen. Demgegenüber sei doch, vorausgesetzt, man glaubte daran, ein Paradies voller Huris, die Allah eigens zum Gefallen der wahren Gläubigen dorthin gebracht habe, ein wesentlich anziehenderer Ort. Wenn er, Palazzari, vor die Wahl gestellt würde, er wüßte sehr genau, welches Paradies er vorzöge.

Pasquini verbot es seine ekklesiastische Vergangenheit, zuzugeben, wie sehr sein Widersacher ihm aus dem Herzen sprach und seinen wunden Punkt traf. Darum ging er in die Gegenoffensive und beklagte den Zustand der christlichen Zivilisation, die für einen Renegaten heute nicht einmal mehr den Galgen bereithielte.

An diesem Punkt verfiel der Disput von dem ariostischen Tonfall, den der Wortwechsel zwischen einem edlen Kreuzritter und einem nicht minder edlen Sarazenenfürsten gehabt hätte, zu einem trostlosen, hauptsächlich auf sexuellen Andeutungen basierenden Schlagabtausch.

»Na, sieh einer an, wer hier von Renegaten spricht! Wer hat denn das Priestergewand für ein paar frische Möschen von sich geschmissen?« warf Palazzari ein.

Pasquini, nicht faul, nutzte die Chance und lenkte den Streit auf sein bevorzugtes Terrain. Die Huri des Palazzari, seine geheimnisvolle irdische Prinzessin, von der niemand wisse, ob es sie überhaupt gegeben habe, da doch niemand das Vergnügen gehabt hätte, ein Bild von ihr zu sehen, habe ja allem Anschein nach den Gatten aus dem Land geworfen und ihn obendrein fürstlich entlohnt, damit er niemals auf die Idee käme, zurückzukehren. Das sei wohl der beste Beweis dafür, daß die Dame nicht besonders zufrieden gewesen sein könne mit den sexuellen Leistungen des Gatten. Palazzari könne Allah jedenfalls dankbar sein für die Reise im gepanzerten Wagen und für diese Art von umgekehrtem Lösegeld. Soweit er, Pasquini, informiert sei, habe der ach so zivilisierte Islam in einer noch nicht lange zurückliegenden Vergangenheit für gewisse Renegaten, die zudem noch auf sexueller Ebene enttäuschten, andere Mittel anzuwenden gewußt, zum Beispiel die Schere: schnipp, schnapp! Ein Schnitt, und weg war er! Und waren die Ungläubigen erst des anatomischen Details beraubt, das die Männer von den Frauen unterscheidet, wurden sie behandelt wie Hunde und zur Bewachung des Harems abgerichtet. Wäre dies etwa das Schicksal des schlauen, aber unerfahrenen Krämers und Herrn der Bleisoldaten geworden, der aus seinem Aufenthalt in jenen Ländern auch das levantinische Talent zum Betrug mitgebracht habe? Das erkläre natürlich einiges ...

Da sprang Palazzari von seinem Stuhl auf, hochrot im Gesicht vor Wut über die freche Andeutung ausgerechnet des Messias über einen Betrug wie auch – als echter Sizilianer – über den Zweifel an seiner Manneskraft, und ging mit erhobenen Fäusten auf seinen Widersacher zu. Doch Giuliano mit seiner ganzen Körpermasse, trotz seines reifen Alters immer noch gut mit Muskeln ausgestattet, stellte sich ihm in den Weg, weniger, um Pasquini zu schützen, der eine Abreibung durchaus verdiente, als um seine Ladeneinrichtung zu retten. Worauf Palazzari sich den breitkrempigen Hut noch tiefer ins Gesicht zog und sich zum Gehen wandte. Da griff Scalzi ein.

»Daß ihr euch nicht schämt, ihr beiden«, sagte er, nachdem Palazzari sich unter den beruhigenden Worten Giulianos wutschnaubend wieder hingesetzt hatte. Pasquini saß grinsend und mit untergeschlagenen Beinen auf dem chinesischen Lehnstuhl, den er immer bei seinen Besuchen wählte, obwohl er hart und unbequem war, vielleicht um seine Dialektik eines Mandarins noch szenisch zu unterstreichen.

»Handgreiflich zu werden ... Und weswegen? Wegen einer Handvoll Soldaten! Das ist doch himmelschreiend kindisch! Habt ihr euch beruhigt? Signor Palazzari, haben Sie sich beruhigt? Ich bin hier, weil ich mit Ihnen reden wollte. Ich brauche Ihre Meinung zu einer Handschrift.«

Palazzari schien augenblicklich die Ohren zu spitzen wie ein Hund, der einen Ultraschallton hört.

»Zeigen Sie mal her«, sagte er und setzte sich die Brille auf.

Scalzi zog das Bündel mit Brancas' Notizen aus der Tasche.

»Das sind ja Zeitungsausschnitte!« stellte Palazzari enttäuscht fest. »Modernes Zeug!«

Scalzi wies auf die Spuren des Kopierstiftes.

»Das sind Stichpunkte, die sich Jacopo Brancas gemacht hat. Sie sind natürlich vollkommen wertlos, aber für mich wäre es sehr wichtig, ihren Inhalt zu kennen. Ich kann nur leider nicht das mindeste entziffern.«

Der Messias zappelte wild mit den Beinen, als säße er auf einem Fahrrad.

»Wichtig wofür?«

»Meine Kanzlei ist mit dem Fall betraut.«

Erneutes Zappeln bei Pasquini.

»Hört, hört. Und in wessen Auftrag ist Ihre Kanzlei damit betraut?«

»Ich glaube nicht, daß ich Ihnen das sagen kann«, erwiderte Scalzi abweisend. »Sie wissen vermutlich, daß Anwälte der beruflichen Schweigepflicht unterliegen.«

»Gewiß, das versteht sich ...«, schnaubte Pasquini und riß ironisch die Augen auf. »Die anwaltliche Schweigepflicht. Aber wir sind doch unter Freunden hier.«

»Freunde würde ich hier nicht alle nennen«, meinte Scalzi.

»Gib mir mal die Lupe«, sagte Palazzari zu Giuliano und strich auf dem Tisch das Bündel mit den Zeitungsschnipseln glatt.

Dann schob er sich die Brille auf die Stirn und klemmte sich den Fadenzähler ins Auge, den Giuliano ihm reichte.

»›*Hier soll sich deine Vornehmheit erweisen*‹«, psalmodierte der Messias. »Jetzt werden wir sehen, ob der untrügliche Blick unseres Islamisten der Realität entspricht oder ob er wieder nur den üblichen Blödsinn von sich gibt.«

»Bring ihn zum Schweigen«, knirschte Palazzari, »bitte, Giuliano, mach, daß er den Mund hält, oder ich kann für nichts garantieren.«

Giuliano heftete mit einem mordlustigen Glitzern in den Augen seinen Blick auf den Ex-Priester:

»Niccolò, so weit bin ich noch nie gegangen. Obwohl ich schon oft genug Gründe dafür gehabt hätte. Aber paß auf, sonst hebe ich dich mitsamt dem chinesischen Sessel hoch, das sperrige Ding werde ich eh nie verkaufen, und werfe dich hinaus auf den Bürgersteig.«

Palazzari sah auf und rieb sich die Augen:

»Also, zunächst einmal verläuft die Schrift andersherum, von rechts nach links, wie in Leonardos Codices. Dann ist die Farbe des Kopierstifts stark verblaßt, hinzu kommen die Druckbuchstaben der Zeitung, die das Ganze noch mehr verwirren. Der Sinn ist nur sehr schwer zu entziffern, fast unmöglich ...«

Aus dem chinesischen Lehnstuhl ertönte das spöttische Gelächter des Messias:

»Was habe ich euch gesagt?«

Palazzari schoß in die Höhe, umdribbelte Giuliano, der sich ihm in den Weg stellen wollte, und stand mit einem Satz hinter Pasquini. Er packte ihn am Hals und stieß ihn mit der Nase auf einen der Zettel.

»Dann lies du mal!«

Der Messias gab ein tonloses Röcheln von sich, der Griff um seinen Hals preßte ihm die Luft ab.

»Dann lese ich also: ›*Solus Imperator habet potestatem in temporabilis, in spirituabilis papa, iurisdictiones sunt distinctae.*‹«

7
Gerichtsverhandlung

»Ruft die Signora herein«, sagte die Richterin.

»Sehen Sie nur, wie elegant sie sich herausgeputzt hat«, flüsterte der Klient dem Anwalt ins Ohr.

Man sah Pazzis Tante das Alter deutlich an, ihr Gesicht war geschwollen, unter den Augen zeichneten sich schwarze Ringe ab, das spärliche Haar schien wie verbrannt von der aschblonden Färbung. Aber vor Jahren mußte sie eine sehr schöne Frau gewesen sein, groß und üppig wie die toskanischen Bäuerinnen, mit dem stolzen Blick und dem Profil einer Etruskerin. Eine Ahnung ihrer verwelkten Schönheit war geblieben, obwohl die taillierte Jacke des taubengrauen Kostüms ihr das Aussehen eines in der Mitte abgeschnürten Kopfkissens verlieh. Kaum saß sie im Zeugenstuhl, zog sie ein Taschentuch hervor und schneuzte sich geräuschvoll.

»Verzeihung«, sagte sie mit einem verlegenen Lächeln zur Richterin hin.

»Bitte.«

Dottoressa Favilla, die Alleinherrscherin über das florentinische Gericht, erwiderte dieses Lächeln mit einer kleinen Grimasse, aus der Scalzi Mitleid herauszulesen glaubte. Dann warf sie dem Angeklagten einen vernichtenden Blick zu. Gerade hatte sie mit leiser und schwerverständlicher Stimme den Beginn der Anklageschrift verlesen, während sie mit den Fingern eine Ecke des Aktendeckels bearbeitete.

Beim Ablesen der Eidesformel verhaspelte sich Signora Irene Curafari mehrere Male.

»Sie ist halbe Analphabetin«, verkündete der Klient mit lauter Stimme.

Der Saal war klein, er schien wie erdrückt von der Antiterror-Kabine, und lag zudem halb versteckt inmitten eines Labyrinths von Treppen und schmalen Fluren auf der dem Haupteingang gegenüberliegenden Gebäudeseite. Vielleicht war er von den Mönchen des Klosters einst für weltliche Begegnungen genutzt worden. Das legten zumindest die von der Zeit und den erfolgten Restaurierungsarbeiten stark beschädigten Wandbilder nahe, die keine religiösen Inhalte hatten, sondern Landschaften im Stile der Fresken Pompejis darstellten. Das am besten erhaltene Bild zeigte eine Art Wald aus exotischen Pflanzen. Auf dem Ast einer Palme hockte ein riesiger Vogel, der einem Papagei ähnelte. Trotz ihres naturalistischen Inhalts verstärkten die Bilder die klaustrophobische Atmosphäre des Raumes noch. Vom Richtertisch aus, der unmittelbar vor denen des Verteidigers und des Staatsanwalts stand, hörte man selbst das leiseste Flüstern.

»Halten Sie den Mund«, sagte Scalzi, nachdem er einen weiteren, ebenso flüchtigen wie vernichtenden Blick der Richterin auf den Angeklagten aufgefangen hatte.

Dottoressa Favilla wandte sich an den jungen Staatsanwalt, einen mit dieser Funktion betrauten Polizeibeamten:

»Angesichts des heiklen Prozeßgegenstandes innerfamiliärer Zwistigkeiten möchte ich, wenn die Anklagevertretung einverstanden ist, die Zeugin selbst vernehmen.«

»Aber bitte«, stimmte der junge Beamte erleichtert zu.

»Signora, erzählen Sie uns alles ganz in Ruhe«, begann die Dottoressa, »die Sitzung ist allein Ihnen gewidmet, ich bin hier, um Ihnen zuzuhören, und wir haben alle Zeit der Welt.«

»Ich habe doch schon alles der Polizei erzählt.« Die Signora drehte sich um, ließ den Blick durch den Raum schweifen, als suche sie Halt bei jemandem, der offensichtlich nicht anwesend war. »Mehr habe ich nicht zu sagen.«

»Ich weiß nicht, was Sie der Polizei erzählt haben.« Die Stimme der Richterin war voller Geduld, obwohl es sie allmählich langweilte, immer denselben Sermon wiederholen zu müssen.

»Sehen Sie, Signora, nach den neuen Verfahrensregeln findet der Prozeß hier statt, vor mir. Ihre vorangegangenen Aussagen, die Sie der Polizei oder dem Staatsanwalt gemacht haben, zählen nicht. Es ist, als hätte es sie gar nicht gegeben. Sie kommen nur dann und auf Initiative der Parteien zum Tragen, wenn Sie heute etwas sagen, das von dem zuvor Gesagten abweicht. Also, erzählen Sie mir bitte alles.«

Wieder zog Signora Curafari das Taschentuch hervor. Sie fuhr sich damit über die Nasenlöcher, doch ohne das auf die Ermunterung der Richterin eingetretene erwartungsvolle Schweigen mit einem erneuten Schneuzen zu stören.

»Ach ... Signora ... wenn Sie wüßten ...«

»Deshalb bin ich ja hier, um anschließend zu wissen. Also?«

Die Curafari beugte sich vor, indem sie beide Hände auf den Richtertisch legt. Sie senkte die Stimme:

»Wissen Sie, wie Benedetto, mein Neffe, genannt wird? Wie er in unserem Viertel heißt? Möchten Sie das wissen?«

»Wenn es für den Fall von Bedeutung ist ...«

»Beco Pazzo, der verrückte Trampel,* so nennen sie ihn! Und wollen Sie wissen, warum? Möchten Sie die eine oder andere Anekdote dazu hören?«

»Und dich? Wie nennen sie dich am Bahnhof?« Der Klient sprang auf. Scalzi packte ihn am Gürtel, um ihn auf den Stuhl zurückzuziehen.

»Falscher Fuffziger nennen sie dich! Und nun erzähl der Richterin mal, warum sie dich Falscher Fuffziger nennen!« schrie der Pazzi-Sproß.

Dottoressa Favilla rutschte in ihrem Sessel zurück, als erwarte sie einen tätlichen Angriff:

»Avvocato Scalzi! Machen Sie Ihren Klienten darauf auf-

* Unübersetzbares Wortspiel mit dem Namen *Pazzi*, in dem auch *il pazzo* (der Verrückte) steckt.

merksam, daß ich ihn, sollte er sich eine weitere Entgleisung dieser Art erlauben, aus dem Saal entfernen werde! Und Sie, Signora, lassen nun die Spitznamen beiseite. Sie interessieren dieses Gericht nicht. Bleiben Sie bei den Fakten, bitteschön.«

»Bei den Fakten? Welchen Fakten?«

»Soweit ich weiß«, sagte die Dottoressa, diesmal mit leicht genervtem Unterton, »haben Sie Signor Benedetto Pazzi angezeigt. Die Anzeige liegt hier in den Prozeßakten vor. Weshalb haben Sie ihn angezeigt?«

Die Signora erstarrte mit offenem Mund.

»Sehen Sie, ich werfe Ihnen nicht das geringste vor«, sagte die Richterin. »Wenn Sie Ihren Neffen wegen des Tatbestands der Mißhandlung angezeigt haben, werden Sie gute Gründe dafür gehabt haben. Seien Sie so freundlich und erläutern Sie mir diese Gründe.«

»Weil er mich schlägt! Prügelt! Deshalb habe ich ihn angezeigt!«

Wieder ergriff die Signora ihr Taschentuch, bedeckte sich damit die Augen und begann zu weinen.

»Alles Show! Sie spielt nur! Sie ist die geborene Schauspielerin!« rief der Angeklagte.

»Passen Sie auf, sonst lasse ich Sie des Saales verweisen!« Die Richterin war nun ernstlich entrüstet.

Benedetto Pazzi stand auf:

»Bemühen Sie sich nicht, Frau Richterin. Ich gehe schon von selbst. Wenn ich sowieso nichts sagen darf, was soll ich dann hier?«

»Wie Sie wollen«, meinte die Richterin. »Das Gericht wird auch Ihr Verhalten während des Prozesses zu beurteilen wissen.«

»Womit wir uns dann wohl von den mildernden Umständen verabschieden können«, murmelte Scalzi. »Ich rate Ihnen hierzubleiben. Setzen Sie sich, und halten Sie den Mund.«

Doch ›Beco Pazzo‹ schlüpfte bereits in die schwarze Lederjacke, die über der Rückenlehne seines Stuhles hing. Er zog seinen Motorradhelm unter dem Tisch hervor und ging zum Ausgang. Auf der Schwelle drehte er sich noch einmal zum Halbrund des Saales um:

»Du!« sagte er und wies mit erhobener Hand, in der er den Helm hielt, auf die Tante, »paß nur auf, daß du nicht zu viele Lügen erzählst! Zu Hause rechnen wir dann ab!«

»Das Protokoll möge festhalten«, mischte sich der Staatsanwalt ein, »daß der Angeklagte der Zeugin gegenüber eine Drohung ausgesprochen hat.«

»Die Drohung ist registriert«, sagte die Richterin. »An diesem Punkt wird ein Ausschluß von der Verhandlung unerläßlich. Der Angeklagte hat versucht, die Zeugin zu beeinflussen. Signor Pazzi, ich verweise Sie des Saales. Bitte beachten Sie, daß Sie nicht zurückkehren können, es sei denn, ich hebe den Erlaß auf. Man nehme das ins Protokoll auf. Carabiniere, bitte sorgen Sie dafür, daß der Angeklagte den Saal verläßt.«

»Ich gehe schon, keine Sorge. Du kommst auch mal nach Hause, du Scheißfuffziger!« Wieder deutete Pazzi mit dem Sturzhelm drohend in Richtung der Tante.

»Selber beschissen, Beco Pazzo!« grölte Irene Curafari zurück. »Denk dran, wenn ich hier mit allem auspacke, lassen diese Herrschaften dich nie wieder raus! Denk immer daran!«

Der wachhabende Carabiniere packte den Angeklagten am Arm und führte ihn unter seinem lautstarkem Protest hinaus.

In der darauffolgenden Stunde verharrte Scalzi, die Hände in der Robe vergraben, reglos an seinem Tisch, in einer Haltung, als sei ihm kalt, stumm wie eine Eule, ohne sich Notizen zu machen und innerlich bereuend, daß er einen Fall übernommen hatte, der auch für ihn unverdaulich war.

Pazzis Tante erzählte unter ständigem Schneuzen und während ihre Blicke immer noch wie suchend durch den Raum schweiften, von ihrem Leidensweg. Sie ließ nichts aus: weder die Fausthiebe noch die Fußtritte, wenn der Neffe sie an der Badezimmertür überraschte, weil sie, wie er sagte, schmutzig sei und mit ihrer bloßen Anwesenheit die Toiletteneinrichtung verseuche. Mit einer gewissen Scham erzählte sie von den Bechern, auf die sie nachts in ihrem Zimmer zurückgreifen mußte. Die vollen Gefäße sammelten sich unter dem Bett an, weil sie nicht den Mut hatte, sie im Bad ausleeren zu gehen. Dann erwähnte sie das wenige Geld aus ihrer Altersrente, das sie wegschließen mußte, damit Benedetto es ihr nicht nahm. Aber selbst das genügte nicht, er stahl es ihr trotzdem, so daß sie schon wer weiß wie oft das Versteck wechseln mußte ... Und dann die Beleidigungen ... Die schrecklichen Szenen ...

»Und Ihr Schwager, was sagt der dazu? Greift er denn nicht ein?« fragte Dottoressa Favilla.

»Beppino? Gott bewahre! Was soll der schon ausrichten, mein Schwager, wo er doch ständig stockbesoffen ist! Am besten ist, wenn er sich ganz raushält, sonst fängt er sich auch noch Prügel ein!«

Darauf befragte die Richterin die Zeugin nach dem Sinn ihrer geheimnisvollen Andeutung, wenn sie mit »allem« auspackte, würden die »Herrschaften« ihn nie wieder rauslassen, womit wohl nur das Gericht gemeint sein könne. Doch die Curafari wehrte mit den Worten ab, diese Dinge hätten nichts mit dem aktuellen Prozeß zu tun, und sie würde, wenn nötig, zu gegebener Zeit darüber sprechen.

Als die Sitzung zu Ende war – Scalzi lief über die Piazza San Firenze –, hielt ein Motorrad neben ihm. Benedetto klappte das abgetönte Visier des Sturzhelms hoch.

»Wie ist es gelaufen?«

»Schlechter geht's kaum«, erwiderte Scalzi.

8
Zigeunertango

Olimpia und Ginevra stiegen aus, um das Hindernis von nahem zu betrachten. Scalzi blieb im Auto sitzen. Eine umgestürzte Pinie lag quer über der unbefestigten Straße, die zur Villa führte. In der vorangegangenen Nacht war ein Wirbelsturm über die Gegend gefegt. Bis zum Morgengrauen hatten Donner und Sturm den Bürgern von Florenz den Schlaf geraubt. Sie waren spät aufgebrochen, erst gegen Abend, da sich eine Sitzung des Anwalts länger als geplant hingezogen hatte. Scalzis Präsenz schüchterte Ginevra ein, die während der ganzen Fahrt kein Wort gesagt hatte.

»Und nun?« fragte die Detektivin.

»Gehen wir zu Fuß weiter. Den können wir nicht wegräumen, dafür ist cr zu groß.«

»Zu Fuß? Das sind gut und gern drei Kilometer!« protestierte Ginevra.

Sie stiegen wieder ins Auto. Olimpia schüttelte mißbilligend den Kopf:

»Mensch, Ginevra, findest du Wildlederschühchen mit Absatz die richtige Wahl für einen solchen Ort?«

»Vielleicht dachte sie, daß wir zu einem Tanztee fahren«, meinte Scalzi.

»Tanztees waren vor einem Jahrhundert in. Ich bin Detektivin und nicht Marathonläuferin. Dann werde ich eben mit dem Auto einen anderen Weg suchen. Verflucht noch mal, es wird doch wohl eine normale Straße zu dieser Schrottvilla geben!«

Es gab keine. Nachdem sie eine Stunde zwischen Industrieanlagen, Mülldeponien und Feldern herumgeirrt waren, standen sie wieder vor dem entwurzelten Baum. Die Sonne war bereits untergegangen. Am Horizont, der wie ein schmutziger Teller mit den Resten einer Pizza Napoli aussah, verblaßten langsam tomatenrote Wolken.

Scalzi hatte Palazzari die Zeitungsausschnitte von Brancas überlassen. Ein paar Tage später hatte ihn in der Kanzlei ein Anruf erreicht. Palazzari erzählte ihm von einem Buch aus dem siebzehnten Jahrhundert, das in Brancas' handschriftlichen Notizen häufig zitiert würde, immer mit vagen Datierungen und ohne jede Angabe von Titel und Autor.

Hier lag laut Palazzari der Schlüssel für das »Gekritzel« des Toten, das zumeist aus lateinischen Formeln bestand, von denen manche sogar Anagramme waren, in der Art jener Geheimsprache, wie Gelehrte, Künstler und Handwerker in der Renaissance sie häufig benutzt hatten, um ihre Entdeckungen zu tarnen und sich vor dem Verdacht der Ketzerei zu schützen. Dieses Buch, auf das sich Brancas' Notizen bezogen, enthalte, so meinte Palazzari, den Kern der Recherche, mit der Brancas sich beschäftigt habe. Und die mit Kopierstift geschriebenen Zeilen spielten häufig auf ein in dem Buch enthaltenes Geheimnis an. Vielleicht könnten sie den Schlüssel liefern, um hinter das Rätsel zu kommen und so zu der »verborgenen Sache« vorzudringen, die die Kritzeleien hin und wieder mit großer Vorsicht erwähnten, als handele es sich um eine heikle Angelegenheit, über die man nicht offen sprechen dürfe. Aber solange man nicht herausfand, worin diese verborgene Sache bestand, war es auch unnütz, die Formeln und Anagramme zu entziffern, die vielleicht den Weg dahin beschrieben. Aber von wo ausgehend? Um wohin zu gelangen? Und um was zu finden? Das Buch aus dem siebzehnten Jahrhundert war also ein unverzichtbares Instrument, um in dem Fall voranzukommen.

Scalzi hatte daraufhin Ginevra beauftragt, anhand der Eintragungen in der Benutzerkartei der Nationalbibliothek herauszufinden, welche alten Bücher der Archivar in letzter Zeit konsultiert hatte. Doch Ginevra war mit leeren Händen zurückgekehrt: Merkwürdigerweise hörten die Einträge zu Brancas zwei Jahre vor seinem Tod plötzlich auf. Es schien so, als habe er in den letzten zwei Jahren kein einziges Buch ausgeliehen, weder alt noch neu. Seit dem Jahr 1999 war sein Konto auf dem Bibliothekscomputer leer geblieben. Der Angestellte äußerte die Vermutung, die Daten könnten durch einen Virus gelöscht worden sein. Aber das schien wenig wahrscheinlich; viel eher hatte wohl eine Person sie gelöscht.

Allerdings war dem Bibliothekar auf Ginevras Fragen hin eingefallen, daß er in den letzten Monaten sehr wohl ein bestimmtes Buch in Brancas' Händen gesehen hatte, an dessen Titel er sich nicht erinnern konnte, wohl aber, daß es ein altes und kostbares Buch gewesen war. Seines Wissens gehörte es aber nicht der Bibliothek; der Angestellte mutmaßte, es müsse sich um ein Exemplar aus dem Privatbesitz des Lesers gehandelt haben. Dann war Brancas gestorben, ebendort, am Tisch jenes kleinen, einsamen Kabinetts, und nachdem die Lokalseiten seine Ermordung abgehakt hatten, dachte auch sonst niemand mehr an ihn und noch viel weniger an seine Lektüren. In der Liste mit den wenigen Sachen, die die Staatsanwaltschaft in Brancas' Wohnung sichergestellt hatte, wurde kein Buch erwähnt, weder alt noch modern.

Naheliegend war es dennoch, daß Brancas das Buch bei sich zu Hause aufbewahrt hatte, wenn er nicht damit in der Bibliothek saß, um es mit anderen Texten zu vergleichen. Und da der Band vermutlich einen nicht zu verachtenden materiellen Wert besaß, konnte es sehr gut sein, daß die kleine Zigeunerin ihn zusammen mit den Notizzetteln an sich genommen und behalten hatte, um ihn später zu verkaufen. Wenn sie das noch nicht getan hatte, mußte er sich in ihrem Besitz befinden. Also kehrten sie noch einmal zu der verfallenen Villa zurück, um Biserka zu suchen. Und Scalzi begleitete die beiden Damen, denn diesmal wollte er das Mädchen selbst befragen.

Im Schatten des Müllgebirges wirkte die Dunkelheit noch schwärzer. Die Scheinwerfer vorüberfahrender Autos streiften einen Abschnitt des Daches mit den von Flechten überwucherten Dachpfannen und einen aus den Angeln geratenen Rolladen. Je näher sie kamen, desto intensiver wurde der faulige Gestank, der von dem Tümpel aufstieg. Die kleine Fabrik lag still und leer, die Arbeiter hatten ihre Schicht längst beendet. Die hereinbrechende Nacht gab der Gegend ihre einstige Ländlichkeit zurück. In den ruhigen Momenten zwischen dem Rattern der Autozüge und dem Zischen der Reifen auf der Autobahn wehte von der Villa eine Ahnung von rhythmischer Musik herüber. Als sie den Rand des Tümpels erreichten, ragte der dunkle Schatten des Hauses eckig in den rötlichen, sternenlosen Himmel. Am Boden leuchtete hin und wieder der Schein eines Feuers auf. Die Musik kam aus dem Innern des halbverlassenen Hauses.

»Wer sagte vorhin etwas von einem Tanztee?« Zum wiederholten Mal befreite Ginevra einen ihrer feinen Schuhe, die mittlerweile eher zwei Schlammklumpen ähnelten, aus dem morastigen Boden. »Jetzt habe ich das passende Schuhwerk.«

Vor dem Feuer hockte ein Mann auf der Erde und blies in die Flammen, aus denen die Funken bis auf seinen ungepflegten Bart stoben. Die Wollmütze hatte er sich bis zu den Augenbrauen herabgezogen, der schwere Mantel umgab ihn wie ein Schildkrötenpanzer. Der Mann hielt eine Wurst über das Feuer, die er auf einen Stecken gespießt hatte, ein Kranz mit Würstchen hing ihm um den Hals, und ein Teller mit dampfenden Würsten stand neben ihm.

Er wandte den Blick vom Feuer, um die Neuankömmlinge zu mustern, vor allem die Frauen, während er Scalzi kaum Beachtung schenkte.

In dem dunklen Zimmer oberhalb der Treppe flackerten Kerzen.

Ginevra stieg die Stufen zu der grünen Tür hoch, immer darauf bedacht, flink und effektiv zu erscheinen. Einen Moment blieb sie dort stehen und schaute hinein. Dann kam sie zu Olimpia und Scalzi zurück, die beim Feuer geblieben waren.

»Da drinnen findet eine Art Fest statt. Massenhaft Leute. Biserka habe ich nicht gesehen, aber es ist auch ziemlich dunkel dort.«

Der Mann mit dem vollen Würstchenteller in der Hand stand auf:

»Wer seid ihr?«

»Freunde von Biserka«, erwiderte Olimpia.

Der Mann grinste und entblößte dabei eine verstümmelte gelbe Zahnreihe.

»Biserka ist auch da. Wenn ich bitten darf«, sagte er und wies mit der Hand einladend zur offenen Tür, »es gibt Bier, Wein, Essen, Musik, es wird getanzt, hier sind wir Roma unter uns.«

Also folgten sie ihm.

Die Kerzen, die in weiten Abständen entlang den Wänden aufgestellt waren, spendeten nur wenig Licht. Deutlicher beleuchteten ein paar Camping-Gaslampen in der Tiefe des Zimmers drei Musikanten – eine Geige, ein Akkordeon und eine Gitarre –, die gerade zu einem Tango mit leicht arabischem Einschlag aufspielten.

Ticchies Bett war verschwunden. Kaum hatte die Musik begonnen, trat eine Frau in die Mitte des großen Zimmers. Sie ließ den langen Rock schwingen, zeigte ihre Beine bis zu den Schenkeln, beugte sich zurück, hob die Arme und offenbarte ihre buschigen Achselhaare.

Der Rhythmus wurde schneller. Die einsame Tänzerin drehte eine Runde durch den Raum und forderte dabei alle Leute auf, die auf dem Boden saßen. Männer und Frauen ließen ihre Teller mit Würstchen und Fleisch stehen, Paare bildeten sich, der Tanz begann. In einer dunkleren Ecke tanzten ernst und würdevoll auch einige Kinder, indem sie auf ihre Füße sahen und die Schritte der Erwachsenen nachzuahmen suchten. Alle diese Menschen bewegten sich fast gravitätisch und in großer Harmonie, es wurde weder gelacht noch laut geredet.

Der Mann, der sie hereingebeten hatte, kam auf sie zu und balancierte wie ein virtuoser Kellner auf Händen und Unterarmen drei Teller und drei Gläser. Unter den Arm hatte er eine Flasche Champagner geklemmt. Er reichte den Gästen die Teller, entkorkte die Flasche. Olimpia riß ungläubig die Augen auf: nichts Geringeres als ein Moët et Chandon. Der Mann füllte ihre Gläser. Dann entfernte er sich wieder, immer im Rhythmus des Tangos.

Scalzi probierte ein Stückchen Fleisch.

»Gegrilltes Milchferkel nach sardischer Art, nicht übel.«

Er nahm einen Schluck aus dem Glas.

»Und ein Markenchampagner! Die Leute verstehen zu leben ...«

Ganz in den Genuß von Essen und Trinken vertieft, war er völlig unvorbereitet, als Ginevra ihm geschickt Teller und Glas aus den Händen wand. Eine kräftige Frau zog den Avvocato in die Mitte des Raumes und sah ihm tief in die Augen. Ihr fester Griff auf seinen Arm untersagte jede Gegenwehr. Scalzi erkannte sie an den Augen, die eindrücklich waren wie die eines Hypnotiseurs. Diesem magnetischen Blick war er schon einige Male begegnet, nicht nur am Bahnhof Santa Maria Novella in Florenz, auch am römischen Hauptbahnhof, ja selbst in Neapel. Jedesmal hatte sich ihm eine mindestens eineinhalb Zentner schwere, alterslose Frau mit einem auf seine Art schönen, breiten und ebenmäßigen Gesicht in den Weg gestellt und seinen Arm gepackt, um ihm aus der Hand zu lesen. Eine von ihnen war so geschickt gewesen, daß Scalzi, kaum hatte er sein Portemonnaie hervorgezogen, um sie zu bezahlen, sich schon ohne Geld wiederfand, ausgenommen wie ein Stockfisch.

Die Frau zog ihn in den Tango hinein, sie fixierte ihn mit ernster Miene, als erfülle sie eine strenge Liturgie. Sie war es, die ihn führte, und mit kleinen Tritten auf die Füße bedeutete sie ihm, daß er sich nach hinten oder nach vorn bewegen sollte.

Olimpia beobachtete ihn amüsiert. Aber der Avvocato wirkte hölzern wie ein Tanzschüler zwischen schon sehr erfahrenen und gelösten Tänzern.

Vor allem ein sehr junges Paar zog ihre Aufmerksamkeit auf sich, das sich in der Mitte des Raumes mit großer Eleganz bewegte. Der Tänzer ließ das Mädchen herumwirbeln, fing den leichten Körper zuerst mit der einen, dann mit der anderen Hüfte auf, ließ sie dann durch seine gespreizten Beine nach vorn und nach hinten gleiten, wie um sein Können zu beweisen.

»Das ist ja Biserka«, rief Olimpia.

Und just in dem Augenblick, als das Mädchen sich von seinem Gefährten löste und den Kopf nach hinten warf, kreuzten sich ihre Blicke, und Biserka erkannte auch Olimpia.

Scalzi wischte sich mit dem Taschentuch schweratmend den Schweiß von der Stirn. Endlich hatte er sich aus dem Griff der großen Frau lösen können, der Rhythmus war in den letzten Minuten immer schneller geworden, das Herz pochte ihm in der Kehle. Das Hexenweib sah ihn grinsend an und sagte dann mit Blick auf das halbvolle Glas, das Ginevra immer noch hielt:

»Nehmen Sie einen Schluck, Avvocato. Dann fühlen Sie sich wieder besser.«

»Sie kennen mich?«

»Aber sicher doch, Avvocato Scalzi.«

Sein Name bewirkte, zumal so laut gesprochen, daß einige der Tänzer sich zu ihm umdrehten. Scalzi hatte schon in zahlreichen Prozessen Zigeuner vertreten. Just an jenem Tag, als er am römischen Hauptbahnhof um seine Geldbörse erleichtert worden war, kam er aus einer Verhandlung, in der er einige des Diebstahls angeklagte Roma verteidigt hatte, und er erinnerte sich sehr wohl, das Riesenweib damals im Publikum gesehen zu haben. Die Angeklagten waren im übrigen freigesprochen worden.

Unwillkürlich tastete er nach seiner Brusttasche.

»Keine Angst, Avvocato«, sagte die große Frau mit beleidigter Miene, »das fehlte gerade noch, hier sind Sie unser Gast.«

Biserka kam auf Olimpia zu, ihren Tanzpartner hinter sich herziehend, der jünger war als sie:

»Was für eine Überraschung! Das ist Mirko, mein Freund. Amüsiert ihr euch? Wir feiern heute hier meinen Vater. Er wurde gestern aus dem Gefängnis entlassen.«

Sie wies auf den bärtigen Mann, der kurz zuvor die Würste gebraten hatte und sie nun aus respektvollem Abstand betrachtete. Er nickte ihnen zu und lächelte mit einer Herzlichkeit, als würden sie sich schon lange kennen.

»Das freut mich«, sagte Olimpia. »Und wie geht's dir, Biserka?«

»Sehr gut. Ich wette, ihr kommt wegen des Buches.«

»Richtig geraten«, nickte Olimpia.

»Ja klar ... Aber das Buch kostet was ...«

»Das habe ich mir schon gedacht«, meinte Scalzi.

»Hol es doch erst mal her«, sagte Ginevra ernst, »dann sehen wir weiter.«

Scalzi war auf lange Verhandlungen gefaßt. Doch Biserka hatte es eilig. Das Buch fest an die Brust drückend, deutete sie auf den Anhänger um Ginevras Hals. Das Oval an der dünnen Goldkette umschloß einen blaßrosa Stein. Rosafarbener Turmalin, erklärte Ginevra etwas betreten. Sie wußte nicht, wieviel er wert war, aber sie hätte ihn gern behalten, da er heilende Kräfte besaß und vor allem die Augen schützte.

»Und daran glauben Sie?« fragte Scalzi.

»Allerdings«, erwiderte Ginevra trotzig.

Scalzi versicherte ihr, daß sie den Verlust ersetzt bekäme. Ginevra nahm die Kette vom Hals und reichte sie Biserka. Biserka gab das Buch Scalzi, der sich den Pergamenteinband besah, dann das Frontispiz mit dem Titel und dem in römischen Ziffern gedruckten Datum: 1614.

Ob es im Haus einen ruhigen Ort gebe, wo sie ungestört reden könnten, fragte er Biserka. Sie nickte, sagte etwas in ihrer Sprache zu ihrem Tänzer und ging zur Zimmertür. Die drei Gäste folgten ihr. Die noch halbvolle Flasche Moët et Chandon nahm Scalzi sicherheitshalber mit.

Sie hörten ein unregelmäßiges, angestrengtes Rasseln wie von einem Motor, der nicht anspringen will. Olimpia senkte die Stimme. Biserka meinte, sie könne ruhig normal reden, ihr Brüderchen würde selbst von Kanonendonner nicht aufwachen. Durch die offene Tür sahen sie Milans große Füße aus dem Bett ragen.

Der junge Mirko, der ihnen in die Küche gefolgt war, ließ sich in einem Eckchen nieder, wohin gerade noch der Schein der Öllampe reichte. Er starrte Biserka unverwandt an, mit vor Verdruß und Verlangen leuchtenden Augen.

Biserka verteilte Gläser. Olimpia und Ginevra gaben sich mit dem Rotwein der Hausherrin zufrieden und überließen Scalzi den Champagner. Das Alter, so meinte Olimpia nicht ganz ohne Bosheit, verdiene schon mal ein Privileg.

»Erzähl mir von Brancas«, forderte Scalzi Biserka auf.

»Was soll ich da erzählen?«

»Alles, was dir einfällt. Ihr wart doch befreundet, wurde mir gesagt. Wie du ihn kennengelernt hast und so weiter.«

»Hier habe ich ihn kennengelernt. Als ich herkam, wohnte er schon eine ganze Weile hier. Aber er war selten zu Hause, er kam nur zum Schlafen, und das auch nicht jede Nacht. Einmal traf ich ihn abends in der kleinen Bar auf den Gleisen. Seitdem habe ich ihn dort öfter gesehen.«

»Du meinst die Bar am Bahnhof? Bei Santa Maria Novella?«

»Nein, das ist die große Bar. Wenn ich nach meiner Runde, bei der ich die Rosen verkaufe, zum Bahnhof komme und noch nicht müde genug bin, um ins Bett zu gehen, dann ist die schon längst geschlossen.«

»Welche Bar meinst du dann?«

»Das darf ich nicht sagen, es ist ein Geheimnis.«

Olimpia mischte sich ein: Sie könne ihnen vertrauen, sie seien nicht von der Polizei, wenn etwas geheim bleiben solle, dann werde es das. Und für Scalzi gehöre die Schweigepflicht ohnehin zu seinem Beruf.

»Es ist nämlich so, daß die Bahnpolizei uns schon mehrmals weggejagt hat, mit Tritten und Schlägen, die sind nicht sehr fein, die Beamten. Wir mußten dann jedesmal Bahnsteig und Waggon wechseln.«

Biserka erklärte, daß auf den Abstellgleisen des Bahnhofs Santa Maria Novella in einem alten Waggon, der hin und wieder gewechselt wurde, ein Underdog mit Geschäftssinn eine Art Bar für obdachlose Nachtschwärmer betrieb, darunter nicht nur Penner, auch Prostituierte, Sprayer, die Waggons und Mauern des Bahngeländes mit ihren Graffiti verzierten, hin und wieder ein Fixer oder eben Zigeuner wie sie. Alles anständige Leute. Taschendiebe, Zuhälter und Dealer waren unerwünscht, sobald sie sich zeigten, versteckten die Barmacher ihre Sachen und weigerten sich, sie zu bedienen. Diese Leute machten immer nur Scherereien. In der Bar war es gemütlich, vor allem im Winter, denn sie hatten entdeckt, daß die ausrangierten Eisenbahnwaggons mit Asbest gedämmt waren, was ja wohl krebserregend sei, aber soweit sie wisse, sei noch keiner der Gäste krank geworden ... Man drängte sich dicht an dicht neben einem Kerosinofen, trank Wein, der vielleicht manchmal etwas überfällig, aber noch genießbar war, und eine alte Kaffeemaschine gab es auch, so daß man sich den Magen mit heißem Kaffee wärmen konnte. Neben dem etwas säuerlichen Wein servierte die Bar altbackene Croissants, die von einem wohltätigen Verein gestiftet wurden. Dieser Verein, das waren so ein paar Leute, die in den Bars und Konditoreien der ganzen Stadt die Reste einsammelten, die sonst weggeworfen wurden. Diese wohltätigen Menschen also boten die Lebensmittel den Pennern an. Biserka wußte nicht, wie, aber ein Großteil der Sachen landete in der Eisenbahnbar. Und den Herrn Brancas, genannt Ticchie, hatte Biserka dort häufig am frühen Morgen getroffen, wenn der Tag schon graute. Sie tranken Wein und Kaffee, aßen die Teilchen und die Croissants und plauderten über dies und das. Besser als dieses häßliche, kalte Zimmer von Brancas war es allemal, sie hatten es ja selbst gesehen, nicht wahr? Der Raum, wo jetzt getanzt wurde, war an manchen Winterabenden eine regelrechte Kühlkammer ...

Scalzi nutzte die kurze Pause für eine Zwischenfrage:

»Traf sich Ticchie denn außer mit dir noch mit anderen in dieser Bar?«

»Nein ... Oder doch ... Manchmal kam er mit seiner Liebsten ...«

Seiner Liebsten? Wer sollte denn Brancas' Liebste sein? Daß der Archivar eine Freundin gehabt hatte, war dem Anwalt völlig neu.

Biserka schnaufte genervt über diese, wie sie fand, indiskrete Frage. Was wußte sie schon? Sie hatte ihn eben oft mit einer Frau gesehen, noch ganz gut aussehend, groß und wohlgeformt, obwohl schon in seinem Alter, sie schienen sich zu mögen. Brancas hatte sie ihr einmal auch vorgestellt ...

Wieder hielt Biserka kurz inne. Die Signora habe häufig mit ihr geredet, sich ihr auch mal anvertraut, sie habe ihr irgendwas von einer verfahrenen Familiensituation erzählt ...

»Nein, wie sie heißt, weiß ich nicht mehr. Sie trinkt ein bißchen viel, ist aber sonst ganz nett.«

Nein, Signore, über diese Frau hatte sie den Ticchie nicht befragt. Das fehlte noch, daß sie ihre Nase in die Angelegenheiten anderer Leute steckte, die sie nichts angingen. Außerdem sei der Weihnachtsmann ein sehr zurückhaltender Mensch gewesen, der nie etwas von sich erzählt habe.

Als sie schon fast wieder beim Wagen angelangt waren, hörten sie das Kreischen einer Motorsäge. Ein Mann zerlegte den niedergestürzten Baum. Wenige Schritte entfernt stand imponierend ein Mercedes. Olimpia glaubte den Mann mit den gelben Haaren wiederzuerkennen, der ihnen am Tage ihres ersten Besuchs in der Villa so feindselig begegnet war.

»Ist das nicht der, den wir sozusagen beim Ficken gestört haben?« fragte Olimpia Ginevra.

Sie stiegen in ihren Wagen, und Ginevra schaltete die Scheinwerfer an. Sie nahm den Mann ins Visier, der seine Arbeit unterbrochen hatte und sie, die Arme vor der Brust verschränkt, aufmerksam betrachtete. Seine abstehenden Haare wirkten wie die Schraffur eines goldenen Heiligenscheins.

»Genau der ist es«, bestätigte Ginevra.

9
Ein gewisser Pepo

Scalzi legte das Buch gut sichtbar auf seinen Schreibtisch und verließ das Zimmer, bevor Lucantonio den Klienten hereinführte. Dann wartete er ein paar Minuten. Nachdem er Signor Chelli einen Moment des Alleinseins gegönnt hatte, trat er ohne Ankündigung wieder ein. Adolfo Chelli saß, die Arme auf dem Rücken verschränkt, wie versteinert auf der Stuhlkante und starrte mit weit aufgerissenen Augen auf das Buch, als habe eine heftige Erregung ihn erfaßt.

»Haben Sie es gesehen?« fragte Scalzi, als er hinter seinen Schreibtisch trat, »ist es Brancas' Buch?«

»Woher haben Sie es?« Aus Chellis Stimme sprachen Überraschung und Mißtrauen.

»Nehmen Sie es ruhig in die Hand, schauen Sie es sich an«, sagtc Scalzi.

»Ja, es ist tatsächlich die *Historia Florentina*, das Buch, in dem Ticchie bis zu seiner Ermordung gelesen hat. Ich würde es unter Tausenden wiedererkennen. Sehen Sie hier, das abgenutzte Pergament am Buchrücken, die rautenförmige Abschürfung? Und schauen Sie sich Ort und Namen des Druckers an: ›COLONIAE AGRIPPINAE. Apud Ioannem Byrckmannum‹. Im siebzehnten Jahrhundert wurden Bücher, von denen man annahm, daß die Kirche sie verurteilen würde, außerhalb Italiens gedruckt. Ich habe Brancas einmal gefragt, wem es gehöre. Er antwortete nur flüchtig, es gehöre ihm, es sei sein Eigentum. Er hatte es im Lager eines Trödlers gefunden, ein echter Glückstreffer: Das Buch ist sehr selten und wertvoll, man weiß nur von einem einzigen weiteren Exemplar, das sich in den Händen eines unbekannten und unerreichbaren amerikanischen Sammlers befindet.«

Signor Chelli hob den Blick und sah Scalzi noch mißtrauischer an:

»Wie kommt es, daß Sie es jetzt haben?«

»Das ist eine lange Geschichte, die Sie nicht zu interessieren braucht.«

»Und wie sie mich betrifft, entschuldigen Sie mal!«

»Mich hingegen interessiert etwas anderes. Woher wissen Sie, daß es sich um ein wertvolles Buch handelt, von dem nur ein einziges weiteres Exemplar existiert?«

»Das weiß ich aus einem Katalog, verdammt noch mal! Dieses Buch liegt astronomisch hoch im Kurs!«

»Sie kennen sich mit Katalogen antiker Bücher aus? Sind Sie Sammler?«

»Natürlich bin ich kein Sammler, Avvocato. Und wenn herauskommt, daß nun Sie das Buch haben, verschlechtert sich meine Lage noch mehr.«

»In welcher Hinsicht?«

»Die könnten denken, daß Sie es mir abgekauft haben. Es ist ja bekannt, daß Sie, Avvocato Scalzi, alte Bücher sammeln. Ich sagte Ihnen doch bereits, daß man mich verdächtigt – auch wenn es sich um absolut haltlose Mutmaßungen gegen mich handelt.«

»Eher Hypothesen als Mutmaßungen. Und im Hinblick auf das Motiv nicht gänzlich aus der Luft gegriffen, finden Sie nicht? Die Sammelleidenschaft reißt manchmal alles mit sich und schreckt vor nichts zurück.«

»So daß ich Ihnen zufolge also ein Verrückter wäre, der für ein Buch einen Menschen umbringt? Ein Glück, daß Sie mein Anwalt sind und kein Polizist.«

»In der Tat, ich habe zugestimmt, Sie zu verteidigen. Was bedeutet, daß ich auf Ihrer Seite bin. Dafür müssen Sie sich aber auch mir gegenüber loyal verhalten. Signor Chelli, Sie haben mich in eine schwierige Lage gebracht. Bei Mordfällen trete ich normalerweise erst bei vollendeten Tatsachen auf den Plan. Dort der Tote, hier der Angeklagte. Der manchmal schon gestanden hat. Oder aber sich für unschuldig erklärt. Der Verteidiger begutachtet die Beweislage. Kritisiert. Öffnet Türen zu anderen Lösungen – wenn er ehrlich davon überzeugt ist, daß es solche von der Meinung der Anklage differierenden Lösungen gibt. Sogar im Falle eines Schuldeingeständnisses, verstehen Sie? Ein Anwalt muß das ausüben, was der Philosoph Bertrand Russell als ›die noble Kunst des Zweifelns‹ bezeichnet hat. Sie hingegen kommen in meine Kanzlei und sagen: ›Ich will, daß Sie den Mörder finden‹, und das in einer Situation, in der die Polizei noch im dunkeln tappt und gegen Sie überhaupt nicht ermittelt wird. So daß ich also, praktisch gesehen, nicht Ihr Verteidiger sein kann. Und wenn sich herausstellte, daß der Klient der Mörder ist, was dann?«

»In diesem Fall«, sagte Signor Chelli ernst, »befänden Sie sich aus ethischer Sicht in einer äußerst unangenehmen Situation.«

»In der Tat!«

»Was soll's, mein Mandat ist breit angelegt. Ermitteln Sie in alle Richtungen. Dafür bezahle ich Sie. Ich bin nicht der Mörder, aber ich erwarte nicht, daß man mir das glaubt. Stellen Sie mir alle Fragen, die Sie wollen.«

»Sehr gut, hier ist die erste. Soweit ich weiß, haben Sie um die Genehmigung nachgesucht, denselben muffigen Raum benutzen zu dürfen wie Brancas. Stimmt das?«

»Es stimmt. Ich bat die Leiterin der Bibliothek, und nicht ohne gewissen Nachdruck, im selben Raum und am selben Tisch arbeiten zu dürfen, wo auch Ticchie arbeitete.«

»Warum?«

»Weil ich wissen wollte, worüber er so verbissen forschte. Ich bin ein leidenschaftlicher Liebhaber der florentinischen Kunst des Quattrocento. Ich hatte einige Bücher zu dem Thema bestellt und zur Antwort bekommen, daß keines von ihnen derzeit ausleihbar sei: Sie seien alle bei Brancas. Daraufhin habe ich ihn gefragt: ›Verzeihen Sie, aber wie lange werden Sie sie noch brauchen?‹ Er war unhöflich. Er fertigte mich sehr genervt ab, als habe ich ihm eine ungehörige Frage gestellt, hinter der sich andere als wissenschaftliche Absichten verbargen. Das hat mich neugierig gemacht.«

»Und haben Sie den Grund für Brancas' Studien herausgefunden?«

»Nein. Ticchie beschwerte sich, als er sah, daß ich mich an seinem Arbeitstisch niederließ. Er sprach kein Wort mit mir. Er versteckte seine Notizen. Ich glaube, er hielt mich für eine Art Spion. Wir verbrachten ganze Vormittage zusammen, ohne uns auch nur einmal anzuschauen. Schließlich hatte ich genug davon und wollte ihn fortan allein lassen mit seinen alten Zeitungen, seinen nervösen Anfällen, seinen Tuscheleien mit einem Mann, der ihn hin und wieder besuchen kam. Eine Person, deren penetrantes Parfüm mich anekelte, so daß ich hinausging, eine rauchen, wenn dieser geschniegelte Typ den Raum betrat.«

»Aber dann blieben Sie doch, unerwünscht und in einer ja etwas peinlichen Lage. Warum?«

»Weil ich dieses Buch bei ihm gesehen hatte. Eines Morgens, zwei Wochen bevor er jenes traurige Ende nahm, zog er es aus der Tasche hervor, mit allen erdenklichen Vorsichtsmaßnahmen, um den Titel zu verbergen. Aber umsonst. Ich habe gute Augen und konnte einen Blick auf das Deckblatt erhaschen. Brancas verglich es mit einem anderen Buch, das er in der Bibliothek entliehen hatte: *Die Schönheiten der Stadt Florenz* von Francesco Bocchi. Da versuchte ich, das Eis zu brechen, ich wollte zu gern ein wenig in diesem Buch lesen. Ich wußte andeutungsweise, wovon es handelte, und das war für mich von extremem Interesse, aber ich hatte es nirgends finden können, auch nicht in neueren Ausgaben, ja nicht einmal in Form einer ausführlichen Inhaltsangabe. Es scheint ein wohlgehütetes Geheimnis zu sein, wie ein alchemistischer Text für die Mitglieder einer Sekte.«

Scalzi nahm ihm mit einem gewissen Nachdruck das Buch aus den Händen, beinahe gegen Chellis Widerstand. Er legte es in die Schublade zurück und drehte den Schlüssel um. Chelli reagierte enttäuscht und wütend:

»Avvocato! Geben Sie es wieder her! Lassen Sie mich doch wenigstens ein bißchen darin blättern ...«

»Nein. Das Buch bleibt, wo es ist, vorerst. Es ist ein Beweisstück. Wofür, das weiß ich noch nicht genau, aber es ist auf jeden Fall ein Ermittlungsgeheimnis geworden. Auch für Sie, tut mir leid.«

Chelli erhob sich von seinem Stuhl und richtete sich zu voller Größe auf. Er schien erschüttert zu sein. Er sagte, er sei bereit, dafür zu bezahlen, wenn er das Buch, und sei es nur ein paar Tage, bekommen könnte. Dann nannte er nuschelnd, als schäme er sich dafür, eine völlig übertriebene Summe. Scalzi machte ihn darauf aufmerksam, daß seine Gier, das Buch zu besitzen, so stark sei, daß man hypothetisch daraus auch ein Mordmotiv ableiten könnte. Jemand könnte ihn beschuldigen, es gestohlen und dann getötet zu haben, weil der Bestohlene begriffen hatte, wer der Dieb war.

»Stimmt, ich habe es mit ganzer Seele begehrt, so wie man eine schöne Frau begehrt«, sagte Chelli. »Und ich begehre es noch immer. Aber jetzt haben Sie es, das Buch, nicht ich. Wäre damit also der Anwalt der Mörder?«

»Nein, auch ich bin nicht der Mörder«, Scalzi lächelte, »wir sind beide unschuldig. Und was mich betrifft, müssen Sie mir das einfach glauben.«

Er fügte hinzu, daß vor allem jenem kettenrauchenden Polizeibeamten mit den Toscano-Zigarren, der ihn befragt hatte, in Ermangelung anderer Spuren schon sehr wenig genügen würde, um ein ganzes Gebäude an Anklagen zu errichten.

»In diesem Punkt gebe ich Ihnen recht, Signor Chelli. Wenn man auf mich als aktuellen Besitzer des Buches käme, könnten die bisher vagen Verdächtigungen Ihnen gegenüber konkreter werden. Eine Hausdurchsuchung würde sie bestätigen. Die Durchsuchung einer Anwaltskanzlei ist zwar immer noch die Ausnahme, bisher zumindest, doch die Zeiten ändern sich, und solche Freizonen wie die Kanzleien werden immer seltener. Deswegen müssen Sie mir absolute Verschwiegenheit versprechen. Auch noch aus einem anderen Grund.«

»Versprochen, natürlich. Und aus welchem anderen Grund?«

»Ich möchte nicht, daß die Ermittler auch nur von der Existenz des Buches erfahren und eventuell eine Verbindung zwischen ihm und einem möglichen Motiv für den Mord herstellen. Unglücklicherweise wird die Untersuchung nämlich von einer Dame geleitet, die in der Lage ist, alles sinnlos kompliziert zu machen. Sie ist dumm wie Brot, sie würde nichts kapieren und meine Ermittlungen im Keim ersticken. Ganz zu schweigen von dem Zigarrenraucher, der noch inkompetenter und verwirrter ist als sie. Ich möchte den Text zuerst in aller Ruhe lesen, wozu ich bisher noch nicht kam. Ihn mit Brancas Aufzeichnungen vergleichen, die ich noch nicht entziffert habe. Und dann die nötigen Schlüsse ziehen. Bis zu diesem Augenblick ist der einzige Hinweis, der das Buch mit dem Mord in Verbindung bringt, eine schlichte zeitliche Übereinstimmung. Brancas wurde ermordet, während er darin las. Das ist zwar ein besorgniserregender Umstand, aber zuwenig, um eine glaubhafte Hypothese darauf aufzubauen.«

Als Chelli gegangen war, rief Scalzi über das Haustelefon Olimpia an:

»Da wir sie ohnehin großzügig entlohnen, könntest du die junge Frau, diese Ginevra, bitten, den Signor Chelli wie eine Socke von rechts nach links zu drehen? Ich möchte alles über ihn wissen. Ob er verheiratet ist. Wieviel Geld er hat ... Ob er Vorstrafen hat ... Die Geschichte mit der Grippe, ich muß wissen, ob sie stimmt. Signorina Morelli soll den Arzt aufsuchen und ihn befragen. War unser Klient am Tage des Verbrechens tatsächlich nicht in der Lage, das Haus zu verlassen? Ich will jedes Detail wissen. Ich bin jetzt den ganzen Tag für niemanden mehr zu erreichen. Und warte mit dem Abendessen nicht auf mich. Ich werde bis spät arbeiten müssen.«

»Brauchst du mich nicht mehr?« fragte Olimpia.

»Wofür?«

»Ich weiß nicht ... Falls du ein paar Notizen diktieren willst ...«

»Nein. Ich möchte lieber allein arbeiten.«

»Aber später erzählst mir dann alles, oder?«

Scalzi wartete mit der Lektüre des Buches, bis die aschfarbenen Blätter der Steineiche vor seinem Fenster sich blau färbten und im Schein der Lampe schließlich ganz verschwanden. Seit einer halben Stunde klingelte das Telefon seltener.

Eine stachelige Angelegenheit, dieser Mord an Brancas. Einzig der glückliche Fund des Buches nahm den Stacheln ein wenig ihre Spitze.

Was er da in den Händen hielt, war sozusagen das historische Gegenstück zu der allgemeinen Hysterie, die Scalzi in dem Maße, wie er älter wurde, zu verachten, ja zu hassen begonnen hatte und die sich für ihn in der Schnellebigkeit des Mediums Computer ausdrückte, eines ihm suspekten Arbeitsmittels, dem viele prophezeiten, es würde eines Tages das Buch ersetzen.

Wie immer bei einem alten Buch empfand er eine gewisse Scheu. Er hatte das Gefühl, es mit seiner Gier, etwas Hilfreiches für die Untersuchung daraus ziehen zu können, zu beschmutzen. Wie es den Philosophen zufolge mit jedem

Untersuchungsgegenstand geschah, fürchtete er, allein die Tatsache der Untersuchung könnte es verwandeln, seine Seiten unwiederbringlich verändern. Bevor er zu lesen wagte, sog er den Duft des alten Papiers ein, berührte mit dem Finger ein kleines Loch an einer Stelle, das genau wie das Brandloch einer Zigarette aussah, in Wirklichkeit aber auf einen Pilz zurückzuführen war, der sich zum Glück auf diese eine Seite beschränkt hatte. Vorsichtig blätterte er die aufgeschnittenen Oktavseiten durch, die mit einem dünnen, reißfesten Faden zusammengenäht waren, strich zärtlich über den mit sechs feinen Kordeln stabilisierten und mit Pergament eingeschlagenen Rücken. Mindestens vier Handwerker waren daran beteiligt gewesen, ohne den Bauern zu zählen, der dem Schaf die Haut abgezogen hatte: einer, der das Papier hergestellt hatte, nicht aus Zellulose, sondern aus alten, aufgeweichten Stofflappen, dann einer, der den Einband zurechtgeschnitten und aufgebracht hatte, einer, der die Lettern gegossen hatte, und schließlich der Drucker. Jede einzelne Phase hatte die ihr gebührende Zeit gebraucht, die Blätter mußten trocknen, Tinte und Kleber mußten fest werden, das Pergament mußte den richtigen Spannungsgrad erreichen. Dieser Gegenstand war für die Ewigkeit gemacht, nicht für den schnellen Konsum.

Auch die Buchstaben, deren Schärfe selbst vier Jahrhunderte nichts hatten anhaben können, waren für eine lange Zeit gesetzt. Sie konnten noch tausend weitere Jahre überdauern, wenn das Buch mit Sorgfalt und dem nötigen Respekt behandelt wurde.

Bei der Lektüre bezauberte ihn als erstes die Sprache. Ein sehr unvollkommenes Latein im Vorwort, aus dem dennoch der Stolz des Autors auf sich und sein Werk sprach: In die purpurgesäumte Toga der Sprache der Kurie gehüllt, wandte es sich an Leser, die der Autor sich als Liebhaber vorstellte. Und das volkstümliche Italienisch des nachfolgenden Textes hatte noch die syntaktische Klarheit des sechzehnten

Jahrhunderts – wie man sie in der Prosa Machiavellis, in den Gedichten Michelangelos findet –, eine noch unverdorbene Sprache, unbeschwert von jenen schwülstigen und bürokratischen Formeln, die bereits zu dieser Zeit, dem beginnenden siebzehnten Jahrhundert, die in Volgare verfaßten Texte vor allem der Jurisprudenz zu entstellen begannen.

Der Morgen graute, als er das Buch zuklappte. Scalzi rieb sich die müden Augen. Eine leichte Brise war aufgekommen und raschelte in den Blättern der Steineiche.

Wie es zu jener Zeit für im Schutze der Legalität gedruckte Bücher üblich war, huldigten die einleitenden Widmungen niemandem für eine erteilte Erlaubnis, Gunst oder irgendein Privileg. Und obwohl im Frontispiz ein Name auftauchte: *Pepo Bononiensis*, ließ sich der Autor des Buches nicht eindeutig daraus erkennen.

In der Vorbemerkung nannte der Verfasser in leicht verständlichem Latein nochmals seinen Namen und sagte ohne falsche Bescheidenheit, er sei ein *»legis doctor, praeclarus«, »bononiensis«*, im Dienste der Stadt Florenz und ihrer Verfassung stehend. Ein externer Rechtsberater, würde man heute wohl sagen, noch dazu ein – nach eigener Aussage – »vortrefflicher«.

Es ist bekannt, daß die Florentiner sich zu jener Zeit wie schon in den Jahrhunderten zuvor in vielen Dingen, die die öffentliche Verwaltung betrafen, weniger auf ihre Mitbürger verließen als auf Leute, die von außerhalb kamen und dafür besoldet wurden. Man fürchtete die Verderbtheit oder, um es mit heutigen Worten auszudrücken, den Amtsmißbrauch für das Privatinteresse. Und das nicht zu Unrecht, wenn es stimmt, daß sogar der hochehrbare Dante Alighieri in seiner Funktion als Vorsitzender der städtischen Amtsträger ein Vermögen an kommunalen Geldern ausgab, um die Piazetta vor seinem Elternhaus vergrößern zu lassen.

Pepo war also ein besoldeter Rechtsgelehrter aus Bologna. Vermutlich war er damit betraut, juristische *quaestiones*, Streitfragen, zu klären, die sich aus der Auslegung der städtischen Statuten ergaben. Das Grundgesetz der Stadt, obwohl denkbar klar formuliert und mit der Empfehlung versehen, den Text soweit als möglich dem Buchstaben nach zu befolgen, was soviel hieß wie ohne spitzfindige Finessen, schien doch den einen oder anderen Zwiespalt offengelassen zu haben. Unsicherheiten in der Auslegung entstanden unvermeidlich, weil die Gesetze – wenn auch unwillkürlich und weitaus seltener als heute – nicht zuletzt die Aufgabe hatten, zwischen Parteien zu vermitteln. Doch da auch damals der Kreis sich nicht zum Quadrat fügte und die Streitenden nur schwer in Übereinstimmung zu bringen waren, verloren die Gesetze schließlich ihre Konturen und, wie ein Dramatiker jener Zeit es formulierte, »wurden schwammig wie Kutteln, weil jeder versuchte, sie auf seine Seite zu ziehen«.

So gewiß also Pepos Funktion als offiziell bestallter Rechtsausleger war, so gewiß auch seine juristische Kompetenz und seine Herkunft aus Bologna, so falsch war mit Sicherheit sein Name. Scalzi wußte aus seinen amateurhaften Studien der italienischen Rechtsgeschichte, daß ein Jurist Pepo über fünf Jahrhunderte früher, um 1050, in Bologna gelebt hatte, geachtet als Wiederentdecker römischer Rechtstexte, hochgeschätzt aber mehr noch in anderen Ländern, vor allem England, als in seiner Heimat, wo die machtvolle Stimme des Magister Odofredo über ihn geurteilt hatte: *»quidam dominus Pepo ... Quidquid fuerit de scentia sua, nullius nominis fuit.«* *

Die Wahl des Pseudonyms war daher wohl eher als Hommage an Alter und Renommee der Bologneser Rechtsschule zu verstehen und als eine Art nachträglicher Würdigung

* (lat.) Ein gewisser Herr Pepo ... Was er von seinem Wissen her war, braucht nicht genannt zu werden.

des von seinen Zeitgenossen zu Unrecht mißachteten Bürgers. Doch der Autor setzte das Skalpell des logischen Schlusses – das ein Jahrhundert zuvor der Richter Alberto Gandino mit seinem Satz von These – Antithese – Solutio so wunderbar geschärft hatte – nicht ein, um das Haar irgendeines juristischen Problems zu spalten. Vielmehr war das Buch der sehr modern erzählte, packende Bericht, ja fast Gefühlsausbruch eines Nicht-Florentiners, der auf ein für ihn schwer lösbares Rätsel gestoßen war, da er als Fremder die Gepflogenheiten der Stadt nicht kannte und sie ihm – nicht nur aus diesem einen Grund – unbegreiflich und feindselig erscheinen mußte. Und in verhüllter Form sprach er in seinem Buch von dieser so mysteriösen Angelegenheit, die dem Gerechtigkeitssinn des »vortrefflichen« Gelehrten als etwas Empörendes erschienen war.

Das erklärte schon eher die Gründe für die Wahl eines falschen Namens und eines ausländischen Druckers. Die Geschichte erzählte eine typisch florentinische Begebenheit, düsteres Beispiel einer mehr als zwielichtigen politischen Praxis, die von Intoleranz und Gewalt geprägt war, letztere zum Teil sogar legal, da staatlich legitimiert, zum größeren und verschleierten Teil jedoch pure und brutale Anmaßung. Für die Praktizierung solcherart Politik in den inneren Angelegenheiten der Stadt wie auch in den Beziehungen über die Stadtgrenzen hinaus waren die Florentiner berühmt oder besser berüchtigt. Begreiflich also, daß besagter Pepo seine wahre Identität nicht preisgeben wollte, um nicht als unredlicher Mitarbeiter entdeckt zu werden, der in die Suppe spuckte, von der er selber aß.

In der Vorbemerkung also berichtete Pepo, daß er von einem Aufseher des florentinischen Gefängnisses »Le Stinche« ein altes Manuskript erhalten habe, das den Kern der Geschichte enthielt. Dieses Manuskript, geschrieben mit Blut und anderen weniger edlen Stoffen, war Pepo zufolge das Produkt zweier Verfasser, die sich damit die zermürbende Zeit im Gefängnis verkürzt hatten. Es bestand aus Papierstreifen von sechs Zentimeter Breite (die Länge der einzelnen Stücke wurde dagegen nicht genannt), die aneinandergeklebt waren (auch die Zusammensetzung des Klebstoffs blieb im dunkeln), bis die beachtliche Gesamtlänge von 43 Metern erreicht worden sei – ein Verfahren, das drei Jahrhunderte später auch der eingekerkerte Marquis de Sade anwenden sollte, um der Nachwelt seine *120 Tage von Sodom* zu hinterlassen. Am Ende sei der Text auf ihn gekommen, den genannten Pepo, für die nicht zu verachtende Summe von drei florentinischen Gulden.

Auf welche Art der korrupte Wärter es dem »vortrefflichen« Rechtsberater verkauft und jener das erzählerische Schlangengebilde erstanden hatte, darüber äußerte sich Pepo nur sehr undeutlich und vage. Immerhin konnte man erahnen, daß das Manuskript durch die Hände von mindestens drei Gefangenen gegangen war, von denen der letzte einen kleinen Anhang hinzugefügt hatte.

Danach mußte der erste Häftling ein sehr alter Mann gewesen sein, der im Gefängnis verstarb. Die nachfolgenden Inhaftierten hatten es einander weitervererbt. Scalzi vermutete, daß Pepo nicht durch die Vermittlung des Wärters von der Existenz des Schriftstücks erfahren hatte, sondern vielleicht durch seinen letzten Besitzer, einen Karmelitermönch von Santa Maria del Carmine, der eine Bittschrift an ihn gerichtet hatte. Oder dem es gelungen war, seinen Klagen mit eigener Stimme Gehör zu verschaffen, die Pepo durch ein im Sommer geöffnetes Fenster vernommen haben könnte, was vorstellbar war angesichts der geringen Entfernung zwischen dem Bargello, wo sich das Amtszimmer des Rechtsberaters befand, und dem Gefängnis, die nur wenige niedrige Häuser und zu jener Zeit auch noch offene Felder trennten, so daß bei günstigem Wind Gestöhn und Geschrei, Flüche und vielleicht sogar konkrete Proteste die Ohren der Richter im Gerichtsgebäude erreichten.

All das entnahm man der Fortsetzung des Berichts, denn der Beamte war höchst sensibel geworden für das den Untertanen der Stadt angetane Leid. Und er mußte im Laufe seiner Berufsjahre einiges an Repressalien mit angesehen haben, der Herr Pepo, und manches davon sogar gegen seinen Willen und wider besseres Wissen gebilligt haben.

Was nun den Kern des geheimen Schriftstücks anging, so ließ Pepo durchblicken, daß in dem Wissen um dieses Geheimnis der Hauptgrund für die Gefangenschaft sowohl des ursprünglichen Autors des Manuskripts als auch seiner Nachfolger und des Verfassers der Nachbemerkung lag. Grund genug für die zahlreichen Vorsichtsmaßnahmen des Herrn Pepo, der die Namen der vorangegangenen Besitzer ebenso verschwieg wie seinen eigenen.

Nur zu verständlich war eine so geartete Zurückhaltung bei einem Mann, der über die Alpen reisen mußte, um ein zutiefst ketzerisches Buch in Druck geben zu können, verständlich angesichts seiner beruflichen Stellung und seines wahren Namens wie auch der Sorge, für immer von einträglichen Ämtern wie dem seinen ausgeschlossen zu werden – wenn nicht gar der Furcht vor noch weiter gehenden Strafen. Nichts hingegen rechtfertigte seine Vorsicht gegenüber dem letzten Besitzer des Schriftstücks im Gefängnis und schon gar nicht gegenüber dem eigentlichen Autor, der gut ein Jahrhundert früher verstorben sein mußte und dessen sich niemand mehr erinnerte. So daß ein letzter Zweifel blieb, ob das auf Papierstreifen ihm übergebene Manuskript nicht doch reine Erfindung war und eine weitere Vorkehrung, um nicht nur die eigene Identität, sondern auch die Urheberschaft der offensichtlichen Kritik an den Herrschenden der Stadt zu verschleiern. Als wollte der Rechtsgelehrte glauben machen, daß das in dem Buch mitschwingende umstürzlerische Gedankengut nicht auf seinem Mist gewachsen war, sondern auf dem jener armen

Christenmenschen, die in den »Stinche« gefangensaßen, schon lange bevor Pepo nach Florenz kam und sein Amt übernahm.

Auf der ersten Seite des Buches fiel ein berühmter Name ins Auge, der des Malers Masaccio, der etwa hundertneunzig Jahre vor dem Zeitpunkt, als die *Historia Florentina* in Druck ging, in Rom verstorben war.

10
Historia Florentina: Masaccios Tod

»Es war die Stadt Fiorenza in glücklichem Stande, reich an einzigartigen Männern jeden Talents.« So beginnt Pepos Erzählung mit der Beschreibung des kulturellen Umfeldes von Florenz im Jahre 1418, als seine Geschichte ihren Anfang nimmt.

Und schon preist er den jungen Masaccio: *»Ein Mann von wunderbarer Begabung und hohem Verstande, wie er den meisten Menschen noch erinnerlich ist.«* Dann folgen einige schmucklose Angaben zum Leben des jungen Malers.

Tommaso, Sohn des Notars Ser Giovanni di Giovanni di Mone Cassai und der Jacopa di Barberino di Mugello, zieht im Jahr 1418, der Vater ist schon zwölf Jahre tot, von Castel San Giovanni in Altura, wo er am 21. Dezember 1401 geboren wurde, nach Florenz. Der Name Cassai geht auf die ursprüngliche Tätigkeit der Männer der Familie zurück: Sie waren Möbelschreiner, also Handwerker, die »casse«, Kästen, fertigten – wer weiß, vielleicht auch Särge. Doch existierten die Kästen nur noch im Namen, da Vater Giovanni es bis zum Notar gebracht hatte, einem der angesehensten und einträglichsten Berufe in der damaligen Zeit.

Masaccio kommt in Begleitung der Mutter und des jüngeren Bruders Giovanni nach Florenz, welcher der Nachwelt unter dem Spitznamen *Scheggia*, Splitter, bekannt ist, mehr wohl aufgrund des brüderlichen Ruhms als eigener Verdienste, obwohl auch er ein nicht unbedeutender Maler war.

In Pepos Erzählung wird Masaccio als ein hell leuchtender Stern beschrieben, dessen Ende wie bei einem Meteoriten, der auf die Erde stürzt, bekannt ist, über dessen Beginn man hingegen kaum etwas weiß. Der Rechtsgelehrte beschränkt sich auf vage Andeutungen über diese Anfänge. Seine ersten Werke entstehen wahrscheinlich in der Landschaft seiner Heimat im Valdarno, wo schon der Knabe Masaccio mit dem Fresko einer Maria mit Kind und Heiligen in der Kirche von Montemarciano bei Loro Ciuffenna von sich reden macht.

Doch dieses Werk an der Wand einer bescheidenen Dorfkirche vermag wohl kaum den Ruhm zu erklären, der seinem Schöpfer in die blühende Stadt vorauszueilen scheint.

Florenz, so Pepo, ist schon zu Beginn des fünfzehnten Jahrhunderts in der gesamten Christenheit berühmt. Und er zitiert einen anonymen Kirchenschreiber, der bereits zwei Jahrhunderte zuvor, 1205, seine Schönheit pries, als man die Ankunft einer Reliquie des Apostels Philippus an den Ufern des Arno feierte: *»Wie sehr du es verdienst, Florentia, die Blühende genannt zu werden, denn blühend bist du wie eine Lilie, und wie mit Perlen schmückt dich das Glied eines Apostels.«*

Welchen Eindruck mußte die große Stadt auf den jungen Masaccio gemacht haben, der frisch vom Lande kam? Scalzi ergänzte die kargen Informationen des Signor Pepo mit seiner eigenen Phantasie. Er stellte sich den Jungen vor, wie es ihm, der vom Land an endlose Himmelsweiten gewöhnt ist, beim ehrfurchtsvollen Blick hinauf zu den schwindelerregend hohen Türmen der Stadt den Atem verschlägt. Florenz mußte auf einen Menschen aus dem Arnotal damals so wirken wie heute Manhattan auf einen Bauern aus Iowa. Dem Neuankömmling präsentierten sich nicht die heiteren, harmonischen Linien der heutigen Ansichtskarten-Stadt im Sonnenlicht, sondern der Dschungel dieser dunklen Türme der Florentiner Adelsfamilien, einige untersetzt, niedrig und massiv, andere hoch aufstrebend und schlank, doch alle auf den ersten Blick als Wehr- und Verteidigungsanlagen zu erkennen. Der todbringende Odem des Krieges durchwehte die Düsternis dieser Bauten, die verschlossen und drohend in sich selbst isoliert standen. Aus den wenigen Öffnungen in ihren Seitenwänden sprangen hier und da hölzerne Hängebrücken hervor und versperrten den Blick auf den Himmel, sie sollten den bewaffneten Ausfall und den Kampf im Freien ermöglichen.

Darunter schlängelte sich ein Gewirr aus Gassen und ärmlichen Behausungen, meist kaum mehr als Hütten, unterbrochen von großen, plumpen Bauten, in deren Erdgeschoß sich Faktoreien befanden, die als Warenlager genutzt wurden. Manche der Häuser waren auf den noch rauchenden Trümmern der Sitze reicher Familien erbaut, die anderen, mächtigeren Clans unterlegen gewesen waren, oder der Häuser von Ketzern, die der religiöse Eifer des Volkes niedergebrannt und dem Erdboden gleichgemacht hatte.

Viele der Gebäude nahmen sich den Platz, der ihnen unten in den Gassen verwehrt wurde, in der Höhe, wo auf hölzernen Konstruktionen kleine Kammern angebaut waren, die meist als Abort benutzt wurden. Und ihre Lage erlaubte es, die stinkenden Behältnisse ohne Umwege direkt auf die Gasse zu entleeren.

Das Bild einer dieser Gassen, so nun wieder Pepos Vermutung, mußte Masaccio in der Kapelle von Santa Maria del Carmine in den lebendigsten Farben seiner Jugenderinnerungen vor Augen gestanden haben, als er die Szene von der Verteilung der Almosen unter die Armen malte, die sich um den heiligen Petrus drängen.

Wie es dem nicht einmal achtzehnjährigen Künstler dann gelungen war, mit seinen außergewöhnlichen naturalistischen Neuerungen die noch tief in der Spätgotik verwurzelte Malerei zu revolutionieren, versuchte Pepo gar nicht erst zu erklären oder näher zu beschreiben.

So umschwebte die Person des jungen Künstlers bereits seit seinem ersten Auftreten in Florenz der ahnungsvolle Schatten eines Geheimnisses.

Wer war sein Meister gewesen? Bei wem war er in die Lehre gegangen? Und vor allem, wer waren seine Beschützer und Mentoren gewesen, die so viel Einfluß besaßen, daß sie die Großen der Stadt davon überzeugen konnten, ihm ihre Aufträge anzuvertrauen? Darüber schwieg sich Pepo aus, nicht nur, weil dies letztlich nicht das Thema seines Buches war, sondern weil es ihm an verläßlichen Quellen mangelte. Andererseits, so überlegte Scalzi bei der Lektüre des Buches, war auch nicht Grund anzunehmen, daß ein Mann des Gesetzes Zugang zu Informationen gehabt haben sollte, die selbst Kennern der Materie wie einem Vasari verwehrt geblieben waren, der in ganz gleicher Weise mit Angaben über Masaccios Anfänge geizt, obwohl er sich der innovativen Kraft des jungen Meisters durchaus bewußt war: *»... und suchte so sehr als nur möglich Filippo und Donato nachzuahmen, wenngleich ihre Kunst von der seinigen verschieden war. Unausgesetzt mühte er sich, seine Figuren lebendig, beweglich, der Natur getreu darzustellen ...«.*

So hatte also, schloß Scalzi, die innovative Größe des Künstlers den Menschen nahezu ausgelöscht. Mit Masaccio fand die Kunstgeschichte zur ästhetischen Kritik in ihrer reinsten Form. Allesamt, angefangen bei Vasari, lobten sein an ein Wunder grenzendes Talent und seine Bedeutung als Porträtmaler vor der Zeit, lieferten jedoch fast keine Einzelheiten über sein Leben, schon gar nicht über das Ereignis, das zu seinem Tode führte.

Berühmt wurde Brunelleschis Satz: *»Wir haben einen großen Verlust erlitten«*, ein Satz, so tiefbetrübt wie lakonisch. Wie war der gefeierte Künstler gestorben, noch so jung, weshalb und warum?

Hier wurde Pepos Buch plötzlich hochinteressant, geradezu brisant. So lückenhaft es die Vorgeschichte darstellte, eröffnete es über das Lebensende des Meisters bisher unbekannte Einzelheiten, die, wie die umsichtige Erzählung des »legis doctor« berichtete, nicht nur den abenteuerlichen und durch Feuchtigkeit und andere Schäden stellenweise unleserlich gewordenen Papierstreifen der Häftlinge entstammten, sondern auch eigenen Entdeckungen, *»die sich aus meinen gewissenhaften Nachforschungen ergaben«*. Womit die Eitelkeit des Autors erkennen ließ, daß ein Teil der Eröffnungen doch auf seinem Mist gewachsen war.

Die eigentliche Geschichte beginnt da, wo Masaccio gemeinsam mit Masolino den Auftrag erhält, die Brancacci-Kapelle in der Chiesa Santa Maria del Carmine auszumalen.

Die Kirche war im Jahre 1422 geweiht worden. Zwei Jahre danach beauftragte Felice Brancacci Masolino mit dem Freskenzyklus über das Leben des heiligen Petrus. Doch die Ausschmückung der Kapelle, über welche die reiche Familie seit 1386 das Patronat hatte, konnte nur durch den tatkräftigen Einsatz Masaccios voranschreiten und zu Ende geführt werden. Denn 1425 ließ Masolino, nachdem er eine Zeitlang mit dem Jüngeren zusammengearbeitet hatte, von dem Werk ab, um seinem Mäzen Pippo Spano, Kondottiere des Königs Sigismund, nach Ungarn zu folgen. Und im selben Jahr begab sich das Oberhaupt der Familie Brancacci, Felice, als eine Art Handelsattaché zum Sultan von Babylon und nach Ägypten mit dem Ziel, die Handelsbeziehungen zwischen jenen fernen Nationen und den Florentinern zu befördern.

Doch die Kapelle der Brancacci war keineswegs die erste Auftragsarbeit des jungen Masaccio in Florenz.

Masolino hatte gerade mit ihrer Ausmalung begonnen, als ein Brand den Schlafsaal der Mönche und weitere Räumlichkeiten im Kloster Santa Croce zerstörte.

Dieser Zwischenfall brachte zum Bedauern des Bologneser Juristen Masolinos Arbeiten in Santa Maria del Carmine erst einmal zum Erliegen. Und natürlich führten die hohen Ausgaben für den Wiederaufbau des niedergebrannten Klosters dazu, daß auch andere Vorhaben aufgeschoben wurden: So etwa setzte die Wollzunft die Ausführung der Statuen für den Campanile von Giotto fürs erste aus.

Pepo stellt es als gesichert dar - auch wenn die Autoren jener Zeit kein Wort darüber verlieren -, daß in dieser Pause Masaccio damit betraut wurde, den Kreuzgang von Santa Maria del Carmine mit Fresken zu schmücken - er allein.

Wir sind im Jahre 1424. In der Zwischenzeit ist Felice Brancacci zum Beauftragten für die florentinischen Truppen im Krieg gegen Mailand ernannt worden. Ein Amt mit hohem Ansehen, das mit dem zunehmenden Machterwerb der Familie einherzugehen scheint und weitere politische Erfolge noch größeren Ausmaßes vorwegnimmt. Im selben Jahr erhält Masaccio den Auftrag, ein Gedächtnisfresko zu malen, das unter dem Namen *La Sagra* bekannt werden wird, und zwar im ersten Kreuzgang des Karmeliterklosters neben der Kirche Santa Maria del Carmine, in deren Kapelle kurz darauf oder sogar zeitgleich Masolino an seinen *Geschichten aus dem Leben des heiligen Petrus* arbeitet.

Die *Sagra* erinnert an die feierliche Zeremonie der Kirchweihe. Über der Tür, die vom ersten Kreuzgang ins Kloster führt, stellt Masaccio laut Vasari *»eine große Zahl von Bürgern in Mänteln und Kapuze«* dar.

Pepo zitiert an dieser Stelle aus Francesco Bocchis *Die Schönheiten der Stadt Florenz*, einem Buch aus dem Jahre 1591:

»Fürderhin malte Masaccio im ersten Kreuzgang mit grüner Erde die Zeremonie von der Kirchweihe. Man sieht Bürger, die in schöner Ordnung hinter der Prozession einherschreiten, zu fünfen und sechsen in jeder Reihe. Der Edelleute viele sind dort gemalt ganz wie in der Natur: so Antonio Brancacci, der Herr der Kapelle, Niccolò da Uzzano, Giovanni di Bicci de' Medici, Bartolomeo Valori; alsdann gleich anbei Filippo di Ser Brunellesco in Holzschuhen, Donatello in schöner Manier, wie lebendig und von

herrlicher Kunst. Es bewundern die Künstler das große Wissen, welches dieser Maler uns beweist in der Perspektive, nämlich daß die Figuren, die ferner stehen, als wie die Natur es uns zeigt, recht langsam und in schöner Anmut kleiner werden, mit solcherart Kunst und Vermögen, daß, wer sich darauf versteht, nicht umhin kann, diese Malerei zu bewundern und aufs höchste zu preisen.«

Pepo fährt fort und schreibt, daß bereits kurz nach der Veröffentlichung von Francesco Bocchis Buch das Fresko der *Sagra* Schaden genommen habe:

»... hatte der Schimmel oder ein anderes Übel das Gemälde angegriffen. So arg, daß das Bildnis eines der Herren, die so trefflich dargestellt sind, plötzlich, von einem auf den anderen Tag, wie ausgelöscht war, als hätte der Maler anstelle schöner grüner Erde seiner eigenen Fertigung Gips oder anderes vergängliches Material benutzt und als hätte ein wenig Feuchtigkeit genügt, das Bildnis zu bleichen. Die gelöschte Figur war die des Messer Giovanni di Bicci de' Medici, die sich ein wenig von dem Aufzug der anderen Herren der Prozession unterschied und etwas abseits stand, am äußersten rechten Rand des Freskos. Da nun«, fragt sich Pepo, *»nur dieses eine Bildnis zerstört war und kein anderes, wie ist es möglich, daß allein der Umriß dieses einen Herrn sich in ein wirres Gespenst verwandelt hat, dessen Ähnlichkeit nicht mehr zu erkennen war, während die anderen Figuren desselben Freskos ganz und heil geblieben?«*

Aber das Geheimnis verdichtet sich, und der befremdliche Vorgang wiederholt sich auf die gleiche seltsame Weise.

»Es vergingen nicht einmal drei Jahre«, so stellt der »legis doctor« im folgenden fest, *»als dasselbe Schicksal auch das Bildnis des Antonio Brancacci ereilte, welches ebenfalls von der weißen Lepra befallen wurde wie vor ihm bereits der große Herr der Medici. Beide entschwanden so aus dem Fresko und hinterließen zwei helle Flecken, als hätten die Messeri das prachtvolle Gemälde verlassen und sich in einen dichten Nebel gehüllt, gleich den Nebeln, die winters vom Arno aufsteigen und den Wanderer umfangen wie auch die Dörfer, die an seinen Ufern liegen.«*

An diesem Punkt will nun auch der Signor Pepo nicht weiter an einen Zufall glauben. Wenn noch ein letzter Zweifel bestehen mochte, ob nicht vielleicht doch ein Holzwurm – der allerdings schon dem Namen nach wissen läßt, daß er sich an Holz vergeht und niemals an Stein oder Mörtel oder gar Farben aus grüner Erde – den ersten der beiden Herren verzehrt hatte, um ihn in den Nebelschwaden des Arnotals verschwinden zu lassen, so vollkommen unglaubhaft war es, daß dasselbe außergewöhnliche Schicksal auch den zweiten ereilt haben könnte. Vielmehr geboten *»normaler Menschenverstand und die reine Vernunft«*, anzunehmen, daß die beiden Figuren durch die bewußte Handlung eines Menschen verschwunden waren, der sie aus einem Bild entfernt wissen wollte, auf welchem Masaccio so überaus erkennbar die höchsten Personen der Stadt dargestellt hatte.

Nun wechselt der Rechtsgelehrte unerwartet das Thema, als finde er Gefallen daran, den Leser mit einer Abschweifung auf die Folter zu spannen, und spricht über ein anderes Werk Masaccios, das *Tryptichon von San Giovenale*, das der Künstler 1422 fertigte. In diesem Gemälde liegt das Geheimnis in einem Schriftzug im Heiligenschein der Maria, völlig unleserlich für denjenigen, *»der es mit dem gewohnten Blick eines Menschen betrachtet, der in dem Gemälde nichts anderes sucht als des Malers Fertigkeit oder, wenn er von schlichtem Gemüte ist, einen Gegenstand der Verehrung«*.

Hier nutzt Pepo wiederum die Gelegenheit, sich selbst lobend zu erwähnen, seinen Scharfsinn und seine Kenntnis fremder Sprachen zu beweisen. Aufmerksam geworden durch einen scheinbar nur dekorativen Schnörkel im goldenen Heiligenschein der Madonna und von dem Verdacht getrieben, es könne sich um mehr handeln als bloßen Zierat, habe er sich mit dem Rücken zu dem Gemälde gestellt und einen Spiegel zur Hand genommen. Und in selbigem sei ihm eine Schrift erschienen, die äußerst kunstvoll seitenverkehrt notiert war und lesbar nur für den, der die kufischen* Lettern kannte. Und geschrieben stand: *»La ilha Allah Mohammed rasul Allah«*, was soviel heißt wie: »Es gibt keinen anderen Gott als Allah, und Mohammed ist sein Prophet.«

Nachdem er dem Leser nun diesen würzigen Happen hingeworfen hat, geschmückt als außergewöhnliche Entdeckung, kommt die *Historia Florentina* wieder auf die *Sagra* zurück.

Das Gemälde in seiner Gesamtheit, sagt Pepo, *»wurde bei der Renovierung des Kreuzgangs aus Fahrlässigkeit der Mönche abgenommen und zerstört, zur großen Betrübnis aller, die das Werk liebten ...«*

Doch konnte man, so fragt sich Pepo, nach den zwei vorangegangen Übergriffen wirklich an eine »Fahrlässigkeit« der Ordensbrüder glauben? Oder hatte nicht vielmehr, wie schon zu Lebzeiten des Künstlers, als die beiden Signori geweißt worden waren, eine verborgene Macht mit großer Entschiedenheit beschlossen, das gesamte Werk auszulöschen, damit niemand mehr seiner ansichtig würde?

Als Kenner von Kriminalfällen glaubt Pepo nicht an Zufälle. Sollte es wirklich schlichter Zufall sein, daß zu der Zeit, als er schreibt, auch andere Werke Masaccios schon nicht mehr zu sehen sind? Wie der *Heilige Ivo mit Gläubigen*, ein Säulenfresko der Badia Fiorentina, wie die *Verkündigung*, ein Gemälde für die Kirche von San Niccolò in Oltrarno, viele Teile eines Altarbildes für Santa Maria Maggiore in Florenz oder ein *Jüngstes Gericht*, das sich im Camaldolenserkloster von Santa Maria degli Angeli in der Via degli Alfani, ebenfalls in Florenz, befunden hatte.

Ob wohl die Florentiner, fragt Pepo ironisch, Gemälde und Fresken, welche die Künstler soviel Arbeit und die Auf-

* Alte arabische Schrift, benannt nach der Stadt Kufa in Mesopotamien.

traggeber soviel Geld gekostet hatten, genauso einschätzten wie *»Matratzen, die man hin und wieder auslüften muß, indem man sie auf die Erde wirft und die Wolle ausklopft«*?

In Wahrheit handelt es sich um eine Art Verschwörung, schließt der Rechtsgelehrte, die sich gegen Masaccios Werke richtet, die sie vernichten und selbst noch die Erinnerung an den wunderbaren Künstler tilgen möchte.

Denn warum, obwohl es doch genügend andere noble Arbeit zu leisten gab in einer ewig vom Verlangen nach Erneuerung getriebenen Stadt, die bauen wollte, nicht niederreißen, die sich verschönern, ihr mittelalterliches Antlitz verändern wollte, warum verspürte die Familie Michelozzi 1597 die dringende Notwendigkeit, ausgerechnet den ersten Kreuzgang des der Kirche Santa Maria del Carmine benachbarten Klosters umzugestalten, ein Werk des Quattrocento, das so wunderbar mit der humanistischen Erneuerung harmonierte? Und warum schritten die Michelozzi gerade dann zur Tat, als die Brancacci das Patronat über die Kirche hatten?

Erneuter Sprung des »vortrefflichen« Bologneser Rechtsgelehrten. Nun erzählt er von Masaccios Tod, als schriebe er einen modernen Kriminalroman. Als seine Quelle nennt er den ersten in den »Stinche« Eingekerkerten, der das Manuskript kurz vor seinem Tod den anderen geheimnisvollen Gefangenen anvertraute. Hier nun stellt sich heraus, daß der ursprüngliche Autor der mit Blut beschriebenen Papierstreifen der treueste, an Jahren etwas ältere Schüler Masaccios gewesen ist. Der ihm so verbunden war, daß er in Florenz Frau und Kinder zurückließ, um seinem Meister nach Rom zu folgen, wo er mit ihm die Ungewißheit der Fremde und das Fehlen mächtiger Beschützer teilte und seinem *dominus et magister* auch in finanziellen Nöten stets treu zur Seite stand.

Als die Erzählung von Masaccios Tod beginnt, wohnen

die beiden Maler in einem Haus, das man heute als zwielichtig bezeichnen würde. Nicht so im päpstlichen Rom jener Zeit, da an den leichten Mädchen vor der Tür mühelos zu erkennen ist, für welche Ware im Innern sie werben, und solche Häuser bei den Mächtigen nicht nur geduldet, sondern vollauf akzeptiert sind, solange sie – wie in diesem Fall – überwacht und überprüft und nach und nach um den Großteil ihrer Einkünfte erleichtert werden, wofür irgendein hoher Prälat der vatikanischen Hierarchie sorgt. Das Haus in Trastevere dient also auch den zwei Florentiner Künstlern als Unterkunft. Die Hausherrin, ein hünenhaftes Weib mit Zigeunerblut in den Adern, sie heißt Marcolfa, die nach eigener Aussage noch leidenschaftlicher an der Malerei hängt als an geschmortem Ochsenschwanz mit Tomaten – einem Gericht, das sie so vorzüglich zuzubereiten weiß, daß sie den Neid aller Gastwirte der Stadt auf sich zieht –, gibt ihnen Kredit und überläßt den beiden eine Schlafkammer, die sie im Wechsel mit einer Novizin dieses ganz besonderen Klosters nutzen dürfen.

Wir schreiben den 24. Dezember 1428, Masaccio ist vor drei Tagen siebenundzwanzig geworden. Es ist der Abend vor Weihnachten, keine Rede von geschmortem Ochsenschwanz, das Abendessen ist karg: über dem Kaminfeuer gegrillte Sardellen, eingenommen in dem großen Saal im Erdgeschoß des Hauses, der eher an einen Stall erinnert und wo die Kunden die Wartezeit, bis sie in die Kammern hinaufgelassen werden, mit Nichtstun oder mit Essen und Trinken überbrücken, wie es auch unser Masaccio und sein treuer Freund gerade tun.

Der Abend vor Weihnachten also, Stunden tiefster Buße, doch die beiden verzichten nicht auf Wein. Der Winter ist eisig, die Brunnen Roms sind zugefroren, eine Eisschicht, Vermächtnis des morgendlichen Raureifs, bedeckt die Pflastersteine auf den Straßen jenseits des Tiber.

Masaccio ist mit den Gedanken woanders. Man sagt, der

Spitzname mit der abfälligen Endung -accio rühre nicht von seinem schlechten Charakter oder einer bösen Tat her, die er etwa begangen habe, sondern von seinem vernachlässigten Äußeren; der Bart war häufig ungepflegt, die Kleider zerlumpt und farbverkleckst, und sein Gesichtsausdruck hatte immer etwas Verwirrtes. Doch wahrscheinlich treffen auch diese Gerüchte nicht zu, sondern wollen nur ein tiefer gründendes Motiv verbergen.

Marcolfa tritt an den Tisch der beiden Künstler. Sie bietet ihnen an, den Wein zu erhitzen, um ihre vor Kälte starren Glieder zu lösen. Masaccio ist ganz in eine Zeichnung vertieft, die er gerade auf dem Tisch anfertigt, indem er mit dem Finger durch eine Weinlache fährt, er hört sie gar nicht. Sein Schüler stimmt freudig zu. Genau das Richtige jetzt, Glühwein. Die große Frau, die den Meister gern bedient und umsorgt wie einen eigenen Sohn, nimmt den Tonkrug und gießt seinen Inhalt in eine Kupferkanne.

Der Schüler verfolgt ein wenig beunruhigt ihre Bewegungen, denn er meint, in dem leichten Grinsen auf dem Gesicht der Frau einen Hintergedanken wahrgenommen zu haben. Und tatsächlich ist ihm, als würde die Zigeunerin im Halbdunkel des Vorraums, der von den Flammen des Kamins und einigen Ölfunzeln nur spärlich erleuchtet wird, mit den Händen unter dem Tresen werkeln, bevor sie die Kanne aufs Feuer setzt. Kaum wahrnehmbare Gesten, verstohlene, schnelle Bewegungen, wie sie die Männer und Frauen ihres Volkes so meisterhaft beherrschen, wenn sie die Tarockkarten legen, um daraus die Zukunft zu lesen.

Die Zigeunerin schiebt eine Handvoll glühender Kohlen von der Feuerstelle und stellt die Kupferkanne darauf. Dann nimmt sie sie vom Feuer zurück und reicht sie der Dienerin, einem schielenden Mädchen, das allen männlichen Besuchern des Hauses schöne Augen macht in der Hoffnung, so im Ansehen zu steigen und an den lukrativeren Geschäften des Hauses teilzuhaben, doch sie ist so abstoßend, sieht so ungepflegt aus mit ihrem rußverschmierten Gesicht und den schmutzverkrusteten nackten Füßen, daß sie nur einem wenig wählerischen Fuhrknecht gefallen könnte, dem es zudem an Geld mangelt. Das Mädchen reagiert auf einen Wink der Herrin und trägt die Kanne an den Tisch der beiden Künstler.

Masaccio, den die Nachtkälte erschauern läßt, denn der kurze Mantel wärmt ihn nicht, greift nach dem Henkel der Kanne, zuckt zurück, weil er sich verbrannt hat, greift wieder danach, schenkt sich schließlich ein Glas ein und leert es in einem Zug.

»Er ist bitter«, sagt er mit einer Grimasse des Ekels. »Vielleicht hat er was vom Grünspan angenommen«, erwidert der Schüler, »trink nicht mehr davon.«

Doch Masaccios Linke greift schon wieder nach der Kanne – während die Rechte fortfährt, mit dem Rot der Weinlache Linien auf den Tisch zu zeichnen –, er füllt aufs neue sein Glas und führt es zum Munde. Durch die Grimasse mißtrauisch geworden, die nun wie unauslöschlich den Mund des Meisters verzerrt, probiert auch der Schüler einen Schluck. Kaum spürt er die ersten Tropfen auf den Lippen und am Gaumen, als ein starker Ekel ihn packt. Obwohl der Wein noch immer sehr heiß ist und sein Geschmack dadurch gedämpft, schmeckt er etwas Fauliges, dumpf Metallisches, das ihm das Gedärm umdreht.

»Marcolfa!« schreit der Schüler und zieht die Kanne außer Reichweite des Meisters, »was ist das für ein Gesöff?«

»Was soll es schon sein? Guter Rotwein, genau richtig temperiert. Trinkt, aber gebt acht, euch nicht zu betrinken, macht mir keinen Aufstand!« erwidert das Hexenweib. Ihr Mund lächelt, doch ihre Augen sind düster und liegen unverwandt und mit wildem Ausdruck auf Masaccio.

Der hüllt sich enger in seinen Mantel, als würde der Wein ihn nicht wärmen, sondern ihm die Kälte erst recht in die Knochen treiben. Er neigt sich mit dem Stuhl nach hinten, legt den Kopf in den Nacken. Die Augen hat er geschlossen, der Mund ist in der Grimasse erstarrt, als hätte es ihm das Gesicht gelähmt. Ein trockener Schluckauf erschüttert seine Brust, bald ächzend wie ein tuberkulöser Husten. Dann beugt er sich wieder nach vorn, legt die Hände auf den Magen und krümmt sich vor Schmerz.

Der Schüler eilt zu Hilfe, streicht dem Meister beruhigend über die Schultern, versucht seine Arme zu lösen und ihn in eine aufrechte, entspannte Haltung zu bringen. Doch Masaccio bleibt steif wie ein Brett. Seine Stimme läßt schaudern, sie klingt merkwürdig rauh und wie von schrecklicher Angst gewürgt:

»Es ist nichts. Mir ist der Wein in die falsche Kehle geraten ... Ich habe Durst ...«

Der Schüler fährt ihm mit den Fingern über die Lippen, die vor Trockenheit plötzlich ganz rauh geworden sind. Er packt sein Glas, schüttet den verbliebenen Wein weg und stürzt zu Marcolfa an den Tresen. Während sie ihm das Glas mit Wasser füllt, sieht die Zigeunerin ihn mit scheinheiligem Mitleid an. Der Schüler kehrt zu Masaccio zurück, hält ihm das Glas an die Lippen. Doch sein Kiefer ist wie in einem Krampf verschlossen, und leise pfeifend geht der Atem durch die Zahnreihen, wie ein Ruf von einem fernen Ort. Aus dem Mund quillt weißlicher Schaum.

»Hilfe!« schreit der Schüler, »meinem Meister geht es schlecht!«

Die riesige Marcolfa kauert ungerührt und mit gläsernem Blick auf ihrem Stuhl hinter dem Tresen.

»Tragen wir ihn zum Feuer«, meint die scheeläugige Dienerin, »vielleicht hat er sich verkühlt.«

Gemeinsam ziehen sie seinen Stuhl an die Feuerstelle. Die Bewegung löst einen fürchterlichen Krampf aus, Masaccio übergibt sich, ein weißlicher Brei ergießt sich auf die Steinplatten des Bodens. Der Schüler bemerkt, daß sich in diesem ekligen Brei, der den Lippen des Meisters entronnen ist, durchscheinende Blasen wie glühend blähen, als quille eine metallische Säure über den Rand eines alchemistischen Schmelztiegels.

»Hilfe!« schreit er noch einmal. »Mein guter Meister ist vergiftet worden! Ruft einen Arzt!«

»Wer spricht da von Gift!« brummelt Marcolfa und steigt endlich von ihrem Hochsitz herab. »Schweig, du Trunkenbold! Da sauft ihr und sauft, bis ihr den Verstand verliert, und dann redet ihr von Gift ...«

Masaccio röchelt nur noch. Er fällt vom Stuhl, streckt die Glieder von sich in einem einzigen langen Krampf. Er verdreht die Augen, reißt, um Luft ringend, den Mund auf. Atmet nicht mehr.

Als dem Schüler klar wird, daß Masaccio tot ist, stürzt er zu dem Tisch, wo er kurz zuvor noch mit dem Meister saß. Zwei Zinnteller stehen da mit den restlichen Sardellen und ein paar Stücken Brot, doch von der Kanne mit dem Wein keine Spur mehr.

»Wo ist die Weinkanne?« brüllt er Marcolfa an. »Wer hat sie weggenommen?«

»Wovon redest du Narr? Meinen Wein serviere ich in Tonkrügen. Hier ist der Krug!« Marcolfa grinst und zeigt auf einen Berg Tonscherben unter dem Tisch. »Den wirst du mir bezahlen, du Saufkopf!«

Mit seinem Mördergeschrei lockt der Schüler die päpstlichen Schergen an, die ungewohnt schnell zur Stelle sind, als hätten sie eine solche Geschichte an diesem Abend erwartet. Sie laden den leblosen Körper Masaccios auf einen Karren und schieben das rumpelnde Gefährt über das holprige Pflaster von Trastevere. Wo sie ihn abladen werden, weiß niemand, vielleicht werfen sie ihn auch in den Tiber oder verbrennen ihn wie die Leiche eines Pestkranken, jedenfalls erfährt niemand je Genaueres.

Die Handschellen aber, die legen die in Marcolfas Höhle verbliebenen Sbirren dem Schüler an, der immer noch laut schreiend protestiert, die Zigeunerin sollten sie festnehmen, sie habe das Gift gemischt. Und sie schleppen den armen Mann in Ketten zum Castel Santangelo.

Von diesem Augenblick an, schließt Pepo melancholisch, sollte Masaccios betagter Schüler die Sonne nur noch durch die Gitterstäbe des Kerkers erblicken. Und dies auch noch sehr selten, als er schließlich in »Le Stinche« landet, nachdem er *»die Gefängnisse häufiger gewechselt hat als die Schuhe«*. Nur wenn sie im Zenit steht und durch ein unsichtbares Loch im Dach fällt, trifft ihr Licht für eine kurze Weile eine Wasserpfütze zu seinen Füßen und spiegelt sich darin. Tatsächlich hat sich auf den unregelmäßigen Steinen des Fußbodens ein kleiner Tümpel gesammelt, der sich aus der Feuchtigkeit der Wände speist und in dieser fast unterirdisch und zudem nach Norden gelegenen Zelle niemals trocknen kann.

11

Historia Florentina: Die *Sagra* und eine Geheimgesellschaft

Nachdem er unter Berufung auf diesen lebendigen Bericht eines Augenzeugen in allen Einzelheiten von dem Verbrechen erzählt hat, das dem Leben des großen Künstlers ein Ende setzte, und damit die Lücken, Zweifel, vagen Vermutungen beantwortet, die sich in den Texten seiner Zeitgenossen zu diesem rätselhaften Tod finden, nach einem Hinweis schließlich auf die unmenschlichen, grausamen Kerkerbedingungen, die er nur zu gut kannte, kehrt Pepo zu dem verschollenen Fresko zurück: der *Sagra*.

Diesmal wählt er die Ich-Form für seinen Bericht. Da er das Fresko zum Zeitpunkt der Erzählung nicht mehr betrachten kann, schöpft er für dessen Beschreibung aus seiner noch sehr lebendigen Erinnerung:

»Es war das Gemälde einzigartig in seiner Anmut und dem Wissen um die feine Perspektive, die Masaccio nach den Gesetzen der Mathematik von Filippo Brunelleschi erlernt hatte, durch welche die Figuren der hohen Herren aufs wundervollste gezeichnet waren, derweise daß die Menschen in der Ferne kleiner erschienen, die in der Nähe aber größer. Doch noch einzigartiger war das Gemälde in seiner Komposition, also in der Ordnung, in welcher die hohen Herren in der Prozession einherschritten. Diese Ordnung sah in gewisser Weise aus wie gestört, insoweit die Signori keineswegs alle derselben Richtung folgten, wie bei Prozessionen üblich, nämlich auf denselben heiligen Ort zustrebten; es erscheint unnatürlich und merkwürdig, wenn einige nach rechts, andere nach links sich wenden, just dies aber war in Masaccios Bild der Fall, wo manche sogar in eine ganz andere Richtung sich wandten. Tatsächlich erschienen einige wie abgelenkt von dem

Wege, dem die meisten anderen folgten, so als empfänden jene wenigen Verachtung für diesen gemeinsamen Weg, der sie doch zur Kirche Santa Maria del Carmine führte, woselbst all die Signori sich zur Weihe einfinden sollten. Mehr noch, diese freche Eigenwilligkeit wirkte wie eine Gotteslästerung, da die Edelleute ebendieser Kirche den Rücken zukehrten, so als wären sie Ketzer oder Ungläubige. Diese Verächter waren die schon genannten hochedlen Signori Giovanni di Bicci de' Medici und Antonio Brancacci. Zu ihnen gesellten sich in der gleichen abgewandten Haltung zwei vornehme Bürger der Stadt, vornehm weder von Geburt noch durch Reichtum ihrer Familie, wohl aber durch die Verdienste, die sie sich mit ihrer Kunst erworben hatten: Pippo Brunelleschi, hier in Holzschuhen abgebildet, wenn auch nicht aus einer Laune des Malers, sondern um seine bescheidene Herkunft und Haltung anzudeuten, und Donatello.«

Pepo läßt auch diese Gelegenheit nicht aus, sich selbst und sein detektivisches Gespür zu rühmen, das ihn gelehrt hat, in juristischen Angelegenheiten nicht dem Schein der Dinge zu vertrauen, sondern die Spuren zu lesen, aus denen man *»die Wahrheit ziehen kann, die jenem entgeht, der mit zerstreutem Blick versäumt, den verborgenen Sinn der Dinge zu suchen. Der sorgfältige und kluge Forscher lenkt seine Aufmerksamkeit genau auf das, was ihm seltsam außerhalb der natürlichen Ordnung zu liegen scheint. Und wenn«*, so fährt Pepo fort, *»es ihm gegeben ist, das Eigentümliche zu beobachten und herauszufinden, warum eine Sache abweicht von dem id quod plerumque accidit, und er verschiedene Gründe für diese Besonderheit vorschlägt, so kann er, hat er erst einmal die unvernünftigen unter seinen Thesen, die dem Verstande zuwiderlaufen, verworfen, in der letzten verbliebenen These, so außergewöhnlich sie erscheinen mag, die mögliche solutio für das gesamte Rätsel finden.«*

Darum konzentriert sich die geschärfte Aufmerksamkeit des »legis doctor«, den man einen Sherlock Holmes seiner Zeit nennen könnte, auf diese vier Figuren. Und hier macht er eine weitere Entdeckung.

Da die Zeremonie im Winter stattfand, trugen alle Personen einen Mantel. Während den meisten der Herren das Kleidungsstück anmutig bis auf die Füße fiel, doch ohne Falten oder Drapierungen, glatt und geordnet, erschienen die Mäntel der genannten vier Herren und Künstler voller Falten und Kräusel, *»wie von starkem Wind aufgepeitschte Wellen des Meeres«*.

Eines Tages, als Pepo den ersten Kreuzgang der Mönche besichtigt, entdeckt er zu einer Tageszeit, da die Sonne prall auf das Fresko scheint, in diesem direkten Licht ein paar lateinische Lettern. Als er sie von rechts nach links in Richtung der Schreitenden liest – *»hier lag ein, scheinbar unverständliches, Motiv dafür, daß sie in die andere Richtung gingen, wiewohl nicht das einzige!«* –, entziffert der »legis doctor« zwei Namen. Von dem ersten Namen erscheint jeweils ein Buchstabe ganz oben auf den Mänteln jener Figuren, so daß man von einer ersten Zeile des Geschriebenen sprechen könnte: »R-O-S-A«. Weiter unten wird in einer zweiten Zeile der andere Name erkennbar: »A-V-E-R-R-O-E«.

Aus diesem zweiten Namen aber leitet Pepo seine erste Schlußfolgerung ab. So wird im Abendland ein berühmter, nichtchristlicher Denker genannt, jener Ibn Ruschd, so der richtige Name des Philosophen, Juristen und Arztes, der im Jahre 1100 in Córdoba lebte; sein Name wurde von den Kopisten zu Averroes deformiert. Pepo kommt es ungewöhnlich vor, daß der Maler ausgerechnet mit diesem Namen insgeheim einige prominente Bürger der Stadt hervorheben wollte. Denn so identifiziert er sie mit den Ideen des arabischen Philosophen von der universellen Toleranz und dem einen Gott in jedem einzelnen Menschen. Außerdem wird durch diesen nicht nur exotischen, sondern auch ketzerischen Namen erkennbar, daß die Herren de' Medici und de' Brancacci, der Architekt Brunelleschi und der Bildhauer Donatello eine gesonderte Gruppe bilden, die ihre Schritte nicht zufällig in eine andere Richtung lenkt.

Der Rechtsberater ergeht sich dann in einem überschwenglichen Lob des illustren, wenn auch von seinen eigenen Landsleuten angefeindeten arabischen Denkers, dessen Werk er als Jurist nahezu täglich konsultiere und von dem er in der 1575 erschienenen lateinischen Ausgabe gerade das *Delle beatitudini dell'anima* gelesen habe. Ein vorzügliches Buch, so meint Pepo, das ihn tief beeindruckt, das sein gesamtes Leben und seine Sicht auf die Welt und den Tod verändert habe.

Nach dieser Vorführung der eigenen Gelehrsamkeit kommt Pepo zu seiner zweiten Folgerung. Er kombiniert den Namen des arabischen Philosophen mit dem von ihm selbst im Heiligenschein der Madonna von San Giovenale entdeckten Schriftzug, auch er sowohl durch die kufischen Lettern als auch die Spiegelschrift verschleiert und derart verfremdet, daß er nach einem dekorativen Schnörkel aussieht. Diese Querverbindung, die mehr sei als ein bloßer Zufall, habe ihm die Logik diktiert, so Pepo, da in beiden Gemälden auf einen einzigen Gott von Christen und Moslems verwiesen werde. Unter den Menschen beider Lager, die wiederum in verfeindete Nationen gespalten sind, fänden sich einige erwählte Geister, die in der Religion nicht das Trennende, sondern die Verbrüderung sehen, *»im großen Fluß des universellen Geistes, der dem einzigen Gott gehört, in welchen jeder eintaucht und darin glorreich sich auflösen wird im Augenblick seines Todes.«*

Der andere Name, »R-O-S-A«, den er im Faltenwurf der vier Figuren erkannt hat, läßt sich sehr sinnreich mit dem Namen Averroes in Verbindung bringen. Wie man zwischen den Zeilen des *Rosenromans* liest, symbolisiert die Rose die vom Gläubigen ersehnte Wahrheit, eine Wahrheit, die von der katholischen Kirche verdunkelt und von der Inquisition verfolgt wird.

Aber um welche Gläubigen handelt es sich? Welcher Doktrin treu, welcher Gemeinschaft zugehörig?

»Mein geneigter Leser möge nicht vergessen«, sagt dazu Pepo, *»daß unsere Geschichte sich in Florenz zuträgt, in dieser blühenden Stadt, reich an Gegensätzen, zerrissen zwischen den Faktionen ihrer Familien, gebeutelt von der Gier einzelner und dennoch voll der Sehnsucht, eines Tages jene Botschaft der Brüderlichkeit und Liebe zu erfüllen, das Wunder des Friedens zu erleben.«*

Und Pepo kommt am Ende seiner Überlegungen zu dem Schluß, daß der Maler in den rätselhaften Schriftzügen auf seinem Bild in verschlüsselter Form auf eine Florentiner Geheimgesellschaft angespielt habe, die »Fedeli d'Amore«, entstanden im vierzehnten Jahrhundert und im verborgenen am Leben erhalten trotz schwerer Gefahren, denen ihre Anhänger ausgesetzt waren, trotz Verfolgung, Tod oder Exil. Wer weiß, vielleicht gab es sie selbst noch in jenen Zeiten, als der »legis doctor« dies schrieb, also zu Beginn des siebzehnten Jahrhunderts, obwohl die Inquisition so mächtig und so reich an Spionen war, daß sie ihren Anhängern jedwede Demonstration unmöglich machte, und wäre sie noch so verhüllt in Erscheinung getreten.

Diese Geheimgesellschaft der »Getreuen der Liebe«, so schreibt Pepo, hatte nach ihrer Ausdehnung in den Orient, wo die unternehmungslustigen Florentiner Kaufleute neues Territorium für sich eroberten, den eigenen Lebenssaft mit dem Gedankengut der arabischen und persischen Literatur befruchtet, bei deren Autoren sie eine ungeahnte Verwandtschaft zu den eigenen Vorstellungen und Ideen entdeckte. Besonders fruchtbar war dabei die persische Dichtung, auch sie drückte unter dem Mantel der Poesie die mystischen Auffassungen eines vergleichbaren Bundes aus. Die Idee einer universellen Verbrüderung reichte also bis ans andere Ufer des Mittelmeeres und *»vereinte in einem gemeinsamen Atem«* Menschen, die von Geburt und Glauben verschieden waren, ja von ihren Mächtigen häufig sogar gezwungen, gegeneinander Krieg zu führen.

So finden sich neben den beiden auf dem Fresko der

Sagra dargestellten und mit den exotischen Namen ROSA und AVERROE bezeichneten großen Künstlern Brunelleschi und Donatello, die eng mit Masaccio befreundet waren, sich täglich trafen und Ideen, Gedanken und Erfindungen austauschten, auch zwei berühmte Kaufleute.

Beide, der Mediceer wie Brancacci, hatten großes Interesse am Orient. So war Felice, das Oberhaupt der Familie Brancacci, von der Florentinischen Republik zum Sultan von Babylon und nach Ägypten entsandt worden. Das Interesse am Orient war noch gewachsen, seitdem die Stadt Florenz Pisa samt seinem Hafen eingenommen hatte und die im Landesinnern gelegene Handelsmacht ihren Einfluß auch auf überseeische Länder ausweiten konnte.

So erscheint es Pepo offensichtlich, daß diese vier edlen Herren, Kaufleute die einen, Künstler die anderen, wichtige Mitglieder der Geheimgesellschaft der »Getreuen der Liebe« waren und mit ihnen der geniale Masaccio. Im Fresko der *Sagra* hatte der Künstler mit den der Malerei eigenen Mitteln die Bruderschaft und einige ihrer illustren Mitglieder rühmen wollen. Und als Indizien seiner Vermutung zählt Pepo auf: das Weißen der Figuren zweier politisch mächtiger Florentiner Persönlichkeiten, des Medici und des Brancacci; der Schriftzug im Heiligenschein der Madonna von San Giovenale, der die Sympathie des Malers für einen Gottesbegriff bezeugte, den auch die muslimische Religion vertrat; die Ermordung Masaccios und schließlich, wie ein Grabstein über allem, die völlige Auslöschung der *Sagra*.

»Mit der wachsenden Intoleranz der Inquisition«, so schließt er, *»die täglich härter gegen jedes Abweichen vom Kanon der katholischen Religion vorging, wuchs auch die Gefahr für das geheime Konsortium. Da die aufsteigende Familie der Medici höchstes Interesse daran hatte, die politische Herrschaft über die Stadt zu übernehmen, sah Giovanni di Bicci sich selbst in der Gefahr, der Häresie angeklagt zu werden und damit die ganze Familie zu gefährden. Das war der Grund, warum er die Löschung*

seines Porträts im Fresko anordnete und befahl, auch das Bildnis Brancaccis zu tilgen, damit die Buchstaben »R-O-S-A« und »A-V-E-R-R-O-E« nicht mehr zu sehen wären, also die Figuren zu weißen und damit auch den Faltenwurf ihrer Mäntel zu löschen mit den Buchstaben, die jene beiden Namen bildeten.«

»Was aber war der Grund«, fragt sich Pepo weiter, *»weshalb der Maler ermordet wurde, der schon freiwillig nach Rom ins Exil geflüchtet war, um dem traurigen Schicksal zu entgehen, das sich so bedrohlich über seinem Haupt zusammenbraute? Die Solutio ergibt sich, wenn wir die unvernünftigen unter den Antithesen ausschließen. In primis geschah seine Ermordung gewiß nicht aus einem persönlichen Haß, den niemand in seinem Herzen hegen konnte, da der junge Masaccio überall beliebt war, von ruhigem Temperament und ganz auf seine Malerei konzentriert, fern allen Liebeshändeln und Wirtshausprügeleien. Der Spitzname Masaccio«*, erklärt Pepo an dieser Stelle, *»der seinen richtigen Namen Tommaso abwandelte, verschleiert die Abkehr des Künstlers vom katholischen Glaubenskanon, was er nur wenigen gegenüber bekannte und den meisten verschwieg, um kein schlechtes Vorbild zu geben. Noch unwahrscheinlicher ist die Annahme, die gleichwohl geäußert wurde, ein anderer, gegenüber dem erlesenen Können des Masaccio mittelmäßiger Künstler habe aus Eifersucht gehandelt, denn als das grausame Verbrechen geschah, teilte der junge Maler bereits das Schicksal aller Emigranten, in Vergessenheit zu geraten, und verdiente so eher Mitleid denn Neid.*

Der Grund kann also nur ein anderer sein. Noch bevor sie das Fresko der ›Sagra‹ verschwinden ließ, gab die mächtige Familie oder eines ihrer einflußreichen Mitglieder in der Heiligen Römischen Kirche den Auftrag zu einem Schlag gegen den Geheimbund der ›Fedeli d'Amore‹, als dessen Haupt man Masaccio wähnte. Sie ordnete den Tod des Künstlers an. Und es war nur konsequent, wenn die Medici 1434, wenige Jahre nach diesem Mord, mit dem sie die schmierige Marcolfa beauftragt hatten – inzwischen saßen sie bereits in der Signoria von Florenz –, Brancacci, auch er eines der höchsten Mitglieder der geheimen Bru-

derschaft, zum Aufrührer erklären ließen und im Jahr darauf ins Exil schickten. Und kaum ein Jahrhundert später war es nicht die Fahrlässigkeit einiger Mönche, sondern wiederum die Vorsicht der Medici, die den Verdacht, eines ihrer Mitglieder habe einem ketzerischen Bunde angehört, von sich fernhalten wollten, wenn sie anordneten, daß das ganze Gemälde im ersten Kreuzgang von Santa Maria del Carmine ausgelöscht werde. Daß die Figuren von Giovanni di Bicci und Brancacci aus dem Bilde getilgt worden waren, genügte den Mächtigen der Familie nicht mehr. Gleichwohl ließen die Medici, die auf ihre Weise die Kunst und ihre genialen Werke achteten, die ›Sagra‹ nicht zerstören, sondern verbergen.«

Und nun zitiert Pepo klugerweise wieder aus dem schlangenförmigen Manuskript des ersten Gefangenen der »Stinche«, jenes Schülers von Masaccio, der als noch gänzlich unerfahrener Anfänger an der Entstehung des Freskos beteiligt gewesen war, wenn auch nur mit der bescheidenen Aufgabe, die Minerale im Mörser zu zerstoßen, die für die Farben gebraucht wurden. Er hatte seine Erinnerung noch vor der totalen Auslöschung der *Sagra* niedergeschrieben. Das Weißen der Figuren der beiden Edelleute hatte er darin nur flüchtig angedeutet.

Hier nun tritt der letzte Besitzer des Manuskripts in Erscheinung, bevor es in Pepos Hände überging. Er habe dem Originaltext des Masaccio-Schülers einige Anmerkungen aus persönlichem Erleben hinzugefügt. Pepo schreibt, es sei ein Karmeliter gewesen – er saß wegen unsittlichem Verhaltens gegenüber einem Jungen aus dem Viertel Santa Maria del Carmine in den »Stinche« –, der über Kenntnisse im Gebäudebau verfügte. Bevor er in Kerkerhaft kam, so berichtet er, sei in dem von Michelozzi renovierten Kreuzgang eine Mauer errichtet worden, die dem architektonisch bewanderten Mönch zufolge keinerlei Stützfunktion hatte und ebensowenig der Verschönerung diente. Und der Häftling meint, daß hinter dieser Mauer ohne irgendwelche Schäden die gesamte *Sagra* verborgen sei.

An dieser Stelle nimmt Pepo einige Hinweise in sein Buch auf, die seiner Aussage nach den genannten Anmerkungen zu dem Manuskript entstammen:

»Der unzüchtige Karmeliter hat der Niederschrift des Masaccio-Schülers folgende Begebenheit hinzugefügt: Da einige der Mönche den Ideen der Bruderschaft der ›Fedeli d'Amore‹ nicht abgeneigt waren – weshalb sie den noch so jungen Maler Masaccio ja mit dem Gemälde der ›Sagra‹ beauftragt hatten – und ebendiese Brüder die Kunst der Malerei liebten und hochachteten, dachten sie über eine Möglichkeit nach, wie das Gemälde vor den Schäden der Zeit und der zerstörerischen Intoleranz der Menschen zu schützen sei. Diese selben Fratres also, gewiß nicht alle unter ihnen, wohl aber die aufgeklärtesten, und allen voran der Superior zu jener Zeit, der Gelehrte Bartolomeo Frescobaldi, hielten es daher für angebracht ...«

Hier brach die *Historia Florentina* ab, da die letzten beiden Seiten des letzten Druckbogens herausgerissen waren.

»Da schlägt man sich die ganze Nacht mit der Lektüre eines spannenden Romans um die Ohren«, brummte Scalzi enttäuscht, »und dann fehlt einem der Schluß.«

12
Gelehrter Disput

Am Schaufenster des »Homo Sapiens« trottete eine Schar Touristen in Richtung Santa Croce vorbei. Das scharrende Geräusch ihrer Füße klang, als zöge eine ganze Kavallerie vorüber, und zwang Scalzi, seine Stimme beim Vorlesen zu erheben. Doch er war sowieso am Ende angelangt und ließ die Kopie des Buches auf die Knie sinken.

»Jetzt verstehe ich auch«, sagte Palazzari, »warum Brancas' Gekritzel immer wieder mit Zitaten aus den Kanzonen und Sonetten von Kaiser Friedrich II., von Pier delle Vigne, Guido Guinizzelli, Cino da Pistoia, Guido Cavalcanti und sogar Dante gespickt ist. Was haben nur diese überaus dunklen Verse damit zu tun? habe ich mich ständig gefragt. Jetzt ist mir das klar! Auch sie gehörten zur Bruderschaft der ›Getreuen der Liebe‹! Über sie hatte ich allerdings schon mal einige geniale Gedanken gelesen, und wißt ihr, von wem?«

Scalzi zuckte mit den Schultern, Giuliano antwortete nicht, wahrscheinlich hatte er die Frage nicht gehört, da er angestrengt nach draußen auf den Bürgersteig starrte, wo er etwas zu beobachten schien. Die Ladentür stand offen, denn es wurde allmählich warm im Raum.

»Von Dante Gabriele Rossetti! Der nicht nur einer der Gründer der Präraffaelitischen Schule war und ein großer Maler, sondern auch ein Dichter und erwiesener Dantist, der ebenfalls in hermetischen Versen – obwohl er ja keinen Grund hatte, die Inquisition zu fürchten, aber vielleicht inspirierten ihn die Dichter dazu, die er so sehr liebte – auf die Existenz dieser geheimnisvollen Vereinigung im Florenz des vierzehnten Jahrhunderts hinweist.«

Palazzari war in seinem Element: Welch wundervolle Gelegenheit, seine literarische Bildung unter Beweis zu stellen! Wenn sie ihn noch weiter ermunterten, dachte Scalzi, würde er gewiß noch am Abend dozieren. Doch Palazzari brauchte gar keine Ermunterung:

»Ich wußte also von einer solchen geheimen Gesellschaft, hätte aber nicht gedacht, daß sie noch im fünfzehnten Jahrhundert existierte und Donatello, Brunelleschi und Masaccio zu ihren Mitgliedern zählte. Ich habe also nicht ganz unrecht, wenn ich glaube, daß auch Leon Battista Alberti ein ›Getreuer der Liebe‹ war. Vielleicht ist seine Zugehörigkeit zu der Vereinigung der wahre Grund für das Exil der Familie Alberti, schließlich wurde Leon Battista ja in Genua geboren. Ich sollte wohl noch einmal sein *De Pictura* lesen, das er, ins Volgare übersetzt, seinem Freund Brunelleschi sandte. Wollen wir wetten, daß ich dort sogar irgendeine verschlüsselte Anspielung auf den Geheimbund finde?«

»Schon möglich«, der Avvocato versuchte seinen Wortschwall zu bremsen, »aber unser Problem ist doch, daß die letzten Seiten der *Historia Florentina* fehlen. Und so haben wir keinerlei Hinweis darauf, wo sich das Werk heute befinden könnte. Für die Ermittlung wäre es aber ungeheuer wichtig zu wissen, ob das Fresko der *Sagra* tatsächlich noch existiert und ob es Brancas vielleicht gelungen war, seinen genauen Standort im Kloster herauszufinden.«

»Ich hätte diese *Historia* allerdings lieber in der Originalausgabe von Pepo Bononiensis gesehen statt als Fotokopie«, bemerkte Palazzari mit kritischem Unterton.

»Tut mir leid, aber das ist unmöglich. Soweit ich weiß, gibt es überhaupt nur zwei Exemplare davon, eines unerreichbar in Übersee, und in Brancas' Unterlagen habe ich nur diesen Abzug gefunden, dem die letzten Seiten fehlen. Das Original, das Ticchie besessen haben muß, ist verschwunden. Vielleicht hat der Mörder es genommen«,

Scalzi log munter drauflos, »weil er nicht wollte, daß die *Historia* in fremde Hände gerät.«

»Ja, das ist Künstlerpech«, meinte Palazzari bedauernd. »Aber dennoch, wo wir jetzt den Gegenstand von Brancas' Recherchen kennen und zumindest eine Kopie des Buches haben, kann ich den lateinischen Formeln in seinen Aufzeichnungen einen Sinn geben. Vielleicht liegt in ihnen ja der Schlüssel verborgen, der uns zu Pepos berühmter *solutio* führt.«

Giuliano schnellte von seinem Stuhl hoch und war mit einem Satz am Eingang. Er trat auf den Bürgersteig hinaus und tat zwei Schritte nach rechts. Er verschwand aus ihrem Blickfeld, dafür tönte um so lauter seine ärgerliche Stimme:

»Pasquini! Du Mistkerl von einem Messias! Ja, dich meine ich! Du brauchst dich gar nicht da zwischen den Mülltonnen zu verkriechen! Darf man erfahren, was du hier suchst und warum du dich die ganze Zeit an der Tür herumgedrückt hast? Ich habe dich genau gesehen, was glaubst du denn! Ich beobachte dich schon seit einer halben Stunde. Und was suchst du jetzt da hinter den stinkenden Abfällen? Oder wolltest du ein bißchen Versteck mit uns spielen?«

»Ich binde mir gerade nur den Schuh zu«, ertönte näselnd und gedehnt eine Stimme, die Scalzi an den Meßdiener aus *Tosca* erinnerte.

»Von wegen Schuhe, so ein Blödsinn! Ich weiß schon, was man dir zubinden sollte! Herein mit dir, wenn du am Gespräch interessiert bist! Anstatt dort draußen herumzulungern und uns auszuspionieren!«

Und Giuliano kehrte ins »Homo Sapiens« zurück, die Hand schwer auf Pasquinis Schulter, in einer Geste, die fast freundschaftlich angemutet hätte, wenn der Herr des Ladens sich nicht mit solcher Kraft im Stoff der Jacke verkrallt hätte, daß der Hosenbund seines Gefangenen zum Vorschein kam.

»Warum sollte ich denn spionieren?« protestierte Pasquini, als Giuliano seinen Griff lockerte. »Ich kam nur gerade vorbei und hielt kurz an, um mir den Schuh zuzubinden. Was sind denn das für Sitten? ... Gegrüßt sei die Runde!«

»Guten Morgen«, erwiderte Scalzi, während Palazzari sich auf ein Grunzen beschränkte.

Pasquini ging zu dem chinesischen Lehnstuhl. Aus irgendeinem Grund wurde er von niemand anderem benutzt, vielleicht weil jeder wußte, daß sich hier immer der Messias niederließ, so daß Giuliano sich angewöhnt hatte, ein zum Verkauf stehendes Objekt darauf auszustellen. Dieses Mal war der Stuhl von der Nachbildung einer Pagode belegt.

Pasquini schüttelte sich. Mit den geschmeidigen Bewegungen einer Katze fuhr er sich mit dem Handrücken über das Revers seines Jacketts, strich das Rückenteil gerade, zog den Schlips fest. Er nahm das Ausstellungsstück vom Stuhl und setzte sich, während er mit Kennerblick das Ding zwischen den Händen drehte.

»Die Reproduktion eines indischen Stupa. Aus Bergkristall, mit Resten der ursprünglichen Bemalung. Sehr schönes Objekt, Giuliano, meine Hochachtung. Ziemlich alt. Aus dem siebzehnten Jahrhundert, würde ich schätzen. Woher hast du ihn? Aus Nepal, wette ich.«

»Er ist sehr zerbrechlich, paß auf damit«, brummte Giuliano.

»Keine Sorge, ich weiß, wie man mit kostbaren Sachen umgeht. Woher hast du ihn?«

»Das sage ich dir nicht.«

»Du spielst wohl gern den Geheimnisvollen, wie?« Pasquini drückte sich in den Lehnstuhl, schlug die kurzen Beine übereinander und bettete den indischen Stupa in seinen Schoß. Allmählich besserte sich seine Laune wieder. Der Stuhl gab ihm Sicherheit. Der Kristall schimmerte hell vor dem Hintergrund seines makellosen schwarzen Anzugs. Alles in allem ähnelte Pasquini einem Hindu-Götzenbild.

»Nun ... Es herrscht ja heute morgen eine merkwürdige Stimmung hier im ›Homo Sapiens‹.« In seinem schmeichelnden Tonfall schwang eine Anspielung mit. »Irgendwie geheimnisvoll. Und es liegt, findet ihr nicht? so was Schwefliges in der Luft, als hätte sich ein kleiner Teufel hier eingeschlichen.«

»Hier war nichts Satanisches, bevor du aufgetaucht bist«, entgegnete Palazzari schroff.

»Aber hast du nicht gerade, als ich hereinkam, von einer ketzerischen Sekte gesprochen?«

»Bestimmt nicht, als du reinkamst. Da herrschte nämlich Schweigen. Davor allerdings habe ich davon gesprochen. Giuliano hat also recht gehabt, du hast spioniert«, sagte Palazzari.

»Nun hör schon mit deinem Spionagekram auf! Du gibst also zu, von einer ketzerischen Sekte geredet zu haben?«

»Ja und? Das sind Dinge, die dich nichts angehen, Privatsachen, nichts für Kreti und Pleti. *Nolite eicere margaritas* ..., Perlen vor die Säue, habe ich mich deutlich genug ausgedrückt?«

Palazzari sah sich um und zwinkerte den anderen beifallheischend zu, der Messias sollte in ihre Unterhaltung nicht eingeweiht werden.

»Mal abgesehen davon, daß mich solche Themen grundsätzlich mehr interessieren als dich, da es sich im weitesten Sinne um Religion handelt – wenn es irgendwie um den Tod meines Freundes Brancas geht, betrifft mich euer Gespräch schon, findest du nicht? Mich verband mit dem Verstorbenen eine echte Freundschaft. Ganz im Gegensatz zu dir, der du ihn ja kaum kanntest ... Aber immerhin kanntest du ihn so weit, um dein Scherflein zum Betrug an dem armen Dahingeschiedenen beizutragen.«

Die letzten Worte hatte Pasquini zwischen den Zähnen und unter zahlreichen Verrenkungen hervorgestoßen. Dazu funkelte der Bergkristall, als wolle er die böse Unterstellung noch betonen.

»Welchem Betrug?« bellte Palazzari empört.

»Nun ja ... Lassen wir das ...«

»Nichts lassen wir! Zuerst solche Anschuldigungen in den Raum stellen und dann kneifen! Zu welchem Betrug soll ich mein Scherflein beigetragen haben, he?«

»Es spricht sich so einiges herum, weißt du. Die Briefmarkensammlung, erinnerst du dich?«

»Das ist Verleumdung! Blanke Verleumdung! Ihr seid alle meine Zeugen, hier liegt doch eindeutig eine Verleumdung vor, nicht wahr, Avvocato? Das Schandmaul behauptet, ich wäre an dem Betrug dieses Catanese beteiligt gewesen, obwohl alle wissen, daß gerade ich auf Bitten von Ticchie ...«

»Von dem armen Verblichenen, meinst du wohl«, korrigierte Pasquini mit tadelndem Tonfall. »Da es sich um einen Toten handelt, ist es wenig schicklich, ihn bei seinem Spitznamen zu nennen.«

»Ich nenne ihn, wie ich will, verstanden?« Palazzaris Stimme wurde lauter. »Ticchie und nochmals Ticchie! Verstanden? Alle kannten ihn als Ticchie! Ist es etwa ein Verbrechen, ihn so zu nennen?«

»Kein Verbrechen, aber es klingt nicht schön. Die Verstorbenen, mögen sie in Frieden ruhen, haben ein Recht auf ein wenig Achtung.«

»Und ich, der ich zum Glück noch lebe, habe ich kein Recht auf Achtung?« donnerte Signor Palazzari. »Habe ich etwa kein Recht darauf, nicht von jedem dahergelaufenen Stümper diffamiert zu werden? Einem, der sich außerdem perfekt aufs Betrügen versteht?«

»Das hör sich einer an ... Also wäre ich der Gauner, wo du mir gegen klingende Münze eine Handvoll mausgrauer

Soldaten angedreht hast, die nicht das Blei wert sind, aus dem sie gemacht sind ...«

»Fangt ihr schon wieder mit euren blöden Soldaten an?« fiel Scalzi genervt ein.

»Avvocato«, rief Palazzari und stand auf, um die Dramatik des Moments zu unterstreichen, »nehmen Sie hiermit zur Kenntnis, daß ich eine Klage vor Gericht einreichen werde. Ihr alle habt gehört, was dieser Schurke gesagt hat. Ich hätte dem Catanese bei seinem Betrug an Ticchie, ich meine an dem verstorbenen Brancas, geholfen ... Signor Pasquini untergräbt damit meinen guten Ruf. Hätten wir noch ritterlichere Zeiten, wüßte ich die passende Antwort auf diesen Affront, bei Morgengrauen auf einem abgelegenen Feld ...«

Pasquini kicherte. »Was sagt er da? ›Ritterliche Zeiten ... Bei Morgengrauen auf einsamem Feld ...‹ Und dein Pferd, wo hast du das, Messer Palazzari? Und wer darf die Waffen wählen? Er hat mich zum Duell gefordert, habt ihr das gehört? Weißt du nicht, daß ein Duell heutzutage ein Kapitalverbrechen ist? Abgesehen mal von dem Anachronismus.«

Pasquini lachte immer noch und rieb sich die Hände.

»Jetzt hört endlich auf damit, ich bitte euch!« meinte Giuliano.

Palazzari setzte sich schnaufend. Pasquini fing wieder an, den Stupa zu polieren.

»Du willst mir also nicht verraten, wo du den her hast?«

»Nein.«

»›E va bene, va bene, va bene così ...‹«, summte Pasquini leise vor sich hin. »Die Geschichte mit dieser Sekte der ›Getreuen der Liebe‹ ist übrigens der reinste Stuß. Wenn ihr das nicht wußtet, dann laßt es euch von mir sagen. Heute würde man so was eine Stadtlegende nennen, von der Art, wie auch unser Muselman sie so gern zum besten gibt, etwa sein Märchen von den langen Fingernägeln seiner Ahnin.

Daß er daran glaubt, wundert mich nicht. Aber daß ein kluger Mensch wie Sie, Avvocato Scalzi, dem Glauben schenkt, der noch dazu mit einer seriösen Ermittlung zu einem Verbrechen beschäftigt ist, das erstaunt mich.«

»Hört ihn euch an! Er war nicht im Laden, als ich von der Geheimgesellschaft sprach!«

»Habe ich doch gesagt«, bestätigte Giuliano, »er hat an der Tür gelauscht.«

»Nun übertreibt mal nicht, ich kam auf dem Weg zur Bar hier vorbei und habe es eben gehört. Es war ja bis zur Piazza Santa Croce zu hören, wie der Avvocato mit seiner Stentorstimme aus einem gewissen Buch vorlas. Nun wollen wir die Dinge mal an ihren richtigen Platz rücken, zumindest aus historischer Sicht. All die Leute, die ihr da erwähnt habt, stellten sich auf die eine oder andere Art gegen den Papst: der deutsche Kaiser war Ghibelline, Guido Cavalcanti stand im Ruf eines Ketzers, Cino da Pistoia war Partisan des Reiches, Cecco d'Ascoli* wurde sechs Jahre nach Dantes Tod bei lebendigem Leibe verbrannt ...«

»Das ist doch Beweis genug, findest du nicht?« fragte Palazzari.

»Beweis wofür? Höchstens für deine Unfähigkeit, logisch zu denken. In deiner Darstellung ergibt sich die Prämisse aus der Schlußfolgerung, nämlich aus dem einzigen Umstand, der diese Herrschaften miteinander verbindet: ihr schlimmes Ende, da sie fast alle Ketzer waren. Dann reimt man sich daraus, *ex post*, die Ursache zusammen. Das heißt doch den Karren vor die Ochsen spannen.«

»Was soll das heißen, *ex post*? So wenig man in ihren Gedichten auch versteht, wird doch immerhin deutlich, daß die ›Donna‹, von der sie sprechen, stets unkörperlich gemeint ist, daß es sich vielmehr um die Bruderschaft handelt, der sie alle angehören. Eine zwangsläufig geheime

* Italienische Dichter und Gelehrte, Zeitgenossen Dantes.

Verbindung, die sich als Gegenpol zur korrupten, alles beherrschenden und blutrünstigen Kirche verstand!«

»Dann lies doch mal nach: ›Tanto gentile e tanto onesta pare, la donna mia ...‹, lies doch mal Calvantis *Ballade aus dem Exil*«, wandte Pasquini ein, »und dann erzähl mir was von einer unkörperlichen Liebe zu einer ›Donna‹, die keine Frau aus Fleisch und Blut wäre, sondern ein Haufen Aufwiegler!«

»Ah! Jetzt zeigst du Farbe!« Palazzari triumphierte. »Er hält sie also für Aufwiegler, warum nicht gar Terroristen, die Dichter, die Schriftsteller zu beiden Seiten des Mittelmeeres, die die Toleranz predigten und alle großen Religionen unter dem Flügel eines einzigen göttlichen Geistes vereint sahen, auch das Judentum, auch den Islam, sogar manche heidnischen Lehren!«

»Ach, die Toleranz ...«, brummelte Pasquini, »daß manche Leute ein solches Bedürfnis nach ihr haben! Dabei gibt es, finde ich, heute viel zuviel davon. Aber vielleicht sehnen sich besagte Leute auch nur nach der einen, ganz speziellen Bedeutung des Wortes.« Er warf einen schrägen Blick in Palazzaris Richtung. »Menschen, die sich vielleicht bei sich selbst ausleben müssen, heimlich im stillen Kämmerlein. Die der Toleranz nachtrauern, jener von bestimmten Häusern ...«

Pasquini kauerte, wie ein Fötus zusammengerollt, auf dem chinesischen Stuhl. Scalzi schien es, als rechne er damit, daß der Streit gleich handgreiflich werden würde, ja, als wünschte er es sich aus irgendeinem befremdlichen Grund.

»Lassen Sie's gut sein, Palazzari«, sagte er darum schnell, um seiner Reaktion zuvorzukommen. »Gehen Sie auf seine Provokation nicht ein. Wir wollen solche Albernheiten wie beim letzten Mal nicht wiederholen. Denn Sie werden nun wirklich ziemlich vulgär, Signor Pasquini, wissen Sie das?«

»Ich bitte um Entschuldigung. Wenn der Herr Anwalt

meint, ich sei vulgär, dann entschuldige ich mich. Aber schließlich mußte ich heute auch so einige Nettigkeiten über mich ergehen lassen, seitdem ich buchstäblich hier hereingezerrt wurde. Mal sehen: Spion, Schandmaul, vulgär, eigentlich reicht mir das für die ganze Woche.«

»Warum gehst du dann nicht einfach?« meinte Giuliano.

Eine Weile versuchten Giuliano, Scalzi und Palazzari, Pasquini zu ignorieren. Sie unterhielten sich über Nebensächliches, über das Wetter, das nun endlich schön wurde, über ihre Pläne für den Sommer. Sie vermieden es, in die Richtung des Messias zu schauen, in der Hoffnung, daß er irgendwann begreifen würde, daß er überflüssig war, und ginge.

Dabei war es schwierig, so zu tun, als sähe man ihn nicht, denn der Messias war ständig in Bewegung. Ab und zu stellte er das Kristallgebilde auf den Boden neben den Stuhl, stand ruckartig auf, ging zwei Schritte durch den Raum, hob einen Gegenstand auf, tat so, als rückte er einen anderen ins Blickfeld, starrte angestrengt in eine Ecke, trat eilig an einen Tisch, betrachtete die Dinge, die darauf ausgestellt waren. Giuliano und Palazzari beobachteten das merkwürdige Hin und Her aus den Augenwinkeln, ohne den Grund für diese Unruhe zu begreifen. Scalzi aber begann plötzlich zu verstehen.

Als Pasquini in der nicht gerade rücksichtsvollen Begleitung Giulianos im Laden erschienen war, hatte er in einer instinktiven Reaktion die Kopie der *Historia Florentina* schnell unter eine afghanische Satteldecke geschoben, da seine Tasche nicht greifbar war. Dann aber hatte er sie, abgelenkt durch die Unterhaltung und die entstandene gespannte Atmosphäre, vergessen.

Und so kam ihm Pasquini nun vor wie auf Schatzsuche. Dieses aufdringliche, katzenhafte Individuum, das immer wieder von seinem Stuhl aufsprang, durch den Laden schlich und die Äuglein wie ein Raubvogel hierhin und dorthin schweifen ließ, suchte genau das – die Kopie von Brancas' Buch. Nun hätte er einfach aufstehen, das Dokument an sich nehmen und wieder in seiner Tasche verstauen können. Statt dessen ertappte er sich bei der kindischen Versuchung, als sei es ein Spiel, den gegnerischen Spieler mit Hinweisen zu leiten wie ›kalt, kalt, wärmer, heiß, ganz heiß‹ ...

»Da haben wir's ja!« rief Pasquini triumphierend aus, »ich hatte also richtig gesehen. Aber das ist ja nur eine Fotokopie! Wo ist denn das Original?«

Scalzi riß ihm wütend das Bündel aus den Händen.

»Was erlauben Sie sich! Das ist ein vertrauliches Dokument! Der Teil einer Akte aus meiner Kanzlei, es gehört mir!«

Pasquini sah enttäuscht, wie Scalzi die Kopie wieder in seine Tasche steckte:

»Und dann bewahren Sie es in einem Trödelladen unter einem Stapel Kameldecken auf? Gehen Sie so mit vertraulichen Unterlagen um?«

»Ich hatte es nur einen Moment dort abgelegt«, entgegnete Scalzi. »Aber was geht Sie das überhaupt an? Was mischen Sie sich ein?«

Pasquini ging zu seinem Stuhl zurück, setzte sich und verschränkte die Hände unterm Kinn.

»Sie haben ganz recht, Avvocato. Es gibt wirklich keinen Grund, daß ich mich einmische. Andererseits waren Sie es, der dieses so vertrauliche Dokument mit in diesen Laden gebracht und vor unserem Mohammedaner hier daraus vorgelesen hat, so geheim kann es also kaum sein. Außerdem handelt es sich ja lediglich um eine Fotokopie, wer weiß, wie viele es davon gibt. Was mich allerdings neugierig macht: Wo befindet sich das Original?«

»Das geht Sie nichts an.«

»Verzeihen Sie, wenn ich insistiere. Ein wenig geht es

mich schon an, da der verstorbene Brancas mein Freund war. Und der besaß das Original, ich habe es selbst in seinen Händen gesehen. Jetzt aber höre ich, es sei verloren, es gebe nur noch eine Kopie davon. Nicht sehr plausibel.«

»Verflucht noch mal!« ereiferte sich Scalzi, »der Kerl hat wirklich alles mit angehört! Was wollen Sie eigentlich? Warum mischen Sie sich hier ein?«

»Das Rumspionieren liegt in seiner Natur«, meinte Giuliano, »er tut es in seinem eigenen Interesse oder für jemand anderen.«

»Mein einziges Interesse«, sagte Pasquini, »liegt darin, die Ermittlungen voranzutreiben. Denn das ist es doch, was Sie tun, nicht wahr, Avvocato? Sie möchten aufdecken, wer den armen Brancas ermordet hat. Nun gut, dann machen Sie nicht denselben Fehler wie die Polizei. Verhören Sie mich, stellen Sie mir Fragen. Schließlich war ich derjenige, dem das Opfer kurz vor seinem Tod am nächsten stand, oder nicht?«

»Du bringst mich auf einen Gedanken ...«, meinte Palazzari. »Hat die Henne ein Ei gelegt, dann gackert sie. Du warst es nicht zufällig?«

»Was?« fragte Pasquini mit einem öligen Lächeln.

»Der Ticchie aus dem Weg geräumt hat, du verdammter Heuchler! Zutrauen würde ich es dir, du wärst doch zu allem fähig!«

»Damit hätte ich wohl«, Pasquini lächelte wie die schmerzensreiche Jungfrau, »heute den Kelch bis zur Neige geleert. Jetzt also auch noch Mörder. Das hat mir noch gefehlt. Aber letztendlich ist auch das eine legitime Hypothese, nicht wahr, Avvocato? Eine Spur, der man ruhig nachgehen sollte, warum nicht? Quetschen Sie mich also aus, wo ich schon zu Ihrer Verfügung stehe. Unterziehen Sie mich einem Verhör. Ich bin bereit.«

Scalzi sah ihn aufmerksam an. Was sollte die Herausforderung? Er betrachtete die gepflegten Hände, die polierten

Fingernägel, die aussahen, als ließe er sie sich in einem exklusiven Salon lackieren. Er stellte sich vor, wie diese Hände die Metallschnur zusammenzogen, mit der der Archivar erwürgt worden war. Hatte er genügend Kraft dafür? Dem Anschein nach nicht. Er hatte etwas Feminines, der Ex-Priester, er sah aus wie ein junges Mädchen in früheren Zeiten, zart und schmächtig. Ein so grausames Verbrechen konnte er sich bei ihm nicht vorstellen. Und aus welchem Grund auch? Welches Motiv sollte er gehabt haben? Geld, vielleicht. Immerhin war er es gewesen, der erwähnt hatte, wie reich der Ermordete aufgrund einer bestimmten Information hätte werden können. Eine Information, die er Brancas entrissen haben konnte, bevor sich dessen Mund für immer schloß. Aber wenn Pasquini der Mörder war, wäre er dann so unvorsichtig gewesen, selbst auf den wahren Beweggrund hinzuweisen? Allerdings konnte die Andeutung auch ein besonders raffiniertes Ablenkungsmanöver sein. Und diesem Mann sah es ähnlich, sich solche raffinierten Manöver auszudenken.

Vielleicht sollte man ihm wirklich ein paar Fragen stellen. Scalzi betrachtete den kleinen Mann. Von seinem Stuhl aus beäugte Pasquini immer noch gierig die Tasche des Anwalts, in der die *Historia* verschwunden war. Er hatte den naiv-traurigen Ausdruck eines Kindes, dem man ein Stück Kuchen vor der Nase weggeschnappt hat. Daran erkannte Scalzi, daß auch Pasquini ermittelte. Aber in welche Richtung?

»Also gut«, sagte der Messias, »ich sehe schon, ich muß zwei Rollen in dieser Komödie spielen, die des Ermittlers und die des Verhörten. Ich übernehme beides. Frage: Sie sagten, Brancas hätte vor jemandem Angst gehabt. Vor wem? Vielleicht vor Ihnen, Signor Pasquini? Antwort: Nossignore, vor mir auf gar keinen Fall. Erstens jage ich niemandem Angst ein, ich bin ein sanftmütiger Mensch, der jegliche Gewalt verabscheut. Zweitens war ich sein Freund, ein wahrer Freund, ich kann sogar so weit gehen zu sagen, daß ich Brancas gern hatte, obwohl er einer war, der nicht viel auf Gefühle gab, irgendwie ein bißchen kühl, wortkarg, wenig kontaktfreudig. Frage: Wo waren Sie am Tag des Verbrechens? Antwort: Als Brancas ermordet wurde, war ich nicht mal in Florenz. Ich war auf der ›Mercante in Fiera‹, der großen Antiquitätenmesse in Parma, wo ich einen Stand hatte und auch so manches verkauft habe, um genau zu sein, drei chinesische Jadegegenstände, eine Elfenbeinstatue aus Alexandrien – ein äußerst kostbares Stück, übrigens – und ein napoleonisches Schwert. Meine Anwesenheit dort kann ich belegen: Ich habe noch die Quittung der Standgebühr, ich habe Warenbegleitscheine, Rechnungen, die Namen der Sammler, die etwas erstanden haben, alles genauestens datiert. Reicht das als Alibi, was meinen Sie? Doch jetzt, wo ich meine Position erklärt habe, erlauben Sie, Avvocato, daß ich Ihnen eine Frage stelle? Wenn dieses Buch, über das Sie so eifersüchtig wachen, Hinweise darauf enthielt, wie man zu Masaccios Fresko gelangt, das man fälschlicherweise für verschollen hält, warum ist dann das Original nicht mehr auffindbar? Haben Sie da schon einen Verdacht, Avvocato? Und stimmt es überhaupt, daß es nicht mehr auffindbar ist? Oder sollten am Ende Sie selbst es haben?«

13
Ein alter Bekannter

»Mein liie-ber Avvocato! Ich brauche uun-bedingt Ihre Hilfe. Könnten wir nicht unsere Meinungsverschiedenheiten vergessen und mal wieder miteinander plaudern? Es ist jetzt drei Uhr nachmittags. Ich weiß, daß Sie gern gut essen. Zur leichteren Versöhnung möchte ich Sie darum heute abend in die Enoteca Pinchiorri einladen. Einen Tisch habe ich uns schon reserviert: Antipasti nach Belieben, Consommé, Fasanensuppe, als Hauptgericht dann Langusten nach katalanischer Art, Dessert nach Wahl, dazu ein Brunello di Montalcino ... Es stimmt nämlich nicht, daß zu Fisch nur Weißwein paßt. Auf jeden Fall steht eine reichhaltige Karte zu Ihrer Verfügung, eine Auswahl der besten Weine der Stadt. Ich kenne den Chefkoch. Was halten Sie davon? Also um neun in der Enoteca. Lassen Sie mich nicht warten.«

Scalzi hörte die Nachricht auf seinem Anrufbeantworter ab. Die ihm wohlbekannte Stimme sprach leise, selbstsicher, mit dem leicht spöttischen Unterton des erfolgreichen Betrügers. Carrubba, ausgerechnet der. Scalzi war sofort gereizt. Auferstanden nach ... Wie viele Jahre war es her, daß er ihn zum Teufel geschickt hatte? Vier, fünf? Er hatte ihm klipp und klar zu verstehen gegeben, daß er von seinen Intrigen die Nase voll hatte, mit denen er einen angeschlagenen kleinen Betrieb in den Ruin getrieben hatte unter dem Vorwand, ihn sanieren zu wollen, um sich so die Restbestände anzueignen und mit Hilfe eines unvollkommenen Konkursgesetzes die eigenen Taschen zu füllen.

»Sieh mal, Carrubba«, hatte er zu ihm gesagt, »in zivileren Zeiten hätte man einen wie dich, der schon unzählige Male

Konkurs angemeldet hat, in einen roten Mantel gesteckt, an dem du schon von weitem zu erkennen wärst. Und ihm einen Schellenhut aufgesetzt, dann hätten die Leute sofort gewußt, mit wem sie es zu tun haben, und wären nicht mehr auf dich hereingefallen. Statt dessen läufst du als Berlusconi-Verschnitt im Zweireiher herum, wechselst täglich die Krawatte und kaufst dir alle drei Monate einen neuen Anzug. Speist in den teuersten Lokalen. Läßt dich von deinem Fahrer in einem Mercedes Sondermodell herumkutschieren, das einen Listenpreis von rund hundertfünfzig Millionen Lire hat. Für besondere Anlässe holst du dann den Bentley aus der Garage einer deiner Villen. Einfaltspinsel ziehst du damit geradezu magisch an, und die haben häufig auch nichts Besseres verdient. Aber hinter den kleinen Unternehmern, denen du damit was vormachen kannst, steht eine ganze Phalanx von Arbeitern und Handwerkern, die deinetwegen plötzlich auf der Straße stehen. Auf die Dauer wird es mir zu langweilig, dich bei deiner Geldgier zu unterstützen. Was fängst du bloß mit all dem Schotter an, wenn ich fragen darf? Du bist ein Fanatiker, deine Besessenheit hat schon beinahe etwas Metaphysisches. Es ist gefährlich in deiner Nähe ...«

Nach der Affäre mit den echten und den gefälschten Skulpturen von Modigliani, bei der Scalzi ihn aus einem Livorneser Gefängnis herausgeholt hatte, in dem er ausnahmsweise einmal unschuldig einsaß, hatte der Anwalt dem »Commendatore«, wie er sich nannte, den Laufpaß gegeben. Er hatte ihn noch vor Prozeßbeginn sitzenlassen, da sie sich nicht über die Strategie der Verteidigung hatten einigen können.

Und da war Carrubba nun wieder: »Mein liie-ber Avvocato! ...« Er hatte die nervtötende Angewohnheit, seinen sizilianischen Akzent mit dem Vulgär-Toskanisch der in die Stadt abgewanderten Bauern übertönen zu wollen. Sehr selbstsicher. Und überzeugt, daß er ihn mit seinen kulinarischen Verlockungen rumkriegen würde. Nichts weniger als die Enoteca! Zweihundertfünfzigtausend Lire pro Gedeck, den Wein nicht mitgerechnet. Die Kellner, für jeden Gast einer, servierten die Teller unter einer silbernen Haube, die sie im Gleichtakt anhoben, als zögen sie einen Vorhang auf. »Lassen Sie mich nicht warten.« Wie gern würde er selbst auf sich warten lassen, allein um der Genugtuung willen, ihn, Scalzi, schon dort am Tisch sitzen zu sehen in Erwartung all der Köstlichkeiten, die die Chefköchin, eine wahre Künstlerin ihres Fachs, nach Vorbildern der Renaissance immer wieder neu erfand. Sollte er doch zum Teufel gehen, der Signor Carrubba.

An diesem Abend hatte Olimpia, die gern mal etwas Besonderes auf den Tisch brachte, das Büro früher verlassen, um noch Zeit zum Kochen zu haben, und im Supermarkt *gnudi* gekauft, also Ravioli ohne Teighülle. Doch anstatt sie in einem Hauch von Mehl zu wälzen und sie einen kurzen Moment in kochendem Wasser zu garen, hatte sie sie in den Ofen gelegt und weiß Gott wie lange dort vergessen. Herausgekommen war eine breiige Masse von grünlicher Farbe, die leicht angebrannt am Tellerboden klebte; man mußte sie mit dem Löffel abkratzen.

»Wie findest du sie?« hatte sie ganz stolz gefragt.

»Wunderbar!« hatte Scalzi geantwortet.

Am nächsten Morgen hängte er gerade seinen Mantel an den Kleiderständer, als er Carrubbas Stimme aus Lucantonios Zimmer hörte, das vor seinem Büro lag. Er näherte sich der angelehnten Tür, um ein wenig zu lauschen.

»Dieser hochwichtige Prozeß ist also schlecht für euch ausgegangen, hab ich in der Zeitung gelesen ...«, sagte Carrubba.

»Dieser schwierige Prozeß vor allem, dessen Ausgang von vornherein feststand«, erwiderte Lucantonio.

»Scheiße noch mal! Der große Avvocato von vornherein gelinkt!«

Lucantonio und Carrubba, beide Sizilianer aus der Gegend von Caltanissetta, verfielen bei ihren Begegnungen schnell in den Tonfall ihrer gemeinsamen Heimat.

»Wird ganz schön niedergeschlagen sein, der Big Boss, was?«

»Niedergeschlagen? Weshalb?«

»Na, weil sie ihn angeschissen haben in dem Prozeß.«

»Aber nein. Man weiß doch, wie Prozesse funktionieren. Manche laufen wie geschmiert, andere sind stachlig wie ein Feigenkaktus. So ist das Leben nun mal ...«

Scalzi kam sich auf einmal lächerlich vor, die beiden auf diese Art zu belauschen. Er betrat den Raum.

»Sie haben keinen Termin.«

»Den hatte ich aber gestern abend«, sagte Carrubba und wechselte sofort den dialektalen Einschlag, »eine schöne Warterei! Am Ende mußte ich allein essen. Und was werden Sie heute machen? Werden Sie mich rausschmeißen, weil wir kein *Rangdevu* haben?«

»Setzen Sie sich«, sagte Scalzi, während er die Tür zu seinem Büro öffnete und ihn hereinbat, »aber ich sage Ihnen gleich, daß ich nur wenig Zeit habe.«

Carrubba schob seinen umfangreichen Leib in den Raum und klemmte sich mühsam in einen Stuhl. Dann blickte er sich friedlich lächelnd um, in seinen Augen leuchtete eine kleine Flamme der Rührung. Scalzi entnahm daraus, daß er sich freute, nach all der Zeit wieder in der wohlvertrauten Kanzlei zu sein. Er fühlte schon wieder die Wut in sich hochsteigen und schwor sich, ihn mit kühler Höflichkeit abzufertigen.

»Also, Avvocato, wie geht es Ihnen?«

»Ich kann nicht klagen, und Ihnen?«

»Mir? Sehr gut! Abgesehen von der allgemeinen Krise. Der totale Stillstand, verstehen Sie? Alles ist wie eingefroren. Die Börsenwerte sinken, die Industrie dümpelt vor sich hin. Und das auf der ganzen Welt. Wir brauchten einen ordentlichen Ruck, damit der Motor wieder anspringt. Für den Moment habe ich mich etwas zurückgezogen. Ich warte erst mal ab, es ist nicht der richtige Augenblick für Investitionen.«

»Besser so für Sie«, brummelte Scalzi leise, »und besser noch für alle anderen.«

»Welche anderen?« Carrubba schien beleidigt.

»Nichts. Ich meinte nur so, ganz allgemein ...«

»Das war hart gestern, was?« Carrubba lächelte hinterhältig.

»Hart? Hart für wen?«

»Den armen Alten, der lebenslänglich bekommen hat. Aber es muß auch für Sie ein herber Schlag gewesen sein.«

»Haben Sie mich deshalb zum Abendessen eingeladen und sind hierhergekommen: um über den ›armen Alten‹ zu reden? Wollten Sie mich deshalb unbedingt sehen? Falls der Besuch noch einen anderen Anlaß hatte, so haben wir uns, glaube ich, ja bereits früher darüber verständigt. Ihre Angelegenheiten interessieren mich nicht mehr. Ich habe nicht die Absicht, mich aufs neue damit zu beschäftigen.«

»Ich bin nicht meinetwegen gekommen. Ich bin vor allem in Ihrem Interesse hier, im Angedenken an unsere alte Freundschaft. Und außerdem, um mich bei Ihnen für ein paar Freunde zu verwenden.«

»Dann verwenden Sie sich, aber fassen Sie sich kurz«, seufzte Scalzi.

Carrubba lächelte. Wieder ließ er den Blick durch den Raum schweifen. Dann rückte er seinen Bauch auf den Schenkeln zurecht und zündete sich eine Zigarette an:

»Also, wie geht es? Für uns Unternehmer ist die Situation ... Schauen Sie, wenn man nichts in der Hinterhand hätte, könnte man sich reineweg erschießen, wirklich. Aufhängen. Vor ein paar Tagen kam Signor Cirincione zu mir. Sie wissen, wer das ist?«

»Nein.«

»Wirklich nicht? Sie wissen nicht, wer Cirincione ist? Der mit den Thermen, mit den Mineralquellen! In welcher Welt leben Sie denn, Avvocato?«

»In einer anderen jedenfalls als Sie.«

»Also, Cirincione kommt zu mir. Sozusagen mit dem Hut in der Hand. Sie werden es nicht glauben, aber er war den Tränen nahe. Er tat mir leid, mehr brauche ich Ihnen nicht zu sagen. Wie können Sie nur Cirincione nicht kennen?«

»Ich kenne ihn nun mal nicht, verstanden, Carrubba? Sind Sie wegen Cirincione hier?«

»Nein.«

»Warum erzählen Sie mir dann von ihm?«

»Nur so. Als Beispiel.«

»Ach, Carrubba, Sie mit Ihren ermüdenden Abschweifungen! Ich wundere mich, daß noch nie einer Sie vor den Bus gestoßen hat oder auf die Schienen der U-Bahn ...«

»Ich nehme niemals die *Métro*«, sagte Carrubba verächtlich. Er hatte nun die Sprache des Mannes von Welt angenommen, zum zweiten Mal verwendete er einen französischen Ausdruck. »Sie möchten, daß mich jemand umbringt? Avvocato! Wollen Sie mir drohen?«

»Ich sagte das nur so. Als Beispiel. Ich gebe Ihnen noch eine Minute. Dann verschwinden Sie, okay? Und lassen mich in Ruhe arbeiten.«

»Also hören Sie zu. In aller Eile und Klarheit, *à la voleé.* Hätten Sie etwas gegen einen schönen Batzen Geld einzuwenden, schwarz, steuerfrei, alles zusammen ... sagen wir mal ... Aber die Summe nenne ich Ihnen lieber erst hinterher, wenn wir uns einig sind. Also, was meinen Sie?«

Da war die Falle, sagte sich Scalzi. Aber daß er sie ihm direkt vor die Füße legte, ließ ihm das Blut zu Kopfe steigen.

»Ich habe zu tun«, meinte er düster, während er eine Akte zu sich heranzog, und fuhr unter Aufgabe der Höflichkeitsform fort: »... tu mir jetzt den Gefallen, Carrubba, und hau ab!«

»Lassen Sie mich doch ausreden, ich muß dazu noch erklären, daß ...«

»Ich habe keine Zeit.«

»Sie müßten aber überhaupt nichts dafür tun. Lediglich einen *red herring* fallenlassen, der Sie ohnehin ins Nichts führt, und sich allenfalls von einem Gegenstand trennen, der, zugegeben, nicht ganz wertlos ist, aber andererseits auch schwer verkäuflich. Das ist doch *bon marché*, was meinen Sie?«

Alle Wetter! Der gewinnt mir unter den Händen an Profil, dachte Scalzi und mußte an Machiavellis *Mandragola* denken. *Red herring* und *bon marché*, der Bauer in der Stadt möchte Eindruck schinden. Ob er in der Zwischenzeit vielleicht, Gott bewahre uns, vielleicht sogar ein Buch gelesen hat? Einen »roten Hering«, also eine heiße Spur fallenlassen ... Was weiß der schon, welche Spur ich verfolge? Und von was soll ich mich trennen? Er sah Carrubba fragend an.

»Also«, sagte dieser, »ich habe geschäftlich ein paar Leute kennengelernt ... Nun gut, ich weiß, daß man bei Ihnen, Avvocato, besser die Karten auf den Tisch legt. Diese Leute kannte ich noch von früher, Sie erinnern sich? Es sind zum großen Teil dieselben, die seinerzeit an den Modigliani-Skulpturen interessiert waren ...«

»Schönes Pack«, brummte Scalzi.

»Pack oder nicht, wenn es nicht Leute dieses Schlages gäbe, Avvocato, wovon würden Sie dann leben, können Sie mir das sagen?«

Nicht zu verachtende Bemerkung, dachte Scalzi, der inzwischen neugierig geworden war, worauf der Gauner hinauswollte.

Carrubba mit seinem teuflischen Gespür merkte, daß er ihn an der Angel hatte, denn niemand wußte besser als er, daß die Neugier das geheime Laster des Anwalts war. Und schon kehrte er Schrittchen für Schrittchen wieder zu seiner gemächlichen, weit ausholenden Redeweise zurück.

Diese Freunde von ihm ... also, was man so Freunde nannte ... Bekannte, Geschäftspartner aus den Zeiten seiner Speditionsfirma, die er aufgegeben hatte, obwohl es eine interessante Tätigkeit gewesen war, bei der man viel von der Welt sah, viel herumkam, manchmal auch nur im Geiste, auf allen Meeren und allen fünf Kontinenten. Aber die alten Bekanntschaften waren bestehengeblieben, also, die mit den anständigen Leuten, verstehen Sie? Mit einem gewissen Maß an Bildung. Und einige unter ihnen arbeiteten seit über einem Jahr an einem gewissen Projekt. Einem Projekt, von dem er allerdings nicht wußte, wie seine Bekannten davon erfahren hatten ... Aber diese Leute hatten ja überall ihre Informanten, sie waren immer auf dem laufenden, über die verschiedensten Dinge, es war schließlich ihr Job, alle Gerüchte zu hören, die der Wind vorüberwehte. Aber von der Metapher mal abgesehen – er sagte genau dies: von der Metapher mal abgesehen! –, hatten diese Leute schon einiges auf die Beine gestellt und eine Menge Geld dafür ausgegeben, da Operationen dieser Art normalerweise sehr teuer waren. In der vorbereitenden Phase brauchte man zum Beispiel Experten und Ausrüstung, und man mußte hier und da auch ein Rädchen schmieren. Das Ergebnis würde, wenn es erst einmal soweit war, für alle Ausgaben reichlich entschädigen und vielfachen Gewinn abwerfen. Doch nun hatte sich in diesem Fall auf dem Höhepunkt, als die Sache schon kurz vor dem Abschluß zu stehen schien, leider alles blockiert, da plötzlich und völlig unerwartet ...

»Verstehen Sie mich richtig, Scalzi, hören Sie, was ich Ihnen sage. Völlig unerwartet! Keine der mir bekannten Personen hätte je mit so etwas gerechnet! Ein Blitz aus heiterem Himmel, der Schaden liegt zuallererst bei ihnen, den Beteiligten. Und keiner versteht, wie es dazu kommen konnte, noch immer begreift niemand, warum und wieso!«

Das Projekt war also zum Stillstand gekommen, weil eine Person, die sozusagen der Motor war, ausfiel.

»Verstehen Sie, von wem ich rede?«

»Nein.«

»Avvocato, wollen Sie mich auf den Arm nehmen? Sie haben sehr wohl verstanden. Soweit ich weiß, sind Sie mit dem Fall betraut!«

»Welchem Fall?«

»Wollen wir etwa in dieser Form weitermachen? Sie reden nicht, und ich darf mich nur bis zu einem gewissen Punkt offenbaren ... so sitzen wir heute nacht noch hier, Avvocato.«

»Das fehlte mir noch. Machen wir lieber gleich Schluß, das ist besser. Dort ist die Tür, Carrubba.«

»Ich verstehe: Sie wollen mich noch ein wenig weiter aufknöpfen. Ach, Scalzi, ich erkenne Ihren Stil wieder. Ihre Methoden sind unvergleichlich, um die Dinge Stückchen für Stückchen ans Licht zu bringen! Ein echter Profi! Zuerst fällt es einem gar nicht auf, und wenn, dann ist es schon zu spät, der Profi hat dir selbst noch die Dinge aus der Nase gezogen, die du lieber für dich behalten hättest. Ohne Ihnen schmeicheln zu wollen, Scalzi, aber an Sie kommt kaum einer heran.«

»Genug gesülzt.«

Carrubba seufzte und verdrehte die Augen zur Decke. Dann fuhr er in seiner langsamen, nervenden Sprechweise fort. Scalzi spürte, wie ihm die Lider schwer wurden, fast als stünde er unter Hypnose. Seine Gedanken schweiften ab. Der *red herring*, das hatte er irgendwo gelesen, war ursprünglich tatsächlich ein Räucherhering gewesen, von rötlicher Farbe und so intensivem Geruch, daß die englischen Wilddiebe ihn mit aufs Feld nahmen, um den Geruchssinn der Spürhunde der Wildhüter zu verwirren. Im Sprachgebrauch der englischen Kriminalschriftsteller bezeichnete er, im übertragenen Sinne, eine falsche Fährte, die jemand legte und auf der sich alle richtigen Spuren eines Verbrechens verloren. Meinte Carrubba etwa den Mord an Ticchie?

Und was hatte er damit zu tun? Als er seine Gedanken wieder seinem Gegenüber zuwandte, sprach Carrubba gerade über Florenz. Wahrscheinlich hatte er nichts Wichtiges verpaßt.

Florenz, sagte der Dicke – immer noch seine Wahlheimat, obwohl er sich zur Zeit häufiger in Rom aufhalte –, sei voller Geheimnisse und unerforschter Dinge. Was die Touristen zu sehen bekämen, die wie Orangenkisten aus den Bussen ausgeladen und durch Kirchen und Museen geschleppt würden, sei nur ein schwaches Abbild der wahren Stadt, ein Foto fürs Album, eine Ansichtskarte. Dahinter lägen Dinge von noch größerem Wert verborgen, von denen die Japaner mit ihren Fotoapparaten und die vor Dollars strotzenden Amerikaner nichts ahnten! Dinge, die selbst den meisten Florentinern unbekannt seien. Was wußte er selbst, Carrubba, schon davon? Obwohl er hier seit seiner Kindheit gelebt habe, sei er kein Museumsgänger. Andererseits sei er auch viel zu beschäftigt, um seine Zeit mit Kultur zu verplempern. Seit er aus dem tiefsten Sizilien hierhergekommen war, mit dem klassischen, von einem Bindfaden zusammengehaltenen Pappkoffer – in einem *trenu de lu soli*, einem Sonnenzug, wie die Emigrantenzüge Richtung Norden damals genannt wurden, obwohl sie die Sonne eher hinter sich ließen –, hatte er seine Zeit immer nur mit Arbeiten verbracht. Als junger Mann, als er auf dem Bau arbeitete, hatte er sich dicke Schwielen an den Händen geholt von dem vielen Mörtel, da hatte er nicht die Zeit und schon gar keine Lust gehabt, noch Kirchen und Museen zu besichtigen. So daß er also eigentlich von der Sache keine Ahnung habe. Er sei wie mit dem Fallschirm mitten hineingesprungen, ohne etwas davon zu verstehen. Ihm fehlten die Grundlagen, um bewußt damit umgehen zu können. Das waren Dinge, für die man ein wenig die Schule besucht haben mußte, wollte man sie durchschauen. Wenn die Freunde ihn nun gebeten hatten, sich damit zu beschäftigen – ein Gefallen, den er diesen Leuten nicht ausschlagen konnte –, so verdankte er das ihm, Scalzi, und niemand anderem, und zwar aufgrund ihrer alten Bekanntschaft. Die Freunde hatten erfahren, daß Avvocato Scalzi mit der Sache befaßt sei, und darum ihn, Carubba, gebeten, sich einzuschalten. Der Bote bringt kein Unheil. Und überhaupt, was für ein Unheil? Eine feine Delikatesse, die Scalzi da vorgesetzt bekäme, und auch noch fast für umsonst. Doch solle er ihn nicht nach Einzelheiten des Unternehmens fragen, die kenne er nicht. Was wisse er schon von dem Gemälde eines gewissen Masaccio ...

»Eines gewissen wer?« Scalzi fuhr, wie von der Tarantel gestochen, auf.

»Masaccio«, wiederholte Carrubba mit leiser Stimme. »Muß wohl ein bedeutender Maler gewesen sein.«

»Sag mir sofort, was du und deine Halunkenfreunde mit Masaccio zu tun haben! Und zwar schnell! Das ist nun schon das zweite Mal, daß du Schlaumeier mir in irgendwelchen Kunstdingen dazwischenfunkst. Beim ersten Mal bist du im Knast gelandet, mit einer Anklage auf Mord, denk daran, Carrubba. Das war ein ganz schönes Stück Arbeit für mich, dich da wieder rauszuholen. Und auch dieses Mal, so ein Zufall, gibt es eine Leiche ...«

»Dann hatte ich also doch recht? Und Sie haben sehr wohl verstanden, von wem ich eben sprach? Warum sind Sie bloß so zu mir«, jammerte Carrubba, »es gibt doch gar keinen Grund, mich so reserviert zu behandeln ...«

»Ich bleibe reserviert, weil das meine Pflicht ist. Und dieses Mal bist du zum Glück nicht mein Klient. Ich sage dir eins: Wenn du hergekommen bist, um mich in eine deiner Betrügereien hineinzuziehen, hast du die Reise umsonst gemacht. In dieser Angelegenheit werde ich dich niemals verteidigen können. Ich habe schon einen Klienten. Allerdings von der anderen Seite, verstehst du, Carrubba? Paß also auf, was du sagst, denn in meiner aktuellen Position ist es fast, als sprächest du mit dem Staatsanwalt. Für dich und deine Freunde bin ich der Gegner. Das sage ich dir in aller Aufrichtigkeit, obwohl es für mich nützlicher wäre, dich zu Ende reden zu lassen. Aber das ist nicht meine Art.«

»Und darin irren Sie sich!« Carrubba saß nun stocksteif da. Auf seinem Gesicht hatte sich ein Schweißfilm gebildet. Mit seiner Ruhe war es vorbei, er umklammerte die Stuhllehnen, um sich ein wenig hochzuziehen und das Gesicht auf gleiche Höhe mit Scalzi zu bringen. Der Stuhl knarrte.

»Ich habe es Ihnen gesagt. Ich bin hergekommen, um genau das zu klären: Die Halunkenfreunde, wie Sie sie zu Unrecht nennen – denn es handelt sich um höchst anständige Leute –, haben mit dem Mord an Brancas nicht das geringste zu tun! Das Huhn, das die goldenen Eier legt, bringt man nicht um! Immerhin sind sie die ersten, die durch den Tod dieses Typen, dieses Ticchie, geschädigt wurden!«

»Inwiefern geschädigt? Und bitte, faß dich kurz.«

»Von diesem Masaccio«, Carrubba verfiel nun wieder in sein verschwörerisches Flüstern, »gibt es in einer Kirche im Viertel San Frediano, jenseits des Arno, ein verstecktes Gemälde ...« Carrubba hielt inne und betrachtete Scalzi mit einem Stirnrunzeln:

»Aber was rede ich? Das wissen Sie doch alles längst.«

»Sprich weiter«, sagte Scalzi, »erzähl mir von dem Projekt deiner Freunde.«

»Ach! Jetzt soll er also erzählen, der Carrubba, wie? Zuerst: keine Zeit, hau ab, und jetzt: sprich weiter! Jetzt findest du die Sache plötzlich doch interessant, wie?« Auch Carrubba sparte sich nun die Höflichkeitsform.

Doch er konnte nicht viel über das Projekt sagen. Nicht, daß er nicht gewollt hätte, er kannte einfach keine Einzelheiten. Alles, was er wußte, war dies: daß der Tote als einziger den genauen Standort des besagten Freskos gekannt hatte, das seinerzeit hinter einer Mauer versteckt worden war. Das war auch der Grund, warum seine Freunde an nichts weniger Interesse haben konnten als an Brancas' Tod. Außerdem konnte er sich dafür verbürgen, daß das Projekt quasi sauber war. Nach Meinung der meisten Kunsthistoriker gab es das Fresko gar nicht mehr. Ihnen zufolge war es vor langer Zeit zerstört worden, vor Jahrhunderten, als irgendein Kloster saniert worden war. Konnte man denn Diebstahl nennen, wenn man etwas entfernte, das sowieso alle, einschließlich der Behörde für Denkmalspflege, für inexistent hielten? Dann handelte es sich doch wohl eher um eine Entdeckung, oder? Die Entdeckung eines verschollenen Schatzes, nicht mehr und nicht weniger, als würde man irgendwo auf dem Meeresgrund eine spanische Galeone voller Gold entdecken. Und die Dublonen gehörten demjenigen, der das Geld und die Mühe investiert hatte, sie zu finden, nicht wahr?

»Großer Gott!« stöhnte Scalzi. »Sag endlich, was ihr von mir wollt.«

»Ah, endlich! Endlich können wir zur Sache kommen!«

Carrubba legte die Hände ineinander und löste sie dann wieder mühsam, als klebten sie zusammen.

»Erstens: Daß du die beiden Dinge auseinanderhältst, den Mord auf der einen Seite und das versteckte Gemälde auf der anderen. Das sind zwei verschiedene Dinge, die nichts miteinander zu tun haben. Das mußt du akzeptieren und dich nicht weiter um das versteckte Fresko kümmern. Laß sie einfach in Ruhe ihre Arbeit tun, meine Freunde. Wenn du herausfinden willst, wer Ticchie umgebracht hat, mußt du, auch in deinem eigenen Interesse, woanders weiterforschen. Zweitens: Meine Freunde bieten sich an, dir das Buch abzukaufen. Sie haben es von jemandem erfahren ... einem ziemlich zugeknöpften Burschen ... noch jedenfalls ... daß du eine Kopie von dem Buch hast. Ihnen genügt die Kopie.«

»Von welchem Buch?«

»Natürlich wollen sie es nicht umsonst! Sie sind bereit, dafür zu bezahlen! Dreißig Millionen Lire für ein Buch, das als Kopie doch nicht das geringste wert ist!«

»Ich weiß nicht, von welchem Buch du redest. Ich bin Anwalt und nicht Buchhändler. Ich habe kein Buch zu verkaufen.«

»Vierzig Millionen, Scalzi, ich darf bis fünfundvierzig raufgehen, keine Lira mehr.«

»Jetzt hör mir mal zu. Erstens: Ich brauche von niemandem Ratschläge, wie ich eine Ermittlung zu führen habe. Zweitens: Ich verkaufe keine Bücher, weder als Original noch als Kopie. Finito. Ende der Unterhaltung.«

»Ist das dein letztes Wort?«

Scalzi antwortete nicht. Er schlug die vor ihm liegende Akte auf und begann darin zu lesen. Ohne den Blick zu heben, wies er mit einer Hand zur Tür. Carrubba rappelte sich mühsam aus dem Stuhl hoch, schnaufte, sah sich im Raum um.

»Du könntest eine neue Einrichtung gebrauchen. Dieser alte Stuhl hier, zum Beispiel. Du hast mir mal erzählt, daß er in der Sitzfläche unter dem Kissen ein Loch hat und daß man hier seine Notdurft verrichtete. Nicht gerade hygienisch. Diese Kanzlei ist voll mit altem Krempel. Sieht gar nicht aus wie das Büro eines Anwalts. Dieser ganze Krimskrams lenkt doch nur ab.«

Er öffnete die Tür und blieb dann auf der Schwelle stehen.

»Ich finde, daß man dich weit überschätzt. Ein echter Profi würde sich jedenfalls anders verhalten.«

Scalzi tat, als sei er in seine Lektüre vertieft. Aber es kostete ihn was, den Klumpen Wut, der in seinem Magen rumorte, ruhigzuhalten.

»Letztes Angebot«, sagte Carrubba, »und meine eigene Entscheidung: Ich erhöhe auf fünfzig, für ein Bündel Blätter, mit denen du überhaupt nichts anfangen kannst. Nehmen wir nur mal an, du wolltest sie nicht für die Ermittlung, sondern für einen anderen Zweck benutzen. Laß es sein, Scalzi. Für dich ist dieses Buch Klopapier, und das soll es bleiben. Es wäre nicht ungefährlich, es für einen Coup einzusetzen, zu dem du nicht berechtigt bist. Der deine Kräfte übersteigt. Also, bist du mit fünfzig Millionen einverstanden?«

»Nein.«

Die Ablehnung war deutlich, trotz des fast zerstreuten Tonfalls, als reiße Scalzi sich nur mühsam von den Papieren los, die er in Wahrheit überhaupt nicht wahrnahm.

»Das macht die Dinge allerdings sehr viel komplizierter«, sagte Carrubba und verließ den Raum.

14
Vernehmung des Angeklagten

Das blaßblaue Papier mit dem ungewöhnlichen Format, schmal und lang, blau auch die kursiv gesetzten Buchstaben im Briefkopf, *»Privatdetektei Dottoressa Ginevra Morelli«*, vermittelte den Eindruck von femininer Eleganz. Scalzi ließ das Bündel, in dem er geblättert hatte, auf den Schreibtisch sinken und wandte den Blick der Steineiche zu.

»Was halten Sie davon, Avvocato? Finden Sie meinen Bericht ausführlich genug?« fragte Ginevra.

Scalzi antwortete nicht und blickte immer noch starr nach draußen, als sei er plötzlich in tiefe Gedanken versunken.

»Das Eulensyndrom«, flüsterte Olimpia.

»Könnten Sie mir das Ganze vielleicht mündlich zusammenfassen?« fragte Scalzi.

Ginevra schien enttäuscht. Sie hatte die ganze Nacht an dem Bericht gesessen: »Wäre es nicht besser, Sie würden ihn in aller Ruhe lesen?«

Scalzi blätterte wieder in dem zehnseitigen Dokument. Ihn nervten all die »alsdann«, »gemäß«, »insonderheit«, die »wenn dem so ist«, die »es kann davon ausgegangen werden, daß« oder »nach Maßgabe von«, mit denen fast jeder neue Absatz begann. Um sich dem professionellen Umfeld anzupassen, hatte Ginevra alle stilistischen Verschrobenheiten der Anwälte übernommen. Sie konnte nicht wissen, daß diese manierierten Formulierungen Scalzi mehr störten als Rauch in den Augen.

»Mir wäre es lieber, sie könnten es kurz vortragen, dann verlieren wir keine Zeit.«

Ginevra tauschte einen Blick mit Olimpia, die mit den Schultern zuckte und in einer verständnisinnigen Bewegung die Brauen hochzog: Was willst du? Er wird eben älter, da schläft er schon mal über den Akten ein ...

Also konzentrierte sich Ginevra auf die Darstellung ihrer Ermittlungen zu Signor Chelli. Finanziell abgesicherter Pensionär mit einem Faible für Geschichte. Kunstgeschichte, genauer gesagt. Begeistert vor allem für das Florenz des Quattrocento und seine Künstler. Keine Laster, charakterfest. Alleinstehend, stundenweise versorgt von einer alten Haushälterin. Diese Frau war auch Ginevras Informationsquelle gewesen, was die berühmte Grippe betraf. Der Arzt hatte sich bedeckt gehalten: berufliche Schweigepflicht. Doch nach einiger Überredung – die weder leicht noch billig gewesen war – hatte die Haushälterin bestätigt: Ja, Chelli hatte in der betreffenden Zeit tatsächlich eine Grippe gehabt, und nicht zu knapp, neununddreißig Fieber, Bronchitis mit allem Drum und Dran. Doch ob sein Unwohlsein auch mit dem Todestag von Brancas übereinstimmte, war nicht zuverlässig zu ermitteln gewesen. Die Haushälterin erinnerte sich nicht an das genaue Datum. So daß es zwar ein Alibi gab, doch nur ein halbes.

Wesentlich interessanter aber waren Ginevra einige Informationen erschienen, die sie aus einer anderen Quelle bezogen hatte. Von Scalzi neuerlich damit beauftragt, hatte sie sich im Umfeld der privaten Kunstrestauratoren zunächst blind vorangetastet. Dann aber hatte ihr das Glück geholfen. Einer der Befragten hatte sie auf die Spur eines begabten jungen Restaurators gesetzt, der als Drogenabhängiger leider zu allem bereit war. Ginevra hatte den jungen Fixer zum erstenmal in einer Disko getroffen. Es war nicht schwer gewesen, ihn zum Reden zu bringen ... Die eingesetzten Mittel hatten keine Bedeutung, die Disko war ohnehin ein Ort, der die Zunge löste. Der junge Mann gehörte Carrubbas Crew bis zu diesem Zeitpunkt als Berater an. Die

Köpfe der Bande hatte er noch nicht kennengelernt, doch über den Buchhalter, der die Verbindungen nach außen pflegte und ihm bereits einen großzügigen Vorschuß gewährt hatte, war er in die Grundlinien der Unternehmung eingeweiht worden.

So hatte Ginevra in groben Zügen erfahren, wie die gesamte Operation ablaufen sollte, die sich aus verschiedenen geheimen Teiloperationen zusammensetzte. Erste Phase: das Fresko finden. Zweite Phase: die Überwachung lockern. In der Kirche, die nach den Restaurierungsarbeiten an den Gemälden der Brancacci-Kapelle zu einem Museum geworden war, wechselten sich aufgrund der üblichen begrenzten Mittel nur wenige Aufsichtspersonen ab. So würde es nicht sonderlich schwierig zu bewerkstelligen sein, daß der Nachtwächter irgendwann seinen Posten verließe und sich in der benachbarten Bar »La dolce vita« stärken ginge, die auch nachts geöffnet hatte. Man mußte ihn nur dementsprechend motivieren. Dritte Phase, und die schwierigste: Da das Fresko hinter einer Mauer versteckt lag, würde man diese Mauer wegnehmen müssen. Machbar wurde dies durch den Einsatz eines dafür entwickelten komplizierten Baugeräts. Man stellte ein Gerüst auf, brachte am Boden und seitlich Schnitte im Mauerwerk an und löste die gesamte Mauer von der dahinter liegenden Wand, auf der sich mutmaßlich das Gemälde befand. Dieser Lösungsvorgang würde eine halbe Nacht dauern. Der Avvocato sei skeptisch? Er könne das nicht glauben? Da kannte er eben nicht die Möglichkeiten, die die moderne Technik bot. Vierte Phase, und die mußte hervorragenden Spezialisten überlassen bleiben, unter ihnen dem jungen Singvogel, der, so vermutete Scalzi, hingerissen von Ginevras Erscheinung, sich mit seinem Wissen gebrüstet hatte: Ablösen des Gemäldes und Fixierung auf einer Leinwand. Fünfte Phase: Zurückversetzen der Wand an ihren Platz, das alles innerhalb von zwölf Stunden, innerhalb derer man auch das

Gemälde von der Wand gelöst hätte. Sechste Phase, die an einem anderen Ort realisiert werden würde: Stückelung der Gemäldeoberfläche in Quadrate, die anschließend auf Faesitplatten aufgezogen werden würden. Siebte Phase: Vermarktung der abgelösten Stücke. Und jede dieser Phasen sollte per Videoaufnahme dokumentiert werden, um die Echtheit des Gemäldes garantieren zu können. Jeder Käufer würde dann eine Videokassette mit der Dokumentation der Gesamtoperation erhalten. Von einem Experten kommentiert, mit Musik unterlegt, alles im Preis inbegriffen. Die Ausführenden dieser Operation waren keine Dilettanten, sie hatten auch international die entsprechenden Kontakte und waren in der Lage, ein solches Unternehmen von A bis Z durchzuziehen.

Das Hauptproblem lag jedoch bei Phase Nummer 3, der Mauer. Wenn nicht ganz genau geklärt war, wo sich die verdammte doppelte Mauer befand, war man aufgeschmissen. Man konnte schließlich nicht den gesamten Kreuzgang einreißen, um das Gemälde zu finden! Die Operateure hatten mit Hilfe von Mikrokameras und sogar mit Röntgenstrahlen stichprobenartig versucht, das Gemälde zu orten, aber ohne jeden Erfolg.

»Wer sagt Ihnen, daß dieser junge Restaurator, der von dem Kriminellen bezahlte Mann, Ihnen nicht einen großen Bären aufgebunden hat?«

»Für den lege ich meine Hand ins Feuer, genau so lautet ihr Plan«, protestierte Ginevra, »ich und Olimpia haben es überprüft, es ist alles absolut glaubwürdig. Stimmt's, Olimpia?«

»In der Kirche Santa Maria del Carmine«, ergänzte diese, »hat es in letzter Zeit ein ungewöhnlich lebhaftes Kommen und Gehen gegeben. Merkwürdige Touristen hatten ein auffälliges Interesse daran, die Mauern des Kreuzgangs der Karmelitermönche zu fotografieren, sie interessierten sich dafür weit mehr als für die Kapelle mit dem Bildzyklus über den heiligen Petrus. Und vor einigen Wochen soll einer dieser Touristen eine Art Infarkt erlitten haben, jedenfalls blieb er eine ganze Weile ausgestreckt auf dem Boden des Klosters liegen und wurde von einem mit komplizierten Geräten ausgestatteten Rettungsdienst für Herzerkrankungen behandelt. Der Arzt, der mit der Ambulanz eintraf, wollte auf keinen Fall, daß der Patient bewegt würde. Ein paar Stunden lang haben sich drei oder vier Pfleger und ein Arzt im Kittel an dem Infarktopfer zu schaffen gemacht, aber niemand weiß genau, was sie in dem Raum taten, der an den ersten Kreuzgang anschließt, wo der Patient lag, denn sie haben alle Leute einschließlich der Mönche weggeschickt. Aber ich habe mich erkundigt: Kein Infarktpatient aus der Carmine-Kirche wurde in den letzten Monaten in ein Krankenhaus der Stadt eingeliefert. Das sind doch merkwürdige Zufälle, oder? Es paßt alles zusammen.«

Der von Ginevra befragte Restaurator wußte jedoch nicht, wie die angehenden Fresko-Entführer von Brancas, seiner Recherche und Pepos Buch erfahren hatten.

»Ich hätte eine Idee, wer der Informant gewesen sein könnte«, sagte Scalzi. »Mit der Lösung dieses Knotens werde ich mich beschäftigen. Aber zunächst ist etwas sehr Dringliches zu tun.«

Wenn sich seine Ahnung bezüglich des Informanten bestätigen sollte, so meinte er, würden die angehenden Entdecker von Masaccios *Sagra* in dem Glauben sein, daß er, Scalzi, nur eine Kopie des Buches besäße. Und sie könnten sich zusammenreimen, daß das Mädchen das Original haben mußte.

»Fahrt sofort zu dieser kleinen Zigeunerin«, sagte Scalzi, »und sagt ihr, daß sie vorsichtig sein soll. Am besten verläßt sie die Villa. Und versucht noch etwas anderes mit ihr zu klären. Ich fand es von Anfang an merkwürdig, daß sie sich mit so wenig zufriedengegeben hat, um das Buch herauszurücken. Wahrscheinlich hat sie selbst die letzten Seiten herausgerissen. Auf jeden Fall schwebt sie in Lebensgefahr. Ich würde euch ja begleiten, aber ich kann nicht, um zehn Uhr beginnt eine neue Vernehmung im Pazzi-Prozeß, und ich bin schon spät dran. Wir bleiben jedoch in Kontakt. Ich lasse mein Handy eingeschaltet, im Notfall ruft ihr mich an. Oder anders noch: Ihr fahrt mit Eros und Marcellone.«

»Komm doch mit uns! Ein Anwalt wie du macht sich nur die Robe schmutzig, wenn er so einen Mistkerl verteidigt«, meinte Olimpia. »Warum schickst du ihn nicht zum Teufel?«

»Ich mache mir die Robe schon nicht schmutzig«, erwiderte Scalzi, »und wenn ich diesen Kerl verteidige, dann habe ich meine Gründe dafür.«

»Mit *wem* sollen wir fahren?« fragte Ginevra, während Scalzi eine Telefonnummer wählte.

»Mit Eros und Marcellone«, antwortete Olimpia.

»Und wer sind die?«

»Zwei Freunde von ihm. Der eine ist Taxifahrer, der andere Ex-Sträfling.«

Scalzi sprach hastig ein paar Worte ins Telefon, dann wähle er eine zweite Nummer.

»Ich habe Glück«, sagte er dann, »beide waren auf Anhieb zu erreichen. In einer halben Stunde sind sie hier.«

»Entschuldigen Sie bitte«, warf Ginevra ein, »aber wer hat Sie darum gebeten, uns Leute mitzugeben? Wofür halten Sie uns, mich und Olimpia, für kleine Mädchen, die ins Kino wollen und vor bösen Buben geschützt werden müssen?«

»Was ihr vorhabt, könnte gefährlich werden, mir ist lieber, wenn ihr zwei Männer dabeihabt.«

»Ich weiß selbst, daß ich einen nicht ganz ungefährlichen Beruf habe, aber ich habe ihn mir ausgesucht und weiß, wie ich mich zu verhalten habe. Ich brauche keinen Mann, der mir ständig über die Schulter schaut, ich kann mich schon verteidigen, und Olimpia, soweit ich sie kenne, kommt auch bestens allein zurecht. Ihr Taxifahrer und Ihr Knastbruder sind also völlig überflüssig.«

Ginevra hob einen Fuß und demonstrierte die dick besohlten Nikes, die unter den Aufschlägen ihrer Jeans hervorschauten:

»Wer hätte das gedacht, ich habe ja heute sogar Turnschuhe an, ohne Absätze!« Dann drückte sie auf die Tasche, die ihr um die Schulter hing. »Und hier drin ist ein gewisses Ding für alle Fälle. Und wollen Sie mal eine Karatestellung sehen, Avvocato? Ich habe bisher nichts davon gesagt, weil es sich noch nicht ergab, aber ich habe den schwarzen Gürtel. In der Regel arbeite ich am liebsten allein, und daß Olimpia mitkommt, ist nur, weil ich mich gut mit ihr verstehe. Aber Ihre beiden Jungs können ruhig zu Hause bleiben. Rotkäppchen und Schneewittchen gehen allein in den Wald. Und wenn jemand aufpassen sollte, dann ist es der Wolf, jawohl!«

»Bravo, Ginevra!« stimmte Olimpia zu.

Scalzi merkte, daß es unklug gewesen war, von zwei »Männern« zu sprechen, die ihnen beistehen sollten. So versuchte er ein anderes Argument. Eros' Taxi könnte ihnen als Tarnung dienen, so meinte er, denn der Mann mit den gelben Haaren, der bei ihren letzten beiden Besuchen in der Villa ja nicht zufällig oder aus unschuldigen Motiven dort herumgelungert hatte, kannte Ginevras Wagen mittlerweile. Und gemeinsam mit Marcello würden sie als zwei Pärchen durchgehen, die sich verfahren hätten. Der Ex-Sträfling sei im übrigen ein Experte für heikle Situationen. Am Ende schlug Scalzi einen versöhnlicheren Ton an und versuchte, Olimpia auf seine Seite zu ziehen:

»Du kennst die beiden doch auch, sag ihr, daß man ihnen vertrauen kann.«

»Solange Marcellone nicht wieder mit seinen haarsträubenden Geschichten aus dem Knast anfängt«, sagte Olimpia, »so von wegen abgetrennter Kopf in Thunfischdose und Ähnliches, da dreht sich mir immer der Magen um ...«

Eros war als erster da. Und eine florentinisch spöttelnde Stimme kündigte Marcellone schon an, als er gerade das Vorzimmer zu Scalzis Büro betrat. Dieses Mal ging sein Spott auf Lucantonio nieder, der in letzter Zeit stark zugenommen hatte:

»Noch ein bißchen mehr, dann platzt Ihnen der Pulli auf, Dottore. Wie geht's denn so? Der Avvocato gibt Ihnen wohl niemals ein halbes Stündchen frei, um mal ein paar Schritte zu tun, ich meine, ein paar Kalorien zu verbrennen ...«

Als er das Büro betrat, musterte er Ginevra, fuhr sich glättend über den ins Graue spielenden Schnauzer und streckte wie ein Kampfhahn Hals und Brust heraus.

»Ich sehe, die Ästhetik des Büros hat zugenommen. Willst du mich nicht mit der schönen Brünetten bekannt machen, Avvocato?«

»Das geht ja schon gut los«, murmelte Ginevra.

Benedetto Pazzi war schon im Saal. Er schien aufgeregt, sein Gesicht glänzte leicht verschwitzt.

»Also«, sagte Scalzi, »Sie wissen noch, was ich Ihnen gesagt habe? Keine Aggressionen, wenn ich bitten darf. Unsere einzige Chance ist, und darauf werde ich plädieren, daß es sich in Ihrem Fall um eine permanente Spannung handelt, die sich in systematischen Verhaltensweisen über einen längeren Zeitraum äußert, in simplen Worten: um eine Gewohnheit. Im Verhör müssen Sie Ihre Gewalttätigkeiten gegenüber der Dame auf wenige Male eingrenzen, der eine oder andere Wutausbruch, höchstens drei im Laufe der Jahre. Vergessen Sie das unkonventionelle Benehmen Ihrer Tante. Sie dürfen nicht den Eindruck erwecken, als wollten Sie sie bestrafen.«

Aber sein Klient hörte ihm gar nicht zu, er schien in seine eigenen Überlegungen versunken.

»Meine Familie, also väterlicherseits, stammt von Camicione de' Pazzi ab. Von den Pazzi aus Valdarno, also dem ältesten Seitenarm der berühmten Verschwörerfamilie. Diese Leute hielten sich nicht mit Kleinigkeiten auf, wissen Sie? Es gibt Berichte darüber, daß Camicione einmal mit einem entfernten Verwandten, einem gewissen Ubertino, im Clinch lag wegen irgendwelcher Besitztümer in Valdarno. Er setzte sich aufs Pferd, galoppierte ihm mit einem Messer in der Hand entgegen und löschte ihn mit ein paar Stichen aus, ohne auch nur abzusteigen.«

»Ihre Abstammung hat mit der Anklage nicht das geringste zu tun«, stellte Scalzi fest, »bitte versuchen Sie, sich auf den Prozeß zu konzentrieren.«

Er betrachtete den schon gewohnten Anblick des Hemdes, das nachlässig über den Gürtel hinaushing. Ein Camicione also, ein »Großhemd«, das erklärte ja alles. Wahrscheinlich schaffte er es deshalb nicht, das Hemd in den Hosen zu behalten. Ein atavistisches Phänomen.

»Es ist Tradition bei uns, die Ehre der Familie zu verteidigen«, fuhr der Pazzi-Erbe fort, »und die Ehre wird auch durch Verarmung nicht geschmälert. Egal, ob wir jetzt im Elend leben, die familiären Verpflichtungen bleiben erhalten.«

»Die Richterin«, erwiderte Scalzi, »wird sich nicht für Ihre Abstammung von diesem Camicione interessieren, der, wenn ich mich recht entsinne, so um 1300 gestorben ist. Vielmehr wird sie wissen wollen, welche Gewalt Sie Ihrer Tante angetan haben, dazu wird sie Sie verhören. Schließlich sitzt im Prozeß nicht Ihr Vorfahr auf der Anklagebank – auch wenn er, nebenbei bemerkt, ein ganz übles Subjekt war –, sondern Sie. Beschränken Sie sich also darauf, die Anklagen abzustreiten, so wie ich es Ihnen eben noch einmal gesagt habe, und darüber hinaus den Mund zu halten.«

Dottoressa Favilla trat nun an ihren Tisch und sah den Angeklagten kalt an.

»Sie können, wenn Sie möchten, von Ihrem Recht zu

schweigen Gebrauch machen, Sie müssen nicht auf die Fragen antworten, die der Staatsanwalt, Ihr Verteidiger oder auch ich selbst, wenn nötig, Ihnen stellen werden. Also, was wollen Sie? Werden Sie antworten?«

»Fragen? Was für Fragen?«

»Auch ich kann nicht im voraus wissen, welche Fragen die Parteien an Sie richten werden. Wenn Sie möchten, können Sie antworten, wenn nicht, dann nicht, es ist Ihre Entscheidung. Ich muß nur wissen, ob Sie grundsätzlich vorhaben, zu antworten.«

»Einverstanden, stellt mir ruhig eure Fragen.«

Die Richterin erteilte dem Staatsanwalt das Wort, der zunächst einmal weit ausholte: seit wann Signora Irene bei der Familie wohne, ob Benedetto Geschwister habe, ob er arbeite, womit er sein Geld verdiene. Pazzi erwiderte, daß die Tante seit seinem sechsten Lebensjahr bei seinem Vater lebe, also seit dem Tod der Mutter, daß er weder Brüder noch Schwestern habe, quasi arbeitslos sei, zwar ein Diplom als Bausachverständiger habe, aber gelegentlich als Packer auf dem Wochenmarkt arbeite. Seine psychischen Probleme machten es ihm unmöglich, einer geregelten Beschäftigung nachzugehen, er halte es nicht unter Leuten aus und bekomme Panikattacken, manchmal müsse er mitten auf der Straße stehenbleiben, weil er nicht mehr wisse, wo er sei und wer er sei, eine schreckliche Erfahrung, er fühle sich dann wie in einem dichten Nebel, erkenne die Dinge um sich her nicht mehr, die Geräusche dröhnten in seinem Kopf ...

»Sind Sie in Behandlung?« fragte der Staatsanwalt, »haben Sie einen Arzt konsultiert, nehmen Sie Medikamente?«

»Abgesehen davon, daß mir das nötige Geld für Ärzte und Medizin fehlt«, erwiderte Pazzi, »traue ich denen nicht. Man weiß ja, wie Ärzte sind, wenn sie dich erst einmal in ihren Fängen haben, lassen sie dich nie wieder los und pressen dich aus wie eine Zitrone. Und was Psychopharmaka betrifft, bääh!, solche Schweinereien benebeln einem das Gehirn, am Ende sieht man alles nur noch rosa statt schwarz. Das müßten Sie doch auch wissen, bei Ihrem Beruf, daß unsere Zeiten nun mal schwarz sind. Ich wurde zu spät geboren, leider. Früher waren die Dinge noch einfacher, damals gab es noch richtige Männer, die wußten, wie man gewisse Probleme löst, ohne viel Federlesens zu machen. Es wurde weniger geredet, damals. Heutzutage steht man völlig unter der Fuchtel der Frauen, sie sind es, die das Sagen haben, unterstützt und betüttelt von ihren Sklaven ...«

Die Richterin rückte ihre Robe zurecht und notierte etwas auf einem Zettel.

»Ihren Sklaven? Welchen Sklaven?« fragte der Staatsanwalt.

» Na, ihre Schoßhündchen ... die sich immer unter ihren Röcken herumtreiben, die sie lecken, niemals von ihrer Seite weichen, zuvorkommend, unterwürfig, die beim Geruch von Menstruationsblut zu sabbern anfangen ...«

»Das reicht!« erboste sich die Richterin. »Herr Staatsanwalt, ich muß Sie bitten, das Thema zu wechseln. Kommen wir zum eigentlichen Punkt, zu den Mißhandlungen.«

Der Staatsanwalt fragte, ob es zutreffe, daß er Signora Irene häufig beleidigt, ihr Szenen gemacht, sie geschlagen habe, um sie an der Nutzung des gemeinsamen Bades zu hindern.

»Signora Irene?« Benedetto drehte sich um und betrachtete seine Tante, die mit den Händen im Schoß und gesenktem Kopf an einem Tisch in dem Halbkreis saß. »Sie meinen die da?«

»Ich meine Ihre Tante.«

»Die Curafari meinen Sie? Den falschen Fuffziger?«

»Hören Sie!« ertönte erneut die Stimme der Richterin. »Sie stehen kurz davor, erneut des Saales verwiesen zu werden!«

»Das letzte Mal wurde ich nicht des Saales verwiesen, wie Sie behaupten. Ich habe ihn selbst verlassen, spontan und aus freiem Willen! Hier kriegt man ja keine Luft! Ich lasse mich von niemandem hinauswerfen, ich nicht! Und schon gar nicht von einer Frau! Ich möchte mal wissen, wer Sie zur Richterin gemacht hat! Eine Frau, die das Richteramt ausübt ... Pfui!«

Scalzi fand, daß es an der Zeit war einzugreifen, um der Reaktion der Dottoressa Favilla zuvorzukommen.

»Frau Richterin«, setzte er an, »es scheint aus dem Verhalten des Angeklagten deutlich hervorzugehen, daß die Person nicht bei Sinnen ist. Alles weist klar auf eine paranoide Störung hin. Signor Pazzi hat uns mit seiner Vernehmung die Anamnese geliefert: Panikattacken, das Gefühl der Entfremdung, schließlich eine lebhafte Misogynie. Ich bin kein Psychiater, doch habe ich mir in diesen Räumen hier genügend Kenntnisse angeeignet, um mir ein Bild zu machen. Der psychische Zustand meines Klienten läßt es nicht zu, daß er mit Verstand an der Vernehmung teilnimmt und sich angemessen verteidigt. Hinzu kommt, daß der Tatbestand auf eine durch die Krankheit nicht vorhandene oder stark geminderte Zurechnungsfähigkeit hindeutet, auch was die Fakten betrifft, wegen der er heute angeklagt ist. Ich beantrage deshalb die Hinzuziehung eines psychiatrischen Gutachters.«

Eros lenkte gereizt den Wagen. Er haßte seinen Beruf als Taxifahrer, der Smog würde ihn noch mal umbringen, sagte er, er werde wohl bald in Rente gehen.

Marcellone beugte sich von der Rückbank nach vorn und hauchte dabei in Ginevras Haare, die neben Eros saß.

»Spielen Sie Tennis?« fragte er mit weltmännischer Geste.

»Reden Sie mit mir?« Ginevra drehte genervt den Kopf weg.

»Mit wem sonst?«

»Tennis? Nein.«

»Und Golf?«

»Auch nicht.«

»Verstehe, Sie sind wohl eher für das Glücksspiel. Spielen Sie Poker? Oder Roulette? Baccarà?«

»Nichts von alledem. Ich werfe mein Geld nicht gern aus dem Fenster.«

»Aber Sie laufen auch nicht ständig mit der Lupe durch die Gegend, will ich hoffen. Sie werden doch irgendein Hobby haben. Also, was tun Sie, wenn Sie gerade nicht herumschnüffeln?«

»Das geht Sie nichts an.«

»Das geht mich nichts an, einverstanden. Aber mit diesen Augen, mit diesen Haaren, ganz zu schweigen von allem anderen, werden Sie sich doch ab und zu auch amüsieren wollen. Sie können einen süchtig machen, wissen Sie das?« Und Marcellone strich mit der Hand über Ginevras Haare, es war fast die Andeutung eines Streichelns.

»Halten Sie Ihre Hände bei sich. Ich bin hier, um zu arbeiten.«

»Entschuldigen Sie.« Marcellone lehnte sich mit übertrieben bußfertigem Gesicht zurück. »Aber wie kann man nur gelassen bleiben mit einer Frau wie Ihnen so dicht vor einem?«

»Eines sage ich dir, Olimpia«, fauchte Ginevra, »wenn dieser Herr mich weiter belästigt, kriegt er zuerst meine Faust zu spüren, dann halte ich das Taxi an und gehe meiner Wege.«

»Gute Idee«, meinte Marcellone, »von der Faust mal abgesehen, ich kenne ein kleines Restaurant hier in der Nähe, wo es hervorragenden Fisch gibt. Na, was halten Sie davon? Nur ich und Sie, adieu der netten Begleitung.«

»Uff. Seit wir losgefahren sind, stemmt er mir sein Knie in den Rücken und hechelt mir in den Nacken wie ein

Hund. Wollte der Herr Avvocato uns von so einem Lüstling beschützen lassen?«

»Marcellone, hören Sie jetzt endlich auf damit, bitte«, mischte sich nun Olimpia energisch ein, »es ist wirklich der falsche Zeitpunkt für so was. Zum Glück sind wir gleich da.«

Die Richterin hatte sich in das Beratungszimmer zurückgezogen, um über Scalzis Antrag zu entscheiden.

»Was fällt Ihnen ein?« Pazzi stand mit rollenden Augen neben Scalzi, der in die Akte vertieft war, rang die Hände und schien sich gleich auf den Anwalt stürzen zu wollen. »Psychiatrischer Gutachter! *Sie* ist doch die Verrückte! Das war nun wirklich nicht abgesprochen! Mich als geistesgestört hinzustellen ... Wie sind Sie nur darauf gekommen?«

»Wir hatten ausgemacht, daß Sie sich ruhig verhalten, und statt dessen haben Sie die Richterin beleidigt.«

»Ich habe niemanden beleidigt. Ich habe nur gesagt, was ich von den Frauen halte, mehr nicht.«

»Mein Einspruch war ein Ablenkungsmanöver, begreifen Sie das nicht? Sie waren kurz davor, eine Amtsperson zu beleidigen. Das ist ein ziemlich schweres Delikt, für das man Sie hätte einsperren können.«

Die Richterin betrat mit gewitterschwarzem Gesicht den Saal.

Sie verlas den Beschluß: Der Antrag der Verteidigung auf einen psychiatrischen Gutachter wurde abgelehnt, da es zur Zeit keine konkreten Hinweise darauf gebe, daß Benedetto Pazzi nicht voll zurechnungsfähig sei.

Die Falltür, die den Zugang zu den Räumen von Biserka und Milan verbarg, war aus den Angeln gerissen und lag quer über der Treppe. Die Küche war ein Schlachtfeld. Die geflochtenen Sitzflächen der Stühle waren aufgeschlitzt, die Schubladen von Tisch und Schrank herausgerissen und ausgeleert. Der Fußboden war mit Scherben übersät. Nichts befand sich mehr an seinem Platz, als sei ein großer Sturm durch den Raum gefegt und habe alles durcheinandergewirbelt. Bei jedem Schritt stoben winzige Insekten vom Boden auf. Im Schlafzimmer der Geschwister waren die Betten aufgeschlitzt und die Federn im ganzen Raum verteilt. Desgleichen die Matratzen. Das Öllämpchen und das Herz-Jesu-Bild lagen neben dem umgestürzten Nachttisch auf dem Boden. Auch hier war alles durchwühlt. Die Kleider waren aus dem offenstehenden Schrank herausgerissen worden. Olimpia erkannte Biserkas Plisseerock wieder, zertreten und mit Schlammabdrücken übersät. Bei allen Kleidungsstücken waren die Taschen nach außen gestülpt. Die Zerstörungswut hatte nichts ausgelassen.

Während sie erfolglos versuchte, die Falltür wieder einzuhängen, beobachtete Olimpia eine Maus, die langsam durch die Küche lief. Es schien, als nehme die Hausherrin ihr Terrain wieder in Besitz.

»Ich möchte die Vernehmung fortführen«, sagte die Richterin, zum Staatsanwalt gewandt, »wenn Sie nichts dagegen haben.«

»Wie könnte ich.«

»Gut«, sagte die Richterin, »dann fahren wir da fort, wo wir unterbrochen wurden. Signor Pazzi, bitte, antworten Sie mir, ohne wieder unnötig abzuschweifen. Stimmt es, oder stimmt es nicht, daß Sie Ihre Tante schlagen?«

»Hin und wieder rutscht mir die Hand aus, ja.«

»Was soll das heißen, hin und wieder? Oft? Gelegentlich? Selten?«

»Das soll heißen, daß sie ein echtes Ferkel ist. Eine läufige Hündin, die sich von jedem decken läßt, der ihr unterkommt. Eine, die alles mit ihrem Schmutz besudelt. Wenn man sie ließe, würde sie mein Haus in ein Bordell verwandeln. Sie zieht den widerlichsten Abschaum hinter sich her, den man sich vorstellen kann. Von wegen Prügel, damit sie nicht zur Toilette gehen kann! Die Becher mit der Pisse sind doch nur Show. Ich hindere sie wahrhaftig nicht daran, in unser Klo zu pissen, ungeachtet der Krankheiten, mit denen eine wie sie andere Leute infizieren kann ... Es ist einfach so, daß ich meine Wohnung nicht verkommen lassen will, das ist eine Frage der Ehre, verstehen Sie das nicht, Frau Richterin?«

»Ich verstehe nur, daß Sie eine gewalttätige Person sind«, murmelte die Richterin, die ihre Nase auf das gestärkte Beffchen ihrer Robe herabgesenkt hatte, als habe der Ausbruch des Angeklagten sie eingeschüchtert.

»Sie nutzt das aus, denn wenn sie will, kann sie auch anders.« Pazzi sprach nun mit erhobener Stimme und wies mit dem Zeigefinger auf die Tante, ermutigt durch den demütigen Ausdruck der Richterin. »Sie weiß, wie man andere umgarnt. Und wie sie das weiß, das Tantchen, mit ihrem Charme und ihrem schmeichelnden Getue! Dabei ist sie eine Schlange! Wendig wie eine Schlange!«

»Halt endlich den Mund, du Trottel, das wäre wirklich besser!« mischte sich Irene Curafari ein.

»Haben Sie gehört? Sie nennt mich einen Trottel! Und dagegen unternehmen Sie nichts? Warum verweisen Sie sie nicht auch des Saals? Ich werde Trottel genannt, und keiner unternimmt etwas! Hier wird mit zweierlei Maß gemessen, scheint mir.«

»Signora«, wandte die Richterin müde ein, »bitte, unterbrechen Sie nicht die Vernehmung des Angeklagten. Und vermeiden Sie freundlicherweise derlei Betitelungen.«

»Er hat mich eine Schlange genannt, eine läufige Hündin und was noch alles. Und das soll ich einfach so hinnehmen?«

»Ich verstehe Sie, aber lassen Sie ihn reden. Je mehr er sagt, desto besser kann ich die Dinge einordnen.«

Scalzi nutzte die Unterbrechung, um seinem Klienten zuzuraunen:

»Sie bringen sich da in eine schlimme Lage. Wenn Sie so weitermachen, geht das sehr schlecht für Sie aus, glauben Sie mir.«

Doch Pazzi erging sich nun in einem Sermon über die Ehre. Er sagte, auch wenn das Wort völlig aus der Mode gekommen sei, fühle er sich doch stark der Familienehre verpflichtet. Es folgte ein Vortrag über seinen Stammbaum, genau wie Scalzi befürchtet hatte, über den alten Adel seines Vaters und die niedere Herkunft der Wäscherinnen von Grassina, von denen seine Mutter und seine Tante abstammten, über den schweren Fehler, den sein Vater begangen hatte, als er sich mit einer so niedrigen Person einließ, und die Fortsetzung dieses Fehlers, als er auch noch die Schwester der verstorbenen Frau ins Haus holte, aus gewöhnlichster fleischlicher Begierde, die den Vater damals noch beherrschte.

»Ich habe dich großgezogen, du Miststück!« Irene Curafari sprang unter Tränen auf. »Ich habe dir die Nase geputzt, als du noch ins Bett gemacht hast! Ich habe dich ernährt, mit meiner Arbeit, dich und deinen Vater! Undankbar und eingebildet bist du, sonst nichts!«

Der Pazzi-Erbe reagierte mit einer Reihe von nicht wiederholbaren Beleidigungen. Irene schoß mit gleichem Geschütz zurück. Die Richterin hob die Sitzung auf.

Es war schon später Nachmittag, als sich alle wieder in Scalzis Büro einfanden.

Olimpia berichtete, daß sie in der verlassenen Villa weder Biserka noch ihren Bruder angetroffen hatten. Daß die Tür, hinter der sie bei ihrem ersten Besuch auf die üppige Schwarze und den unbekannten Mann mit der gelben Punkfrisur gestoßen waren, verriegelt gewesen sei. Daß sie lange geklopft hätten, ohne daß jemand öffnete, und die ganze Villa vollkommen unbewohnt gewirkt habe.

Dann jedoch, als sie durch den Garten gegangen waren,

hatten sie einen Schatten durch die Büsche huschen sehen. Sie waren einem kleinen, wieselflinken Mann bis zur geteerten Straße gefolgt, wo er auf ein Moped gesprungen und in vollem Tempo davongerast war. Sie hatten ihn im Taxi so lange wie möglich verfolgt durch das Gewirr der Straßen um die Autobahn herum, ihn dann aber in dem Verkehrsstrom, der vom Flughafen heranrollte, aus den Augen verloren.

»Er kam mir irgendwie bekannt vor«, meinte Olimpia, »trotz der Mütze, die er bis über beide Ohren herabgezogen hatte.«

»Ja? Und an wen denkst du?« fragte Scalzi.

»An diesen Typen aus dem ›Homo Sapiens‹, diesen Antipathen, ich habe vergessen, wie er heißt.«

»Pasquini?«

»Genau der! Messias.«

»Ich habe ihn auch wiedererkannt«, verkündete Marcellone, »aber ich wußte nicht, daß euch das interessiert. Er ist Kunde in meiner Spielhölle.«

Seit Marcellone beschlossen hatte, sich von den größeren Gefängnisrisiken fernzuhalten – früher waren Raubüberfälle seine Spezialität gewesen –, unterhielt er eine illegale Spielbank.

»Ein Typ, der immer sehr hoch setzt und auch kräftig verliert«, fügte er hinzu, »einer von diesen Hühnchen, die ein Segen für unsere Branche sind. Wie er heißt, weiß ich nicht. Angeblich war er früher mal Priester, bis sie ihn gefeuert haben.«

»Und was sollen wir jetzt tun?« fragte Ginevra. »Ich fürchte das Schlimmste für unsere kleine Biserka.«

»Ihr tut erst mal gar nichts. Jetzt bin ich dran. Es ist an der Zeit, das Gesetz in offiziellem Gewand auftreten zu lassen. Ich muß mit der Chinesin reden«, seufzte Scalzi.

15
Chinesische Dialektik

Das Fenster ihres Büros geht auf jenen Platz des alten Florentiner Zentrums hinaus, das von den Piemontesern *»Zu neuem Leben erweckt«* wurde, wie die Inschrift auf einem fragwürdigen Triumphbogen stolz verkündet. Die schalldichten Scheiben sorgen für Stille im Raum. In einer Vase lassen nicht mehr ganz frische Maiglöckchen ihre Köpfe bis auf die blanke und gänzlich leere Tischplatte hängen. An der Wand rechts von der Dottoressa hängt in einem strengen, dunklen Bilderrahmen eine Kinderzeichnung mit einem schwer identifizierbaren Flugobjekt, irgend etwas zwischen Riesenstechmücke und Dreirad, in kräftigem Rot und Grün vor strahlendblauem Himmel mit nur einem einzigen Wölkchen. Darunter steht in ungelenken Buchstaben: FÜR MAMA. An derselben Wand, wuchtig vergrößert, ein Foto von einem nackten, rosigen, dicklichen Kind auf einem rotem Handtuch mit einer Art Troddel am Unterbauch, die auf eine unschuldige Weise obszön wirkt. Hinter der Dottoressa hängt der obligatorische Carabinieri-Kalender.

»Irgendwelche Einwände, wenn ich unser Gespräch aufzeichne?«

Dottoressa Cioncamani schiebt ein kleines Mikrofon an Scalzi heran. Der Anwalt hätte zwar durchaus Einwände, doch hält er es für klüger, sich mit Feindseligkeiten zunächst zurückzuhalten. So nickt er nur und zieht gleichzeitig skeptisch die Augenbrauen in die Höhe. Die Dottoressa läßt sich in ihren hohen Lehnstuhl zurücksinken und drückt die Taste des Aufnahmegeräts.

»Was kann ich für Sie tun?«

Scalzi faßt die Ergebnisse seiner Ermittlung und der seiner Mitarbeiterinnen im Mordfall Brancas zusammen. Er erzählt von Masaccios Fresko und davon, daß es mit einiger Wahrscheinlichkeit noch hinter einer Wand in einem Kreuzgang des an Santa Maria del Carmine angrenzenden Karmeliterklosters versteckt liegt. Die Begegnung mit Carrubba übergeht er. Er sagt, daß mit ebensolcher Wahrscheinlichkeit eine Gruppe übelster Subjekte darauf hinarbeitet, das Fresko zu entwenden. Er erzählt von Brancas' Forschungen, ohne allerdings die in seinem Besitz befindliche Originalausgabe der *Historia Florentina* zu erwähnen, er spricht von Pepo Bononiensis und seinem Zeugnis von der Existenz der *Sagra*. Die Fotokopie des Buches legt er auf den Tisch. Aus einem ihm selbst nicht ganz klaren Motiv heraus, vielleicht dem Wunsch nach Vollständigkeit, erwähnt er den Giftmord an Masaccio, um es augenblicklich zu bereuen. Das Buch des Rechtsberaters der Florentinischen Republik, das Brancas wer weiß wo erstanden habe und das erst kürzlich verschollen sei, könnte ein jahrhundertealtes Rätsel lösen. In ihm liege der Schlüssel für den Aufenthaltsort des Freskos. Schließlich kommt Scalzi auf Biserka zu sprechen, deren Sicherheit für ihn das Hauptmotiv für die Unterhaltung mit der Vertreterin der Staatsanwaltschaft ist. Die üblen Subjekte könnten vermuten, daß das Mädchen im Besitz des Originalbuches sei (die fehlenden Seiten läßt er unerwähnt), darum schwebe Biserka in großer Gefahr. Sie sei verschwunden, und man müsse sie dringend finden und beschützen.

Dottoressa Cioncamani läßt ihren Finger eine halbe Minute auf der Aus-Taste des Recorders liegen und starrt gedankenverloren auf das Gerät, ohne es zu sehen. Sie hüstelt, zieht die Nase hoch: ein nerviger Tick von ihr, der eine gekünstelte Naivität suggeriert.

»Mir ist nicht ganz klargeworden, wen Sie für Brancas' Mörder halten.«

»Das konnte Ihnen auch nicht klarwerden, weil ich es nicht gesagt habe. Und ich habe es nicht gesagt, weil ich es nicht weiß.«

»Aber das ist es doch, wonach Sie suchen und mir dabei meine Arbeit wegnehmen, Sie und Ihre attraktive Detektivin: nach dem Mörder des Archivars, oder nicht?«

»Nach dem suchen wir, gewiß, vielleicht haben wir auch eine Vermutung, aber durchaus noch nichts Konkretes.«

»Wer weiß«, meint die Staatsanwältin träumerisch und mit zur Decke gewandtem Blick, »vielleicht war es ja Masaccios Geist, der ruhelos und immer noch zornig wegen des Giftmordes ...«

Cioncamani schaltet wieder den Recorder ein:

»Und was sind das für Leute, die da Vorbereitungen treffen, um in einem staatlichen Museum ein Fresko Masaccios von der Wand zu lösen? Abgesehen von dem Mord, könnte dieses Unterfangen meine Abteilung auch noch unter einem anderen Gesichtspunkt interessieren. Immerhin ist es illegal, Gemälde zu entwenden, die Teil des nationalen Kulturerbes sind. Heraus also mit den Namen der Betrüger, bitteschön.«

»Die Namen kenne ich nicht. Ich habe nur guten Grund zu der Annahme, daß die Unternehmung angelaufen ist. Und ich glaube ebenfalls behaupten zu können, daß das verborgene Fresko tatsächlich existiert.«

»Haben Sie es gesehen?«

»Was?«

»Dieses Gemälde, haben Sie es gesehen?«

»Nein. Wie ich schon sagte: Es liegt hinter einer Mauer verborgen.«

»Aber Sie werden doch zumindest wissen, wo diese Mauer sich befindet?«

»Nein. Ich weiß nicht, wo sie sich befindet«, erwidert Scalzi matt.

»Wissen diese Kriminellen es?«

»Ich glaube nicht, sonst hätten sie nicht Biserkas Zimmer auf den Kopf gestellt – ganz offensichtlich auf der Suche nach Pepos Buch. Deshalb bin ich ja hier, weil ich fürchte, daß das Mädchen in Gefahr schwebt.«

Dottoressa Cioncamani reißt in gespieltem Entsetzen die Augen auf.

»Wer schwebt in Gefahr?«

»Das Zigeunermädchen, Biserka.«

»O mein Gott. Dann müssen wir ihr natürlich helfen. Und deshalb sind Sie zu mir gekommen, damit ich ein Zigeunermädchen beschützen lasse, ist es so?«

»Nun ja. Die vorbeugende Verbrechensbekämpfung mit legalen Mitteln gehört doch, wo nötig, in Ihren Arbeitsbereich, oder irre ich mich?«

»Sie irren sich ganz und gar nicht, Avvocato.« Sie streckt die Hand aus und schaltet das Aufnahmegerät ab. »Jetzt ist mir alles klar. Mal angenommen, daß es in einem Kreuzgang von Santa Maria del Carmine, hypothetisch betrachtet, ein Fresko gibt, das seit sechs Jahrhunderten niemand zu Gesicht bekommen hat, und, davon ausgehend, daß eine nicht näher identifizierbare Verbrecherbande möglicherweise ebendieses hypothetische Gemälde stehlen will; gesetzt den Fall, im weiteren, daß eine kleine Zigeunerin den Schlüssel zu dem Wissen hat, wo sich das vermutete Gemälde befindet; gesetzt auch den Fall, daß die hypothetischen Verbrecher das Mädchen vielleicht gerade foltern – das meinten Sie doch? – und sadistischen Grausamkeiten aussetzen, um ihr die Information über den Fundort des genannten Freskos zu entreißen – dann sollte also mein Büro mitsamt den üblichen Mitarbeitern wie Polizei und Ordnungskräften sämtliche anderen, nicht hypothetischen, sondern höchst realen Verbrechen wie echte Morde, Drogenhandel, Diebstahl, Gewalttätigkeiten und ähnlichen Kleinkram hintanstellen, um dem obenerwähnten Mädchen zu Hilfe zu eilen ... Und natürlich auf der Stelle. Aber um was zu erreichen? Um wen festzunehmen? Entschuldigen Sie, Avvocato, das ist mir noch nicht ganz klar ...«

Scalzi starrt auf ein Schild mit der Aufschrift NUR UNZIVILISIERTE UND IGNORANTEN RAUCHEN. HIER IST ES OHNEHIN VERBOTEN, das hinter der Staatsanwältin hängt. Wenn er seinem Impuls folgen würde, sie augenblicklich zu erwürgen, denkt er, würde diese Provokation vielleicht als mildernder Umstand anerkannt werden und ihm ein »Lebenslänglich« ersparen.

Er steht auf, nimmt die Kopie von Pepos Buch wieder an sich, die die Dottoressa keines Blickes gewürdigt hat, und verstaut sie in seiner Tasche.

»Vergessen Sie's«, sagt er, »und entschuldigen Sie die Störung.«

Auch Cioncamani erhebt sich nun aus ihrem Stuhl, im Stehen ist sie kaum größer als zuvor.

»Einen Moment, Avvocato. Ich habe noch eine Nachricht für Sie, die Sie für den Prozeß aus einer etwas zweideutigen Lage befreit. Dann sind Sie wenigstens nicht umsonst gekommen. Ich habe Signor Adolfo Chelli auf die Liste der Verdächtigen setzen lassen. Ich nenne keine Details, das steht mir nicht zu und wäre außerdem verfrüht. Fürs erste soll es Ihnen genügen, zu wissen, daß Ihr Klient der einzige ist, der Gelegenheit und Grund hatte, den Archivar umzubringen. Der einzige, der tagelang mit ihm den abgeschiedenen Leseraum in der Bibliothek teilte, wo sich das Verbrechen zugetragen hat. Aber letztlich ist das ja von Vorteil für Anwalt und Detektivin. Lassen Sie sich von ihm zum Verteidiger bestellen. Ich habe Ihnen und Signorina Morelli – übrigens eine wirklich hübsche Frau – erlaubt, in der Wohnung des Toten herumzuschnüffeln, um Polemiken zu vermeiden und auch weil ich wußte, daß Sie nichts finden werden und folglich keine Beweise durch die Hände von Dilettanten verwischt werden können. Bis zu diesem Zeitpunkt aber, also bis zur Aufnahme Chellis in die Liste der Verdächtigen, hatte der Herr Avvocato keinerlei Befugnis zu wie auch immer gearteten dilettierenden Nachforschungen, weder war er der Beistand der verdächtigten Person noch der des Geschädigten ...«

»Die Dilettantin werden am Ende Sie sein«, erwidert Scalzi hart, »ich bin vom Fach. Ich werde Ihnen die Bestellung zum Verteidiger zukommen lassen. Guten Tag.«

Adolfo Chelli ist bestürzt. Seine Hand zittert, als er das Mandat für die Verteidigung unterschreibt.

»Aber warum gerade ich? Ich habe doch überhaupt kein Motiv ... Ich schätzte ihn, ich fand ihn sogar nett. Wodurch bin ich denn nun verdächtig? Man wird mich doch wohl nicht einsperren?«

»Leider kann ich auch das nicht ganz ausschließen«, erwidert Scalzi. »Und ein Motiv hatten Sie sehr wohl, denken Sie nur an Pepos Buch. An Ihre Sammlerleidenschaft, die Bitte, dasselbe Kabuff benutzen zu dürfen, und so weiter. Zum Glück haben wir es bei dieser Staatsanwältin mit einer Person zu tun, die nicht über ihre eigene Nase hinausschaut, welche außerdem ziemlich kurz ist. Wir können daher hoffen, daß sie diese Fakten gar nicht erst herausfindet, sonst sind Sie in einer prekären Lage. Aber machen Sie sich keine allzu großen Sorgen. Wenn Sie tatsächlich ins Gefängnis müssen, dann verspreche ich Ihnen, daß es nicht lange dauern wird. Mein professionelles Ehrenwort.«

Zweiter Teil

17
Auf dem Abstellgleis

Eros' große Leidenschaft war das Theater gewesen. Als Schauspieler in der Truppe von Tadeusz Kantor hatte er die Welt bereist. Seit dem Tod des Meisters arbeitete er wieder als Taxifahrer und setzte keinen Fuß mehr in ein Theater, nicht einmal als Zuschauer. Die Erinnerung war ihm zu schmerzlich, allein der Geruch von Schminke trieb ihm die Tränen in die Augen.

Zweifelnd sah er Scalzi an:

»Komischer Einfall, Avvocato. Und was genau willst du von mir?«

»Daß du mir hilfst.«

»Wobei?«

»Mich in einen Obdachlosen zu verwandeln.«

»Den passenden Siebentagebart hast du ja schon. Du vernachlässigst dich.«

»Ich vernachlässige mich überhaupt nicht. Den Bart habe ich mir eigens dafür wachsen lassen.«

»Das genügt nicht. Du siehst nicht wie ein Obdachloser aus, sondern wie ein mieser kleiner Anwalt, der sich nicht sonderlich pflegt.«

»Deshalb bitte ich dich ja um Hilfe.«

»Nessun maggior dolore che ricordarsi del tempo felice nella miseria«,* zitierte Eros seinen Dante, denn die schmerzliche Erinnerung an die glücklichen Zeiten von einst ließ ihn nicht los. Doch eben aus jenen glücklichen Zeiten seiner

* Kein größerer Schmerz, als sich im Unglück glücklicher Zeiten zu erinnern.

Schauspielerei kannte er sämtliche Läden rund um den Mercato Centrale, die getragene Kleidung verkauften. Wenn Scalzi wollte und es wirklich für nötig hielte, könnte er ihn bei einem Besuch dieser Flohmärkte begleiten, wenn auch auf eigene Gefahr, weil man sich zwischen dem alten Zeug immer mit irgend etwas anstecken konnte oder sich zumindest Filzläuse einfing.

Die Alte musterte Scalzi skeptisch. In ihrer schwarzen Schürze, mit den langen, grauen Härchen, die ihr aus dem Kinn sprossen, fast so dicht wie ein Bart, die fettigen Haare zu einem Knoten hochgesteckt, wachte sie über ihren Stand in einer ausgedienten Autowerkstatt, an deren Wänden noch die weißen und schwarzen Streifen von einst zu sehen waren.

»Wofür brauchen Sie es denn genau?« fragte sie mit tiefer Baßstimme.

»Ich bin zu einem Kostümfest eingeladen und möchte als Penner gehen, in Lumpen, verstehen Sie?« Scalzi warf den zwar unmodernen, aber ordentlichen Anzug auf den Tisch zurück, den die Alte ihm vorgeschlagen hatte.

»Karneval ist aber schon lange vorbei«, meinte sie.

»Das wissen wir auch, daß Karneval vorbei ist«, erwiderte Eros, »aber was interessiert Sie das überhaupt? Sie werden doch irgendwo eine Paar ausgefranste Hosen haben, eine Jacke mit durchgescheuerten Ellbogen und ausgebeulten Taschen ... Solche Sachen eben ...«

»Wenn ich solche Fetzen finden sollte«, das Weibe grinste und zeigte zwei einsame gelbe Zähne, »werden die Herren aber genausoviel dafür bezahlen müssen wie für die anderen, mehr noch sogar, da ich das ganze Lager auf den Kopf stellen muß ...«

Scalzi zahlte für ein Paar verblichene Drillichhosen mit ausgebeulten Knien und ebensolchem Hosenboden, eine schwarze, knapp sitzende und ebenfalls durchgewetzte Leinenjacke, eine karierte Weste mit zerrissenem Innenfutter, einen zerbeulten und ordentlich speckigen Hut ungefähr genausoviel wie für einen nagelneuen Anzug im Geschäft. Er warf sich die Kleider über und begutachtete das Ergebnis im Spiegel.

»Sehe ich nicht zu elegant aus?«

»Du siehst aus wie ein Bauer vom Monte Falterona, der gerade von seinem Karren gestiegen ist«, höhnte Eros.

»Wie Cipistione sieht er aus«, fand die Alte.

»Wer ist Cipistione?«

»Der Säufer des Viertels«, antwortete sie.

»Vielleicht ist es besser, wenn du sie vor dem Anziehen wäschst.« Eros nahm das in Zeitungspapier gewickelte Kleiderbündel in Empfang.

»Keine Zeit.«

»Dann wirst du dich eben kratzen müssen«, prophezeite Eros.

Um ein Uhr nachts war der Bahnhof Santa Maria Novella so gut wie ausgestorben. Bar, Zeitungsstand und Tabacchi-Laden waren geschlossen, nur ein einziger Fahrkartenschalter hatte noch geöffnet. Sie überquerten die Bahnsteige 1, 2 und 3, von denen die Regionalzüge nach Pisa, Livorno und in die Dörfer der Versilia abfuhren.

Um sich dem Outfit des Anwalts anzupassen und ihn vielleicht sogar ein bißchen zu foppen, hatte auch Eros sich schnell noch ein bißchen verkleidet, mit über den Knien abgeschnittenen Jeans, einem Mantel, aus dem Fetzen von falschem Schaffell heraushingen, und einer polnischen Tuchmütze, die er aus dem Kofferraum seines Taxis gezogen hatte. Doch trotz allen schauspielerischen Einsatzes ähnelte er weniger einem Penner als einem ungepflegten Taxifahrer. Scalzi hingegen sah aus wie ein Straßenclown. Er trug eine mit Zeitungen gefüllte Plastiktüte mit sich herum, aus der ein Flaschenhals ragte.

»Also, Cipistione«, sagte Eros, »wo gehen wir eigentlich hin?«

»Ich weiß es nicht. Wir suchen einen zur Bar umgewandelten Eisenbahnwaggon, irgendwo auf den Abstellgleisen.«

»Hoffentlich kriege ich in dieser Bar wenigstens einen Kaffee, ich bin hundemüde.«

Hinter der Bahnhofsüberdachung erstreckten sich die mit ausrangierten Wagen vollgestellten Gleise. Eine alte Rangierlok stieß kreischend einen Güterzug vor sich her. Die Stöße gegen die Puffer übertrugen sich auf den ganzen Zug und dröhnten dumpf durch die Stille. Zwischen den Gleisen lief ein Rangierer umher und gab dem Lokführer mit Taschenlampe und Fahne Zeichen.

»He, ihr da! Wo wollt ihr hin? Das ist verboten!« rief er den beiden Männern zu, die, vorsichtig nach rechts und links spähend, über die Schwellen stolperten.

Scalzi und Eros eilten weiter. Der Rangierer zuckte gleichgültig mit den Achseln.

Sie erreichten eine mit Graffiti bemalte Mauer. Scalzi betrachtete zum erstenmal aus solcher Nähe diese dickbäuchigen, wie Bälle wogenden bunten Buchstaben in der müßigen Hoffnung, ein Wort zu entdecken, das ihm den geheimen Sinn der Malerei enthüllen würde. Am Ende der Mauer war der Durchgang mit Stacheldraht versperrt.

»Und nun, Cipistione? Hier geht's nicht weiter.«

»Versuchen wir, auf die andere Seite zu gelangen.« Scalzi deutete auf eine finstere Unterführung, die sich am Fuße der Mauer auftat.

Er verschwand in der Dunkelheit des Tunnels. Ein durchdringender Uringeruch trieb ihm die Tränen in die Augen. Er stieg einige Stufen hinab. Hinter sich hörte er Eros' Stimme:

»Wir werden uns die Schuhe in dieser Jauchegrube versauen, Avvocato Cipistione.«

»Hör auf, mich Cipistione zu nennen.«

Als sie auf der anderen Seite aus der Unterführung auftauchten, war die Finsternis komplett; die Lichter des Bahnhofs waren nur noch in der Ferne zu sehen. Über ihren Köpfen erhoben sich die schwarzen Umrisse schlafender Häuserblocks. Vor ihnen türmten sich Stapel ausrangierter Holzschwellen, in ihren Zwischenräumen wucherte Unkraut. Ein krummer alter Mann, mit Taschen beladen, steuerte auf eine Gruppe Waggons mit silberglänzenden Dächern zu und verschwand zwischen ihnen.

Es war ein ausrangierter Speisewagen der Schlafwagengesellschaft, das vergoldete Wappen und die Rokokogirlanden erinnerten an den Orient-Expreß. Der abblätternde blaue Lack und ein riesiges Graffiti auf der Außenwand des Waggons ließen den Grad seiner Verwahrlosung erahnen. Vor einem Fenster, das nicht mit einem Rolladen verdunkelt war, stand auf einem Tisch eine Vase mit einer Plastikrose. Als sie die Stufen hinaufsteigen wollten, versperrte ihnen ein großer, bärtiger Mann mit Rollkragenpullover den Weg:

»Was wollt ihr hier?«

»Ich bin Eros, und das hier ist Cipistione.«

»Wer kennt Eros, den Taxifahrer, nicht? Aber was machst du hier?«

»Nichts«, gähnte Eros, »ich habe Nachtschicht und bin müde, deshalb wollte ich einen Kaffee trinken. Kann man das bei euch?«

»Hmm ...« Der Mann kratzte sich den Bart. »Ein Kaffee für Eros mag drin sein, aber wenn dieser Clown hier Cipistione vom Mercato Centrale ist, dann bin ich Giorgio Dabbelju Busch.«

»Okay«, gab Eros zu, »es ist nicht Cipistione. Er heißt Scalzi. Aber betrunken ist er trotzdem ständig. Habt ihr für ihn auch einen Kaffee? Gegen Bezahlung, natürlich.«

»Kommt herein.« Der Mann trat beiseite. »Setzt euch, wenn ihr noch einen Platz findet.«

Das Innere des Waggons war sehr sauber, aber roch nach Putzmitteln. Die Wand, die einst Küche und Restaurant voneinander getrennt hatte, war herausgenommen, so daß das Ganze nun einer kleinen Bar glich, die seitlich von der alles überragenden Kaffeemaschine begrenzt wurde. Auch der Kaffeeduft mischte sich mit dem Putzmittelgestank.

Sie fanden einen Tisch mit zwei freien Plätzen. Zwei Leute, die sich dort gegenübersaßen, rutschten auf eine Sitzbank, um ihnen Platz zu machen. Der Mann, der eingenickt gewesen war, lehnte den Kopf ans Fenster und schloß wieder die Augen. Die Frau begrüßte Eros mit einem breiten Lächeln:

»Welche Ehre! Aber du mußt eine ziemlich flaue Nacht gehabt haben, wenn es dich bis hierher getrieben hat.« Sie wies auf einen von Eros' Schuhen. »Stinkst ein bißchen nach Scheiße, Herr Taxifahrer, bist aber trotzdem willkommen hier. Habt ihr Lust auf eine kleine Ablenkung? Für Reisegruppen mache ich einen Sonderpreis.«

Die Frau war in mittlerem Alter, sie hatte kurzgeschnittenes blondes Haar, und ihre Schminke begann zu verlaufen. Als sie sich über den Tisch beugte, fielen ihr die schweren Brüste fast aus dem Ausschnitt. Eros erwiderte ihr Lächeln, er hatte in ihr eine Prostituierte erkannt, die für gewöhnlich in der Via Tornabuoni, Ecke Via del Parione stand.

»Nein, Lucy, wir sind nicht in Stimmung. Trotzdem danke.«

»Heute abend ist einfach nichts zu reißen.« Lucy zündete sich eine Zigarette an und sah betrübt aus dem Fenster, als sei sie traurig, daß der Zug nicht losfuhr, um sie in eine andere Dimension zu entführen.

Scalzi, der seine Maskerade schon längst bereute und für eine kindische Schnapsidee hielt, ließ seinen Blick so unauffällig wie möglich über die Anwesenden schweifen, obwohl ihm klar war, daß er mit seiner schrillen Verkleidung selbst in dieser Umgebung auffallen mußte. Er suchte Biserka, das war sein Hauptanliegen. Doch die Gäste schienen alle schon in fortgeschrittenem Alter zu sein, junge Leute waren nicht unter ihnen und schon gar keine Zigeuner.

An dem Tisch vor ihnen saßen zwei Transsexuelle vor einigen halbleeren Literflaschen Rotwein. Die Jüngere der beiden war ziemlich hübsch, mit sorgfältig gekämmten schwarzen Haaren und dem Äußeren einer Postbeamtin, sehr feminin, bis auf die zu großen Hände. Die Ältere war Scalzi schon mehrmals im Gericht über den Weg gelaufen. Man nannte sie »Bella Cina«, vielleicht aufgrund ihrer politischen Aktivitäten in den Jahren der Studentenproteste, doch gewiß nicht wegen ihrer Erscheinung; mit ihren weit aufgerissenen, runden Kuhaugen, ihren fülligen Schultern und den ausladenden Hüften sah sie eher aus wie eine Gutsverwalterin aus der Ebene von Campi Bisenzio. Der bläuliche Schatten eines Bartes, der unter der Grundierung durchschien, deutete darauf hin, daß die Nacht der Maoistin sich dem Ende zuneigte. Auch ihr Bariton klang schleppend und müde:

»... komme ich nach Hause und sehe sie im Bad, wie sie sich mit einer Cola-Flasche amüsiert, die sie auf einen Hocker gestellt hatte. ›Warum hast du mich verlassen?‹ stöhnt sie. ›Ich habe dich doch verwöhnt wie einen Prinzen. Du wolltest Cerutti-Hemden? Verdammt, dann habe ich dir Hemden von Cerutti gekauft. Du wolltest ein Blazerchen von Armani? Aber natürlich! Sollst du haben, das Armani-Jäckchen!‹ ...«

Plötzlich hielt sie inne und betrachtete stirnrunzelnd Scalzi, dessen neugierige Blicke ihr nicht entgangen waren.

»He, du, was gibt's da zu glotzen? Willst du vielleicht was aufs Maul, oder was?«

Scalzi zog seinen Hut tiefer in die Stirn, legte den Kopf zurück und tat, als sei er müde.

»Na, schau dir nur diesen Hungerleider an ... Der spioniert doch ... Was hast du hier rumzuschnüffeln, du Mistkerl?«

Eros beugte sich über den Tisch und flüsterte:

»Guck nicht so wie 'n Bulle, sonst nützen die Cipistione-Klamotten gar nichts.«

Aber sie nützten nicht nur nichts, sie waren sogar eher hinderlich. Der einzige richtige Penner war der Kerl, der am selben Tisch wie Scalzi am Fenster lehnte und vor sich hin döste. Er stank sogar wie ein echter Obdachloser, aber vielleicht rührte der Geruch auch von Eros' Schuhen her. Alle anderen, Männer wie Frauen, sahen zwar nicht gerade elegant, eher wie Pechvögel aus, die der Fluß des Lebens ans Ufer gespült hatte, aber sie bemühten sich um Haltung und waren in dem rührenden Versuch, jung und modisch zu erscheinen, meist sehr exzentrisch gekleidet.

Manche waren alte Bekannte des Avvocato, wie »Brucino«, der Barkeeper aus der Bar delle Colonnine, den sie so nannten, weil sein Gesicht, wenn er trank, was nicht selten vorkam, sofort flammendrot anlief. Auch hier im Waggon stand er hinter dem Tresen und ließ die Bestellungen von einer Schwarzen zu den Tischen tragen.

»Einen Kaffee und ein Bier«, sagte Eros, als das Mädchen zu ihnen kam.

»Für mich einen Kaffee und einen Rotwein«, sagte Scalzi.

»Ich glaube, ich nehme auch noch einen«, sagte am gegenüberliegenden Fenster ein schon etwas betagter Mann, der auf eine viel jüngere Frau einredete, klein und nicht sonderlich hübsch, mit einer Knollennase. Die beiden turtelten miteinander auf der Suche nach einer Übereinkunft:

»... Keine Ahnung«, sagte er, »vielleicht so eine Art Touristenpension. Aber es ist wirklich nett da, weißt du? Und man hat seine Ruhe. Warum sollten wir noch länger in diesem erbärmlichen Laden hier bleiben? Los, laß uns gehen.«

»Nur noch einen kleinen Moment«, sagte sie.

»Ach, komm, in der Pension kannst du dich ein bißchen frischmachen. Du siehst ziemlich fertig aus, weißt du das? Als hättest du die Nacht im Schützengraben verbracht. Seit wann kämmst du dich mit einem Schraubenschlüssel?«

»Ich komme nicht mit, du bist mir zu betrunken.«

»Ich hab keine Probleme mit dem Trinken, ich nicht.« Der Mann neigte sich, um ihr etwas ins Ohr zu flüstern, aber er war zu erregt, um seine Stimme zu beherrschen. »Faß mich an, los! Unter dem Tisch, faß mich an! Ich bin schon ganz heiß!«

Scalzi sah zur Bar hinüber. Dort saß eine Frau auf einem Hocker, die Ellbogen auf dem Tresen, den Kopf in die Hand gestützt. Eine blonde Haarsträhne hing ihr halb übers Gesicht. Neben ihr saß ein Mann in Arbeitskleidung, beide tranken etwas, das seiner Bernsteinfarbe nach wie ein Brandy aussah.

»... Ein richtiger Hungerlohn«, sagte der Mann gerade, »und kommst du auch nur eine Stunde zu spät, kriegst du zehntausend Lire weniger. Und dauernd dieses Dröhnen von dem Stromabnehmer in den Ohren. Ein Scheißkerl, der den erfunden hat! Meine Lungen sind voller Sägemehl, ich hab weiche Knie und Triefaugen. Und werde behandelt wie der letzte Arsch. Dabei konnte ich mal mit drei Schlägen eines Hohlmeißels eine korrekte Rokokoverzierung fertigen ...«

Die Frau saß reglos da und schien ihm gar nicht zuzuhören. Sie mußte sich beobachtet fühlen, denn auf einmal hob sie den Kopf, ihr Blick kreuzte den Scalzis, der sie erkannte. Irene Curafari maß den Abstand zu Scalzi, sie kniff die Augen zusammen, wie um die schummrige Barbeleuchtung zu durchdringen. Vielleicht erkannte auch sie den Anwalt, vielleicht nicht. Sie schüttelte den Kopf, als wolle sie einen Gedanken vertreiben, der ihr allzu unwahrscheinlich vorkam.

Scalzi bahnte sich, behindert von seiner viel zu weiten Hose, einen Weg zwischen Sofa und Tisch hindurch. Die blonde Prostituierte packte schnell die Weinflasche am Hals, um sie vor dem Umfallen zu bewahren.

Der Anwalt schob sich bis zum Tresen vor.

»Kennen Sie eine gewisse Biserka, eine kleine Zigeunerin, die hier nachts immer Blumen verkauft?« fragte er Brucino und sah dabei unverwandt auf die Curafari.

»Biserka? Habe ich heut noch nicht gesehen«, erwiderte der Barmann.

Die Signora leerte ihr Glas, rutschte vom Hocker, strich sich den Rock über dem Hintern glatt und legte eine Hand auf die des Mannes.

»Ich bin müde. Ich gehe schlafen.«

»Wohin?«

»Weiß ich nicht. Bestimmt nicht nach Hause. Vielleicht in einen der Waggons hier.«

»Kann ich mitkommen?«

»Nein.«

»Warum nicht?«

Irene sah erneut zu Scalzi hin. Sie verzog den Mund, als habe der letzte Schluck Brandy einen bitteren Nachgeschmack hinterlassen.

»Weil ich keine Lust habe. Darum.«

Der Mann zuckte mit den Schultern.

Scalzi sah, wie Irene zum Ausgang ging, stehenblieb und sich über die Haare strich. Dann riß sie die Tür auf und war mit einem Sprung draußen. Scalzi eilte ihr nach, während Eros am Tresen schnell noch die Rechnung beglich.

Ein Geruch von verdorrtem Unkraut und faulenden Holzschwellen lag in der kalten Nachtluft. Scalzi sah Irene zwischen zwei Waggons hindurchhuschen und im Dunkeln verschwinden. Er versuchte ihr zu folgen, aber nach einigen Schritten merkte er, daß er in dem Gewirr aus Rädern, Gleisen und Puffern verloren war. Schließlich stand er wieder an der Umgrenzungsmauer des Bahnhofs, wo Röhricht im Wind raschelte.

»Signora Curafari!« schrie er.

Von jenseits der Mauer antwortete ihm eine flehende männliche Stimme, fast wie ein Schluchzen:

»Ireeenee! Falscher Fuffziger! Komm nach Hause, Ireenee ...!«

»Ireeene!« echote Eros und tauchte aus dem Schatten des Röhrichts auf, vom gelben Licht einer Ampel angestrahlt wie auf einer Bühne. »›Weißt du nicht mehr, Ireenee‹«, sang er, einen uralten Schlager intonierend, »›letzten Sommer am Meheer, wie wir im lauen Wind da spazierten, und du sahst so verliebt zu mir her ...‹«

Scalzi wühlte lange in den abgenutzten Taschen von Jacke und Hose, bis er das klingelnde Handy fand.

»Hallo!« sagte Olimpia, »entschuldige, wenn ich deinen alternativen Abend störe, aber es ist etwas Merkwürdiges passiert. Soeben hat mich Ginevra angerufen, sie war gerade bei Marcellone ...«

»Bei Marcellone?« fragte Scalzi, »was macht Ginevra um diese Uhrzeit bei Marcellone?«

»Was weiß denn ich? Hör lieber zu: Sie sagt, Pasquini sei in Marcellones Spielhölle von zwei Typen überwältigt und nach draußen geschleift worden. Dann sind Marcellone und zwei seiner Rausschmeißer dazwischengegangen. Sie haben ihn aus ihrer Gewalt befreien können, denn inzwischen hatten diese Kerle den Messias schon in eine Bar im Viertel Santo Spirito gebracht. Nun halten sie ihn in einem Landhaus fest ...«

»Was soll das heißen: Sie halten ihn fest? Wer überhaupt?«

»Marcellone, Ginevra, die Rausschmeißer ... ich weiß auch nicht, wer, irgendwelche Hünen aus Marcellones Mannschaft, sagt Ginevra, jedenfalls vertrauenswürdige Leute. Sie halten ihn fest, diesen Pasquini. Ginevra sagt, wenn du mit ihm sprechen möchtest, wo er sozusagen schon mal greifbar ist ...«

»Verdammt! Das ist Menschenraub, was die da machen! Sind die verrückt geworden?«

»Zum Teufel mit deiner Korrektheit!« fluchte Olimpia. »Das ist doch eine ideale Gelegenheit, oder etwa nicht? Um eine Menge Dinge zu klären! Bist du nun interessiert oder nicht?«

»Gib mir sofort die Nummer von dieser Knallschote!« bellte Scalzi.

»Über Handy kannst du sie nicht erreichen. Das Landhaus liegt in einer Senke, da ist kein Empfang. Um mit mir zu telefonieren, ist Ginevra nach draußen gegangen, aber jetzt ist sie wieder im Haus und bewacht Pasquini ...«

»Bewacht Pasquini! Für wen halten die sich? Eine Truppe Carabinieri im Sondereinsatz?«

»Jetzt vergiß doch mal deine Skrupel und entscheide dich!« sagte Olimpia. »Sie können ihn ja nicht eine Ewigkeit dort im Mugello festhalten ... Er jammert natürlich, sagt Ginevra, er will nach Hause ...«

»Das glaube ich gern, daß er nach Hause will! Diese Ginevra riskiert ihre Detektivlizenz, wenn nicht noch mehr!«

»Also was jetzt, fahren wir oder nicht? Wenn du willst, kann ich auch allein hinfahren.«

»Wohin?«

»Hast du mir nicht zugehört? In dieses Nest, nach Sant'Agata del Mugello. Hol mich zu Hause ab, dann fahren wir zusammen hin, sonst fahr ich eben allein.«

Als Olimpia in Eros' Taxi stieg, bekam sie einen Lachkrampf. Sie hielt kurz inne, schluckte, schöpfte keuchend Atem und verfiel in einen neuen Lachanfall.

»Hör bitte auf zu lachen«, sagte Scalzi.

»Wie siehst du denn aus ... haha ... Du siehst aus wie ...«

»Ich weiß, wie ich aussehe, das hat man mir bereits gesagt.«

»Wie wer? ... Hahaha ... Au, mein Bauch!«

»Hör auf zu lachen, hab ich gesagt.«

»Und dieser Gestank ... wie realistisch ... Haha! ... Hast du dir dafür etwa in die Hose gemacht? Hahaha!«

Scalzi juckte es, er versuchte sich möglichst unauffällig in der Hose zu kratzen.

»Und jetzt kratzt er sich auch noch! Haha!«

Olimpia warf sich erschöpft atmend in die Polster. »Das mit dem Gestank bin ich nicht«, bemerkte Scalzi, »das ist Eros' Schuh.«

»Stimmt«, gab Eros zu.

17
Der Eingeschlossene von Sant'Agata

Endlich kam Olimpia zur Ruhe und konnte ihnen erzählen, was vorgefallen war.

Marcellones Spielbank befand sich in einer Wohnung, die ihm der Sproß einer Florentiner Adelsfamilie zur Verfügung gestellt hatte, weil sie unverdächtig und vor unerwarteten Razzien sicher war. Es war ein flauer Abend mit wenigen lustlosen Spielern, langweilig wie alle Donnerstage, abgesehen von Ginevras Anwesenheit, die Marcellone in einem kleinen Séparée half, einer Flasche Whiskey auf den Grund zu gehen ... Ach ja, Ginevra. Der Ex-Sträfling hatte – vielleicht lag es an der Faszination seines bewegten Lebens, an seinen ergrauten Schläfen, seiner Beharrlichkeit oder auch an der natürlichen Neugier der Detektivin auf alles Unbekannte –, jedenfalls hatte Marcellone sie offensichtlich überzeugt, zu ihm zu kommen. Und Ginevras Stimme am Telefon klang auf einmal gar nicht mehr so abweisend. Nicht sehr professionell? Tja, vielleicht trat Signorina Morelli ihre Professionalität tatsächlich gerade mit ihren wildlederbeschuhten Füßen. Aber das ging Olimpia ja nichts an.

Irgendwann waren die beiden von einem drängenden Klopfen an der Tür des Séparées in ihrer Unterhaltung unterbrochen worden, und als sie den Spielsaal betraten, sahen sie sich mit einer bizarren Situation konfrontiert: ein umgestürzter Tisch, über den Boden verstreute Spielmarken und Karten, zerschlagene Gläser, erschrockene Gäste.

Es war wie ein Sturm über sie hereingebrochen. Zwei gutgebaute und entschlossen wirkende Männer waren mit einem ihrer Stammgäste hereingekommen, der den Code kannte, der einem die Tür öffnete. Kaum im Spielsaal, waren sie nicht zu den Baccarà- oder Roulettetischen gegangen, sondern hatten sich auf einen der Gäste gestürzt und ihn gepackt. Der kräftigere der beiden Männer hatte ihn sich wie einen Sack über die Schulter geworfen, und schon waren sie wieder verschwunden! Die »Sicherheitsbeauftragten«, wie Marcello seine beiden Müßiggänger gern ironisch bezeichnete, ein gewisser Musuracca und ein Ridolfini, den sie »Bocca« nannten, ebenjene beiden Hünen, die bei persönlichen Problemen gern die Fäuste einsetzten, sonst aber eher gelangweilt vor sich hinstarrten, hatten die Eindringlinge entkommen lassen. Zum Glück war der Aufgewecktere der beiden, Musaracca, ihnen noch auf die Straße gefolgt und hatte gesehen, wie mit quietschenden Reifen ein metallicfarbener Porsche davonraste, unter dessen Heckscheibe eingeklemmt der Entführte lag.

Die ganze Operation, Entführung und anschließendes Verstauen des Opfers im Auto, wurde von dem Körperbau des Unglücksraben begünstigt, eines schmächtigen, biegsamen Männleins, bei dem es sich den Beschreibungen der Rausschmeißer zufolge nur um Pasquini, den Messias, handeln konnte.

An diesem Punkt hatte Ginevra ihre Professionalität wiedergefunden. Sie hatte Pasquini ohnehin schon im Verdacht, in der Mordsache Brancas keine ganz unbedeutende Rolle zu spielen. Der Umstand seiner Entführung bestätigte dies noch. So hatte sie Marcellone bedrängt, sich sofort an die Verfolgung des Porsche zu machen. Was der auch tat, indem er seine Rausschmeißer mitnahm und ihnen befahl, einstweilen ihre Muskeln zu erwärmen. Zu viert waren sie mit dem Auto durch die um diese Zeit nahezu ausgestorbene Stadt gejagt. Auf Marcellones Empfehlung, der die geeigneten Lokalitäten für eine geheime Aktion, wie es die kurzfristige Unterbringung eines Entführungsopfers darstellte, ganz gut kannte, hatte die Suche sie schnell zu einer verrufenen

Bar geführt, in deren Nähe tatsächlich der Metallic-Porsche parkte. Das Gitter vor der Bar war halb heruntergelassen, doch erkannte man, daß im Hintergrund des Ladens Licht brannte. Nachdem sie den Widerstand des Barmanns, der sie zuerst nicht hereinlassen wollte, überwunden hatten, waren sie in den hinteren Räumen der kleinen Bar auf die zwei Gauner und Pasquini gestoßen. Die Diskussion war kurz, die Fäuste waren schnell. Dabei hatte selbst Ginevra bemerkenswerte Fähigkeiten auf dem Gebiet der martialischen Künste an den Tag gelegt. Die Entführer waren bald die Unterlegenen. Dennoch war es einem von ihnen zwischen zwei Hieben gelungen, über Handy dringend Verstärkung anzufordern, in tiefstem Sizilianisch, das nur für den ebenfalls von der Insel stammenden Musuracca verständlich war.

Benebelt und ein paar Minuten lang bewegungsunfähig waren Pasquinis Entführer auf dem Boden der Bar liegengeblieben. Dadurch hatte sich die Gruppe der Befreier unter Ginevras Kommando einen gewissen Vorsprung verschafft, und Ginevra hatte beschlossen, gewarnt von Musuracca, lieber sofort die Stadt zu verlassen und sich in das Häuschen in Sant'Agata del Mugello zurückzuziehen, das sie als Wochenendbleibe gemietet hatte.

Und dort warteten sie nun auf Scalzi. Pasquini sei nicht sehr optimistisch, meinte Ginevra, er befürchtete von seinen Befreiern eine ähnliche Behandlung, wie er sie von den Entführern erfahren hatte, die sich einen Spaß daraus gemacht hatten, ihre Zigaretten an seinen Fußsohlen auszudrücken. Der Messias sei barfuß, seine Schuhe und Strümpfe lägen noch in der verrufenen Bar.

Über das Motiv der erpresserischen Handlungen, die sich ohne Zweifel noch intensiviert hätten, wäre nicht der Befreiungstrupp der Detektivin rechtzeitig eingeschritten, darüber also, was die Folterer wissen wollten, hatte sich Pasquini äußerst zugeknöpft gezeigt.

Scalzi und Olimpia waren inzwischen in der Ortschaft Caldine angelangt.

»In diesem Haus«, sagte Olimpia und zeigte auf ein niedriges Häuschen am Straßenrand, »wohnt Pacchiano.« Pacchiano war Arbeiter bei der FATES gewesen. Mehrere von Olimpias ehemaligen Arbeitskollegen kamen aus den Dörfern rund um die Stadt.

»Und hier«, sie wies auf ein anderes Haus, »wohnt Antonia.« Antonia stand immer an der Spulmaschine. Da sie sehr klein war, nur einen Meter fünfzig, stellte sie sich auf ein Bänkchen, um an die Maschine heranzureichen. Antonia stammte aus Neapel, eine tolle Frau und fleißige Arbeiterin, die es mit ihrem Verdienst und zahllosen Überstunden geschafft hatte, ein Haus zu kaufen und für jede ihrer beiden Töchter dreißig Millionen Lire als Mitgift für die Hochzeit anzusparen. Sie ernährte die Familie. Für sich selbst hatte sie schon die Beerdigung organisiert, eine Grabstelle auf dem Friedhof von Caldine gekauft. Für den Sarg, die Zeremonie und alles andere hatte sie Geld beiseite gelegt.

Wo war der Zusammenhang? fragte sich Scalzi.

Antonias Mann hingegen, ein gewisser Gaetano Cucciante, war ein großer Nichtsnutz. Nebenbei Anstreicher, lief er immer wie ein Penner herum (da war er, der Zusammenhang). Manchmal hatte er Antonia von der Arbeit abgeholt, mit durchgewetzter Jacke und halboffenem Hosenstall.

»Er lief herum wie du jetzt. Und er stank, allerdings nach saurem Wein.«

Um Olimpia abzulenken und von weiterem Spott abzuhalten, legte Scalzi eine Kassette mit einem Lied von Ettore Petrolini in den Radiorecorder ein: Er hatte eine Vorliebe für die längst vergessenen Lieder der zwanziger Jahre.

Ho fatto un bell'insogno
l'altra notte
che andàmio soli soli a San Giovanni.
Impaìnati co' li meglio panni
sdraiati tutti e due
dentro un landò.
Io te dicevo
ciumachella mia ...*

Ein Landauer, der langsam durch die Nacht fährt, im gleichmäßigen Trott des Pferdes. Eros in den Kleidern des Kutschers. Ein Geruch nach altem Leder, nach Wagenschmiere, nach dem Schweiß des Pferdes, vermischt mit den Düften der nächtlichen Landschaft. Das Verdeck ist geöffnet, dunkel steht der Himmel über ihren Köpfen. Olimpia in seinen Armen, beide *pazzi d'amore*, verrückt vor Liebe, wie es in dem Lied weiter hieß.

Doch des Anwalts Schneckchen war nicht in Stimmung für Zärtlichkeiten. Scalzi hörte, wie sie wieder und wieder ein Lachen in ihrem Taschentuch erstickte. Eros' Schuh stank noch immer, obwohl er ihn abgewaschen hatte, und das Taxi verströmte lediglich den Geruch von Benzin.

Vielleicht lag der Fehler in ihrer beruflichen Zusammenarbeit. Die schwierigen Fälle, mit denen sie es zu tun hatte, erstickten alle Gefühle. Olimpia liebte es sogar, sich bei jeder Gelegenheit ein bißchen über ihn lustig zu machen. Aber letztendlich hatten sie auch ihren Spaß dabei. Scalzi hatte sich an ihre deftigen Sticheleien und ewigen Witze gewöhnt und ließ sie über sich ergehen, ohne weiter darauf zu reagieren.

Er betrachtete das enge Tal des Mugnone, an dessen Hänge sich dunkel die Bäume schmiegten. Mitunter wünsch-

* Ich hatte einen süßen Traum letzte Nacht, wir fuhren ganz allein nach San Giovanni, wir hatten unsere besten Kleider an und lagen zu zweit in einem Landauer. Und ich sprach zu dir, mein Schneckchen ...

te er sich, einmal einen Fall zu haben, der ihn an etwas modernere Schauplätze führen würde, wie in einem amerikanischen Film, etwa zu den funkelnden Lichtern eines Vergnügungsviertels, wo laute Rockmusik ihm die Ohren betäuben und halbnackte Mädchen ihn sexuell stimulieren würden. Doch wer weiß, warum – vielleicht war es die alte, modrige Stadt, in der er lebte, vielleicht auch sein eigenes Talent, das ihn immer wieder in solche schattenreichen Gegenden verschlug.

Auf dieser Straße waren die Villen – die in den sechziger Jahren, als sie gebaut wurden, sicher futuristisch angemutet hatten – so dicht an den Wald geschmiegt, daß sie halb darin verschwanden. In einer von ihnen entdeckte Scalzi Licht, trotz der späten Stunde, und er glaubte einen Hauch von Musik zu hören. Glückliche Menschen, die sich amüsierten. Aber vielleicht war die Musik, die er zu hören meinte, auch nur Einbildung, und in jener Villa brannten Lichter, weil dort ein Kranker lag und von liebevollen Menschen umsorgt wurde oder weil ein alter Mensch sich vor der Dunkelheit fürchtete.

Als sie den Ort Caldine hinter sich gelassen hatten, wurde die Landschaft noch dunkler und die Dörfer immer seltener.

Eros, der sich in der Stadt sehr gewandt durch den Verkehr bewegte, versagte auf dem Land völlig. Er mochte die Campagna nicht. Er verstand nicht, was manche Städter wie die Morelli daran fanden, sich über die Feiertage im Wald zu vergraben, in nahezu unbewohnbaren Häusern, die man erst nach stundenlangen Irrfahrten über Schotterwege und holprige Pfade erreichte, durch Gestrüpp und über brachliegende Felder, die einem die Stoßdämpfer ruinierten. Ginevras Wegbeschreibung war recht vage gewesen, als sollten sie durch ein Kriegsgebiet fahren: die Kronen dreier Zypressen, eine Laubhütte, die große Pinie, der Verlauf eines Grabens und so weiter.

Als sie schließlich rund eine Stunde um Sant'Agata herumgekurvt waren, entdeckten sie im metallischen Licht des grauenden Morgens das handgeschriebene Schild CASA SORRIPA, das den Weg zu Ginevras Wochenendhäuschen wies.

Die kleine Gesellschaft aus Spielhöllenbetreibern mit Dame nahm gerade ein frugales Frühstück zu sich, mit Brot und toskanischer Jagdwurst. Pasquini aß nichts, er lag ausgestreckt auf einem alten Sofa, ganz in sich versunken und entgegen seiner Gewohnheit einmal schweigsam. Um seine Füße war ein nasses Handtuch gewickelt. Als Scalzi eintrat, riß der Messias die Augen auf:

»Wer ist das denn?«

Marcellone vergaß schlagartig das Kauen.

»Ich habe schon gehört, daß es mit dem Anwaltsberuf abwärtsgeht, wegen der neuen Verfahrensregeln und so weiter, aber ich wollte es nicht glauben.«

»Die Kutte macht noch keinen Mönch«, sagte Scalzi und strich sich über die schäbige Jacke, um einen seriösen und würdigen Eindruck zu machen, »und die Robe keinen Anwalt. Ebendieser Anwalt aber sagt euch jetzt, daß ihr eine Bande gewissenloser Dummköpfe seid. Sie eingeschlossen, verehrte Signorina Morelli, ich muß mich wirklich über Sie wundern.«

Dann wandte er sich an den Messias:

»Und Sie, Pasquini, sollen wissen, daß Sie ein freier Mann sind. Keiner hält Sie hier fest. Sie sind frei, zu gehen, wohin Sie wollen, haben wir uns verstanden?«

Pasquini krümmte sich, er drückte seine Fäuste auf die Augen, um seine Tränen zu verbergen. Das Handtuch rutschte auf den Boden.

»Und wie sollte ich? Ohne Schuhe? Haben Sie meine Füße gesehen, Avvocato?«

Scalzi begutachtete die Fußsohlen des Ex-Priesters. Die

roten Brandmale waren deutlich zu erkennen, obwohl Ginevra eine Salbe daraufgestrichen hatte.

»Das stimmt«, sagte die Detektivin. »Nicht wir halten ihn hier fest, das fehlte noch. Und für den Zustand seiner Füße sind andere verantwortlich. Wir haben Sie hergebeten, Avvocato, weil Signor Pasquini sich in Schweigen hüllt. Er meint, wenn überhaupt, dann würde er nur mit Ihnen reden.«

»Ja, es ist wirklich an der Zeit, die Katze aus dem Sack zu lassen, Pasquini«, sagte Scalzi. »Ich glaube, das ist die einzige Möglichkeit, Ihnen weitere Unannehmlichkeiten dieser oder schlimmerer Art zu ersparen.«

Der Messias wackelte mit den großen Zehen und nahm eine entspanntere Position ein.

»Aber nur unter vier Augen.«

Nachdem alle den Raum verlassen hatten, zog Scalzi sich einen Stuhl heran, dessen geflochtene Sitzfläche aufgerissen war, und ließ sich am Kopfende des Sofas nieder. Er fühlte sich wie ein Priester, der einem Todkranken die letzte Beichte abnimmt.

Pasquini hatte nichts mit dem Verbrechen an Brancas zu tun, das mußte Scalzi ihm glauben. Ihm war der Mord genau wie allen anderen ein absolutes Rätsel.

Bei seinen Besuchen in illegalen Spielkasinos, darunter auch dem von Marcellone, hatte er jemanden kennengelernt, dessen Identität er jedoch geheimhalten mußte: aus leicht ersichtlichen Gründen, fügte Pasquini in klagendem Tonfall und mit Blick auf seine Füße hinzu. Anfangs war ihre Bekanntschaft nur oberflächlich gewesen, wie sie eben zwischen Spielern besteht, die sich gegen die Bank verbünden und ihre bitteren Verluste in den von der Kasinoleitung zu diesem Zweck zur Verfügung gestellten Alkoholika ertränken. Eines Abends hatte er es mit der tröstenden Wirkung des Alkohols übertrieben und sich gegenüber diesem Jemand zu Vertraulichkeiten hinreißen lassen: über seine unerschöpfliche Spielleidenschaft, die daraus erwachsende Geldnot, seine Reisen in die Länder des Fernen Ostens, seinen Job als kleiner Antiquitätenhändler - solche unwichtigen, banalen Sachen waren es zunächst gewesen. Der Unbekannte, der im Interesse aller unbekannt bleiben mußte - auch in Ihrem, Avvocato Scalzi -, war ebenfalls Kunsthändler, aber von entschieden größerem Kaliber, wenn man den Gleichmut bedachte, mit dem er immense Summen verlor. Aus welchem Grund er dann irgendwann diesem Nabob von seinem Freund Brancas erzählt hatte, von dessen Studien zu Themen alter Kunst, davon, daß er gerade Forschungen über Masaccio anstellte - denn so viel zumindest hatte Pasquini trotz aller Zurückhaltung des verstorbenen Archivars verstanden -, hätte er nicht mehr zu sagen gewußt: Vielleicht war es die Prahlsucht des Betrunkenen, vielleicht der Wunsch, Aufmerksamkeit mit Hilfe eines Themas zu erregen, das den Unbekannten interessieren mußte, den er um seinen Reichtum beneidete und dessen Sympathien er gern gewonnen hätte ... Hätte er es doch nie getan! Warum mußte er unter allen Gesprächsthemen dieser Welt ausgerechnet von diesem anfangen? An besagtem Abend also hatte er seinem neuen Bekannten erzählt, daß Brancas, wenn er Profit daraus schlagen wollte, was aber völlig ausgeschlossen war, mit seiner Entdeckung »Millionär« werden könnte.

Seitdem war Pasquini den vermögenden Kunsthändler nicht mehr losgeworden. Immer war er in seiner Nähe, nicht nur in den von beiden besuchten Spielhallen, auch in seinem so abseits gelegenen Lädchen. Der Unbekannte wurde zu seinem besten Kunden und zahlte, ohne mit der Wimper zu zucken, Höchstpreise für Dinge, die gar nicht in sein Interessengebiet fielen, da er mit alter Kunst aus Italien handelte und Pasquini mit orientalischer Kunst, die von Sammlern abendländischer Kunst in der Regel verachtet wurde. Doch jedesmal, wenn sie sich trafen, kannte der Kerl nur ein Thema: Wie weit war Brancas mit seiner Recherche?

Bis Pasquini dann ganz allmählich in die Sache hineingerutscht war: zuerst von höflichen und scheinbar uneigennützigen Aufmerksamkeiten geködert, wie in einem teuren Jaguar in den frühen Morgenstunden nach Hause kutschiert zu werden, dann von immer aggressiveren Fragen bedrängt. Großzügig hatte der reiche Händler ihm schließlich einen ganzen Batzen Spielschulden beglichen, und seitdem war Pasquini in seiner Hand.

Er war zum Spion geworden, eine Rolle, die ihm im übrigen wie auf den Leib geschnitten war. Es war ihm nicht schwergefallen herauszufinden, daß Brancas' Forschungen dem Fresko der *Sagra* von Masaccio galten. Dazu hatte er nur die Texte, die der Archivar in der Bibliothek auslieh – Pasquini war es auch gewesen, der auf Anstiftung des Händlers die entsprechende Datei aus dem Computer der Bibliothek gelöscht hatte –, neben die spärlichen Andeutungen zu stellen brauchen, die er dem verschwiegenen Freund nach und nach entlockt hatte. Am Ende wollte der Kunsthändler Brancas vorgestellt werden.

Worüber die beiden gesprochen hatten, am Ende jenes Abendessens, zu dem auch er geladen worden war, bis man ihn ziemlich schroff aufforderte, sich zurückzuziehen, das konnte Pasquini sich nur denken. Einzig den anschließenden Groll des Freundes konnte er wiedergeben: »Was kennst du denn für Leute? Was fällt dir ein, mich mit einem solchen Typen zusammenzubringen? Es ist geradezu gefährlich, sich mit solchen Menschen abzugeben ...«

In der Folge dann hatte Brancas sich immer wieder über zwielichtige Gestalten beschwert, die ihn umgaben. Er wurde von nicht sehr vertrauenswürdigen Personen verfolgt, und in der verlassenen Villa hatte sich ein merkwürdiges Pärchen neben ihm einquartiert.

So war es mehr oder weniger gelaufen. Bis Pasquini begriffen hatte, daß am Ende auch Brancas im Netz gefangen war. Der nun im guten, also mit Aussicht auf eine ansehnliche Summe, wie vor allem im bösen letztlich würde nachgeben und sein Geheimnis lüften müssen. Doch dann war der Archivar ermordet worden.

Zuerst war Pasquini überzeugt gewesen, daß sie die Mörder waren, diese Geschäftemacher. Doch dann hatte sein finanzkräftiger Partner ihn darüber aufgeklärt, daß Brancas' Tod zu einem Zeitpunkt erfolgt war, als der Vertrag, um ihn mal so zu nennen, noch längst nicht eingelöst war und der Archivar die Katze noch nicht aus dem Sack gelassen hatte.

Und so war sich Pasquini ganz sicher, daß Brancas' Ermordung auf einen anderen, unbekannten Urheber zurückzuführen sei, da sein Tod in allererster Linie dieser Gruppe von Schiebern geschadet habe.

18
Auf der Suche nach Biserka

Es begann zu regnen. Durch die auf den verwilderten Garten hin geöffnete Tür wehte der Geruch von nasser Erde herein. Das bleiche Licht des Himmels ließ die Farben der unter dem Unkraut halb erstickten Blumen verschwimmen: vertrocknete Hortensien, Schwertlilien, verblühte Tulpen. Die Feuchtigkeit verstärkte im Zimmer den Geruch nach altem, staubigem Kram. Selbst die Vögel schwiegen, und die Stille, einzig vom Strömen des Regens unterbrochen, rief in Scalzi, der vor Müdigkeit wie betäubt war nach der durchwachten Nacht, ein Gefühl der Bedrohung hervor. Er zündete sich eine Zigarette an.

»Das ist aber noch nicht alles, Pasquini.«

Scalzi machte mit der Hand, in der er die Zigarette hielt, unwillkürlich eine heftige Bewegung. Pasquini zuckte zurück und zog die Füße näher an sich heran.

»Avvocato, halten Sie das Ding da fern!«

»Die will ich rauchen ... Was glauben Sie denn? Ich versuche nur, ein paar Dinge zu verstehen: zum Beispiel, was Sie gestern in der Villa zu suchen hatten, wo Ticchie gewohnt hat?«

»Ich?«

»Ja, Sie. Man hat Sie gesehen, Leugnen ist zwecklos. Und man ist Ihnen gefolgt, als Sie sich auf Ihrem Motorroller davongemacht haben. Was haben Sie dort gesucht, bevor meine Freunde Sie im Flughafenverkehr aus den Augen verloren?«

»Das Zigeunermädchen. Ich hatte mit angehört, was Sie im ›Homo Sapiens‹ über sie gesagt haben.«

»Und warum haben Sie sie gesucht?«

»Um sie zu warnen. An dem Punkt hatte ich den Verdacht, daß Biserka das Original von Pepos Buch besitzt.«

»Etwas anderes: Sie, Pasquini, müssen nach Ihren Schnüffeleien vor dem ›Homo Sapiens‹ doch gewußt haben, daß in dem Buch die letzten Seiten fehlen, eben die entscheidenden, um zu dem Fresko zu gelangen. Zuerst haben Sie dieses Wissen wahrscheinlich für sich behalten, aber dann haben Sie es doch ausgeplaudert, nicht wahr?«

»Ich wollte ja Schluß machen mit allem und diesem Halsabschneider kein Wort mehr sagen, auch wenn er mich mit seinem Kredit erpreßte. Aber dann hat er seine Leute auf mich gehetzt. Meine Füße haben Sie gesehen? Das waren diese Verbrecher, die haben mich gefoltert, bis Ihre Freunde dazukamen. Wie hätte ich da schweigen sollen? Ich bin nun mal kein Held ... Ich konnte nicht anders, verstehen Sie, Avvocato?«

»Sie haben ihnen also alles erzählt!«

»Das habe ich, ja, damit sie endlich aufhörten. Ich habe es nicht mehr ausgehalten.«

»Sie haben ihnen von den fehlenden Seiten erzählt ... Und daß sie sich wahrscheinlich im Besitz des Mädchens befinden, ist es so?«

Pasquini senkte den Blick und schlang sich die Arme um die Knie, als sei ihm kalt.

»Sie haben mich dazu gezwungen, diese Scheißkerle, Gott möge sie für alle ihre Untaten bestrafen! Sie werden mich für einen Feigling halten ...«

»Ich halte Sie für gar nichts. Mit diesen Leuten ist nicht zu spaßen, wenn die etwas herausfinden wollen, scheuen sie vor nichts zurück. Was wollten sie noch wissen, außer der Sache mit dem Buch?«

»Wo Biserka ist, das wollten sie wissen.«

»Um von ihr die *Historia Florentina* zu stehlen?«

»Mitsamt den fehlenden Seiten. Nachdem ich ihnen gesagt hatte, daß die meiner Überzeugung nach auch bei Biserka sind.«

»Und, haben Sie es ihnen gesagt?«

»Was?«

»Wo Biserka ist?«

»Nein, ich weiß es ja nicht. Ich weiß wirklich nicht, wo dieses Mädchen sich versteckt. Und wenn sie mich bei lebendigem Leibe auf kleiner Flamme gebraten hätten, ich hätte ihnen nichts sagen können. Sie ist verschwunden, das verfluchte Mädchen, sie und ihr Schrank von einem Bruder.«

»Ich brauche mindestens drei Stunden Schlaf.« Scalzi konnte kaum noch die Augen offenhalten.

»Wir hätten auch nichts gegen ein Bett einzuwenden.« Ginevra ließ ermattet den Kopf auf Marcellones Schulter sinken. Sie saßen im Auto der Detektivin auf dem Rückweg nach Florenz, nachdem sie Pasquini unter dem Schutz des Taxifahrers und eines der Rausschmeißer in Sant'Agata zurückgelassen hatten. Als sie das Wochenendhäuschen verließen, schnarchten Eros und Bocca schon in verschiedenen Tonlagen, ersterer in einem Sessel zusammengerollt, der andere ausgestreckt auf dem Bett, Bocca im Baß, Eros im lyrischen Tenor. Pasquini war wach geblieben und rieb sich die Füße mit Ginevras Desinfektionssalbe ein.

»Junge Menschen haben mehr Zeit. Sie brauchen nicht soviel Schlaf«, sagte Scalzi.

Am Steuer saß Marcellone, der seine Wange leicht an Ginevras Haaren rieb. Ohne die zärtliche Berührung zu unterbrechen, wandte er sich nach hinten um:

»Wer redet hier von Schlafen? Aber ein Bett brauchen wir beide, ziemlich dringend sogar, ich weiß nicht, ob du das Problem verstehst, Avvocato.«

»Macht, was ihr wollt, aber Biserka zu finden hat absoluten Vorrang.«

»Aber danach, okay? Wenn die Krise vorbei ist und wir wieder bei Kräften sind. Einverstanden?«

»Mit dir rede ich gar nicht, sondern mit der Berufsdetektivin an deiner Seite.«

»Und wo soll ich sie, bitte, herholen?« ließ Ginevra sich ärgerlich vernehmen.

»Suchen Sie eine gewisse Irene Curafari, sie wohnt in der Via Torta 26, zwei Schritte von der Kanzlei entfernt. Diese Dame ist eine Freundin der Zigeunerin, ich vermute, daß sie weiß, wo sie ist. Wahrscheinlich aber wird sie nicht zu Hause sein. Dann suchen Sie sie in den Bars der Umgegend. Sie ist eine alte, ungepflegte Frau, der man aber ihre einstige Schönheit noch ansieht: Sie ist immer noch begehrenswert. Die blonden Haare hängen ihr halb ins Gesicht, so in der Art von Veronica Lake ...«

»Ich kenne keine Veronica, außer der Frau von Berlusconi«, meinte Ginevra.

»Ich weiß, wer Veronica Lake ist, Avvocato, ich liebe alte Filme. Die Jugend von heute kann einem leid tun, gewisse Dinge kennt sie einfach nicht mehr. Jedenfalls war sie nicht so schön wie du. Ganz anderer Typ, eine Blondine.« Marcellone streichelte Ginevras Wange.

»Und wenn ihr sie nicht zu Hause antrefft und auch nicht im Viertel, dann solltet ihr Irene am Bahnhof Santa Maria Novella suchen. Wenn sie auch da nicht ist, legt euch in der Via Torta auf die Lauer, irgendwann muß sie ja dorthin zurückkehren. Findet mir die Dame, und bringt sie in die Kanzlei. Sagt ihr, daß ich in der Prozeßsache ihres Neffen mit ihr reden muß. Dringend. Den Rest erledige ich dann.«

Zurück in der Kanzlei im Borgo Santa Croce, die ihm auch als Wohnung gedient hatte, bevor er mit Olimpia an den Stadtrand gezogen war, riß Scalzi sich die Lumpen vom Leib, duschte und streckte sich in seinem alten Zimmer auf dem Bett aus. Doch er konnte nicht einschlafen.

Die rauhe Anmut dieses Mädchens Biserka ... irgendwie zieht sie ihn magisch an ... Väterliche Zuneigung? Oder sind da noch andere Gefühle mit im Spiel? Vorsicht, Avvocato, das Alter treibt seine Scherze mit dir. Aber nein. Das wächserne Gesichtchen, die schwarzen Haare, der kleine, spitze Busen, die knochigen Hüften haben wirklich nichts damit zu tun. Vielmehr ist es seine Rolle als Verteidiger der Unterdrückten. Die Armut, die frühzeitige Reife angesichts des täglichen Kampfes ums Überleben, ihre Verletzlichkeit, das alles weckt in ihm den Beschützerinstinkt ... Bravo, Avvocato, verteidige dich nur immer mit Rhetorik, darin bist du ja Meister. Aber um bei der Wahrheit zu bleiben: Sie weckt eine bestimmte Sehnsucht in dir, die kleine Zigeunerin. Wenn Olimpia das wüßte, käme sie dir gleich mit Pädophilie. Vielleicht beflügelt die Müdigkeit ja die Phantasie, stellt Traumbilder her, betäubt den Widerstand der Moral. Man ist eben nicht immer Herr seiner selbst. Vielleicht ist es die Freiheit des fahrenden Volkes, die Lust daran, in den Tag hineinzuleben, was so etwas wie Neid in ihm weckt ...

Was heißt hier Freiheit! Besitzgier wohl eher. Biserka hat irgendwie geahnt, mit dem sechsten Sinn ihres Volkes, daß sie da etwas Kostbares in Händen hält. Und nun möchte sie auch ein Scheibchen davon abhaben. Sie hat geahnt, daß Brancas etwas sehr Wertvollem auf der Spur war. Als sie dann gemerkt hat, daß sie von allen möglichen Leuten umgeben war, die danach suchten, hat sie in der gesegneten Unschuld ihrer Jugend nicht gezögert, sich ins Spiel zu bringen. Sie will mitspielen, sie zockt gern, die kleine Zigeunerin, und sie weiß nicht, welcher Gefahr sie sich damit aussetzt ...

Die Gedanken kreisen, verwirren sich. Irene Curafari taucht auf. Scalzi weiß nun, daß die Tante dieses unsäglichen Pazzi ihn in der Gleisbar erkannt hat, trotz seiner lächerlichen Verkleidung. Da ist immer noch dieser Eindruck, den er nicht loswird, aber auch nicht richtig zu fassen kriegt: Die überstürzte Flucht der Frau und ihr Verschwinden lassen sich nur durch seine Frage nach dem Verbleib Biserkas erklären. Was aber hat Irene Curafari mit Biserka zu tun? Verbirgt sich hinter ihrer Flucht noch ein anderer, schwerwiegenderer Grund, der im Zusammenhang mit dem Mord an Ticchie und der Freundschaft des Toten zu dem Zigeunermädchen steht?

Sollte es eine Verbindung geben zwischen der Sache mit dem Masaccio-Fresko und Benedetto Pazzis trister Familiengeschichte? Das wäre nicht weiter erstaunlich. So etwas kommt vor in einer letztlich doch kleinen Stadt. »Stube und Küche«, so definiert Eros Florenz. Wenn er den Klatsch und Tratsch der Leute in seinem Taxi aufmerksam mit anhört, so sind das häufig sich kreuzende Geschichten von Menschen, die auf engstem Raum miteinander leben. Florenz ist eine Art Brunnenschacht, der tief in die Erde hinabreicht, was die Vergangenheit angeht. Aber seine Oberfläche hat einen geringen Durchmesser, und auf diesem engen Raum begegnet irgendwann jeder jedem.

Dieses nicht greifbare Gefühl hält Scalzi wach. Es hat in dieser ganzen Affäre, die ihn nun schon seit Monaten beschäftigt, einen Augenblick gegeben, da hat er gespürt, daß alle diese Geschichten zusammenhängen, daß sie irgendwie doppelbödig sind. Aber wann genau war das? Und was hat dieses Gefühl ausgelöst? Vor Scalzis innerem Auge zieht noch einmal Carrubbas Gesicht vorüber, die Bar in dem Eisenbahnwaggon, die Transsexuellen, wie sie miteinander tuscheln, Brucino hinter seinem Tresen ... Dann Irene Curafari, die so eilig den Waggon verläßt ...

Plötzlich scheint der sich in Bewegung zu setzen, die Räder kreischen, als sie über die Weichen fahren. Wie das? Bei einem verlassenen Zug auf einem Abstellgleis? Der Waggon rattert ...

Scalzi schlägt die Augen auf, Olimpia schüttelt ihn unsanft an der Schulter.

»Herrgott, das nenne ich einen tiefen Schlaf, Corrado!«

»Schlaf? Und wann, bitte, soll ich eingeschlafen sein, wo ich noch keine fünf Minuten hier liege?«

»Marcellone und Ginevra sind vor einer halben Stunde gekommen, du hast vier Stunden geschlafen. Es ist fast zwei Uhr mittags. Zieh dich an und komm rüber. Ich habe dich so lange schlafen lassen, wie es ging. Aber Signora Curafari sagt, daß sie keine Lust mehr hat zu warten.«

19
»An den Besiegten erkenne den Sieger«

Ginevra und Marcellone saßen auf dem Sofa, er hatte den Arm um ihre Schultern gelegt. Olimpia reichte Scalzi lächelnd eine Tasse Kaffee. Nach den ersten Schlückchen spürte er, wie die Benommenheit von ihm wich. Irene Curafari saß kerzengerade auf dem Nachtstuhl und sah mit strenger Miene aus dem Fenster.

»Signora Curafari«, begann der Anwalt, »danke, daß Sie gekommen sind. Ich brauche eine Information von Ihnen.«

»Sehen Sie, Avvocato, wenn Sie etwas von mir wissen wollen, um ihn dann in die Klapsmühle zu stecken, meinen Neffen, werden Sie kein Glück haben. Ich habe Benedetto angezeigt, weil ich nicht mehr konnte. Aber ihn anzeigen ist das eine, ihn in eine Anstalt sperren das andere und ein himmelweiter Unterschied. Davon kann keine Rede sein. Ich weiß nix, und ich sage Ihnen auch nix.«

»Signora, das ist ein Mißverständnis, ich möchte mit Ihnen nicht über Benedetto Pazzi reden. Es wäre nicht korrekt von mir, mit der geschädigten Seite über einen Prozeß zu sprechen, in dem ich den Angeklagten vertrete. Ich möchte von Ihnen gar nichts hören, was irgendwie mit dem Prozeß zu tun hat.«

»Was dann?«

»Kennen Sie eine gewisse Biserka, ein vierzehnjähriges Zigeunermädchen?«

Irene Curafari antwortete nicht, sie senkte den Kopf und betrachtete ihre Hände. Als sie wieder aufsah, wich sie dem Blick des Anwalts aus.

»Kenne ich nicht.«

»Denken Sie genau nach, Signora. Das Mädchen verkauft Rosen in Restaurants. Manchmal kommt sie nachts auch in die kleine Bar in dem ausrangierten Eisenbahnwaggon. Wo wir uns gestern begegnet sind, erinnern Sie sich?«

»Ich habe Sie vor Gericht gesehen, mit diesem schwarzen Mantel um. Sie sind der Verteidiger vom Pazzi. In der Gleisbar kann ich Sie mir überhaupt nicht vorstellen, Avvocato, das ist so gar kein Ort für einen Anwalt.«

»Kommen Sie schon, Signora, wir brauchen uns doch nichts vorzumachen. Manchmal erfordert es meine Arbeit nun mal, die unwahrscheinlichsten Orte aufzusuchen. Und Sie haben mich sehr wohl wiedererkannt, gestern nacht, geben Sie es ruhig zu.«

»Dann waren Sie das also, dieser komische Typ? Warum hatten Sie sich bloß so herausstaffiert?« Irene versteckte ihr Lächeln hinter einer Kaskade ihrer blondierten Haare.

»Eigentlich wollte ich, daß mich niemand erkennt. Die Leute reden normalerweise nicht gern mit Anwälten, keine Ahnung, warum. Wie Sie jetzt, Sie wollen nicht zugeben, daß Sie Biserka kennen, die Freundin von Brancas, dem ermordeten Archivar. Sie kannten auch Ticchie, Signora, und sahen ihn hin und wieder, das weiß ich genau.«

Irenes Gesicht war nun wie versteinert. Aus der Eiche ließ ein Rotkehlchen sein metallenes Gezwitscher aufsteigen, rein wie Gold. Es sandte diesen Ruf jeden Tag um dieselbe Zeit aus, um zwei Uhr nachmittags und um sechs Uhr abends, pünktlich wie eine Schweizer Uhr. Irene fischte ein Taschentuch hervor, schneuzte sich und brach in Tränen aus.

»Mein armer Jacopo«, schluchzte sie.

Scalzi lehnte sich in seinen Sessel zurück. Ein Gefühl der Wärme durchströmte ihn. Plötzlich wußte er, was ihn bewogen hatte, die beiden Fälle miteinander in Verbindung zu bringen, den laufenden Prozeß und den Mord an dem Archivar. In jener Nacht dort am Bahnhof hatte jemand nach Irene gerufen, mit verzweifeltem Unterton: Es war die Stimme Benedetto Pazzis, es war derselbe rauhe Tonfall, mit dem er in der Verhandlung gegen sie wetterte, doch damals in der Nacht mit einer anderen Intonation, flehend und voller Sehnsucht. Scalzi begann zu begreifen.

»Lassen wir den armen Jacopo Brancas mal beiseite. Und ebenso Benedetto, Ihren Neffen. Vergessen wir alle beide. Fürs erste. Wenn Sie möchten, wenn Sie es wünschen, erzählen Sie mir anschließend in aller Ruhe davon. Jetzt will ich zu einer anderen, dringenderen Sache kommen. Dieses Mädchen, Biserka, schwebt in großer Gefahr. Es gibt ein paar skrupellose Leute, die hinter ihr her sind und ihr etwas antun wollen. Die Zeit reicht nicht, Ihnen zu erklären, warum. Ich vermute, daß sie sich irgendwo versteckt hält. Aber diese Leute haben Mittel und Wege, herauszufinden, wo. Ich möchte sie vor denen finden, verstehen Sie?«

»Aber was wollen Sie von Biserka?«

»Also kennen Sie sie doch?«

»Ich kenne sie, ja. Aber wer garantiert mir, daß Sie sie nicht auch suchen, um ihr etwas anzutun? Um sie zum Beispiel in ein Heim zu stecken? Biserka geht es gut, so wie sie lebt, sie braucht niemanden.«

»Biserka hat etwas bei sich, das sehr gefährlich für sie ist, etwas, das diese üblen Subjekte ihr abnehmen wollen. Vertrauen Sie mir, Signora. Wenn ich Sie habe suchen lassen, ohne mich an die Polizei zu wenden, bedeutet das, daß ich das Mädchen vor jeglicher Gefahr schützen möchte, also auch vor den offiziellen Ermittlern, die ihr unangenehme Fragen in bezug auf Brancas' Tod stellen könnten. Bei mir ist Biserka sicher. Wenn ich ihr etwas antun wollte, hätte ich mich nicht an Sie gewandt.«

Irene trocknete sich die Augen. Sie schwieg lange, während sie eine Haarsträhne knetete.

»Also gut«, stieß sie schließlich zornig hervor, »wenn es das ist, was Sie wissen wollen, dann sage ich es Ihnen. Ich habe ja auch wirklich andere Sorgen. Biserka hat mir vor ein paar Tagen erzählt, daß es am Arno, in der Via Santa Maria, ein altes, stillgelegtes Theater gibt, das Theater Goldoni. Dieses Theater ist seit Jahren geschlossen, es soll wieder aktiviert werden, aber mittlerweile ist es zu einer Müllhalde für die verschiedensten Abfälle verkommen. Biserkas Bruder, Milan, soll dort aufräumen, er hat den Schlüssel dazu. Ich vermute, daß sie sich dort verstecken, alle beide. Aber seien Sie vorsichtig, die Zigeunerin sagt, im Goldoni-Theater treibe ein Geist sein Unwesen, der Unglück bringt.«

Sie parkten ihre Autos in der Via dei Serragli, Ecke Via Santa Maria, vor einer grauen Steinfassade mit vielen verschlungenen Ornamenten, die an einen heidnischen Tempel erinnerten.

Scalzi hatte es für das beste gehalten, in versammelter Stärke den Ort aufzusuchen. Er war mit Olimpia gefahren. Ginevra, Marcellone und Musuracca, genannt »die Bestie«, waren ihnen im Wagen der Detektivin gefolgt.

»Das Goldoni-Theater ist in der Tat bekannt dafür, daß es Unglück bringt.« Marcellone, der in dem Viertel aufgewachsen war, genoß es, ihnen wie ein professioneller Cicerone einen blumigen Vortrag zu halten, während sie die letzten Meter zu Fuß zurücklegten. »Der Geist eines Edelfräuleins spukt in ihm. Die Contessina war mit einem Edelmann vom Hofe des Großherzogs verlobt. Und heiß verliebt, wie es scheint. Die Höflinge verfügten über die Logen im ersten Rang, bis auf die Loge des Großherzogs natürlich. Jede Loge ließ sich von innen verriegeln und mit einem Vorhang gegen das Parkett abschirmen. Wenn das Stück also langweilig war oder die Besitzer der Loge Besseres zu tun hatten, zogen sie den Vorhang zu und machten aus der Loge eine Art privaten Salon, in dem jeder seinem eigenen Vergnügen nachgehen konnte. Dort aß man, man traf sich mit Freunden, es wurden Neuigkeiten und im

Schutze der allgemeinen Dunkelheit manchmal auch intimere Dinge ausgetauscht.« Marcellone warf Ginevra einen komplizenhaften Blick zu.

»Ja, und einmal kam die Contessina, die Verlobte des Edelmanns vom großherzoglichen Hofe, unangekündigt und ohne Begleitung ihres Verlobten ins Theater und stellte fest, daß an der Loge des Bräutigams der Vorhang zugezogen war. Da war ihr alles klar, sie hatte die sprichwörtliche Lunte gerochen. Sie bestach einen Platzanweiser, ließ sich einen Schlüssel aushändigen und platzte gerade in dem Augenblick in die Loge ihres Verlobten, als er mit einer Dame zugange war, die man damals Kurtisane nannte. Die beiden gaben sich derart ungeniert und interessierten sich so gar nicht für den Fortgang des Stückes, daß sie wohl nackt wie die Raupen waren. Die Contessa brach einen gehörigen Krach vom Zaun, das kann ich euch sagen: Mit Geschrei stürzte sie sich auf den Wortbrüchigen und seine Begleiterin, dann fiel sie in Ohnmacht, das Schauspiel wurde unterbrochen, die Platzanweiser liefen nach allen Seiten und zündeten die Lichter an, denn damals mußte man die Lampen noch einzeln anzünden, und wenn unvorhergesehen Licht benötigt wurde, entstand ein großes Gerenne. Kurz: ein Skandal. Das Nachsehen aber hatte die Contessa selbst. Zu jener Zeit, im achtzehnten Jahrhundert, gab sich der Hof des Großherzogs ziemlich tolerant, man rügte die Verlobte, daß sie solchen Radau geschlagen hatte, und alles nur wegen eines Vorfalls, an den sich die Mädchen aus gutem Hause letztlich doch gewöhnen mußten, ohne viel Aufsehens darum zu machen. Männer«, und Marcellone zwinkerte Ginevra listig zu, »sind nun mal Jäger, vor allem, wenn ihre Finanzen es zulassen. Um es kurz zu machen ...«

»Ist auch besser so ...«, unterbrach ihn Ginevra genervt, »scheint mir eine ziemliche Machogeschichte zu sein.«

»Um es kurz zu machen«, fuhr Marcellone, etwas aus der Fassung gebracht, fort, »zog sich die Contessa in einen Flügel ihres Palastes zurück. Und hier starb sie kurz darauf an Auszehrung. Sie hatte wohl aufgehört zu essen.«

»Selbst schuld«, kommentierte Ginevra.

»Allerdings. Aber der Volksmund behauptet, daß seitdem das Goldoni-Theater vom Geist der Contessa heimgesucht wird, die durch die Gänge schleicht und in die Logen schaut, um den Verlobten und seine Geliebte zu überraschen.«

»Eine ganz schöne Nervensäge«, murmelte Olimpia.

»Das war sie. Denn seit der Zeit des Faschismus liegt das Theater still. Man sagt, es wurde wegen seines schlechten Rufes geschlossen. Die Theaterleute sind überzeugt, daß es Unglück bringt. Ein mit mir befreundeter Schauspieler würde nicht um alles Geld der Welt einen Fuß hineinsetzen. Aber man weiß ja, wie abergläubisch diese Leute sind«, endete Marcellone.

»Dann hoffen wir mal das Beste für uns«, seufzte Scalzi.

Die Eichentür wirkte trotz ihrer enormen Breite und Höhe vertraut und bescheiden wie eine Wohnungstür.

»Soll das etwa der Eingang sein?« fragte Scalzi.

»Das ist er«, bestätigte Marcellone. »Siehst du die Zithern, die Trommeln und Violinen im Basrelief?«

Ginevra versicherte sich mit einem Blick, daß niemand sie beobachtete, dann ging sie auf die Tür zu, während sie mit einer Hand in der Tasche wühlte. Sie zog ihr bereits erprobtes Kombimesser heraus, klappte eine Ahle aus und steckte sie ins Schlüsselloch. Sie stocherte lange darin herum, doch ohne Erfolg. Sie zog den Autoschlüssel hervor und machte Anstalten, zum Wagen zu gehen. Marcellone hielt sie am Arm fest:

»Ich gehe.«

»Sieh im Kofferraum nach ...«

»Schon klar«, sagte Marcellone, während er den Schlüssel ergriff und bereits auf dem Weg zur Via dei Serragli war, »bin gleich zurück.«

Trotz seines Alters lief er schnell, mit langen, athletischen Schritten. Scalzi schoß durch den Kopf, daß der Knast auf gewisse Weise auch stählte. Er schätzte, daß Marcellone mit allen Unterbrechungen die Sonne wohl insgesamt fünfzehn Jahre durch Gitter gesehen haben mußte. Das Training, das man in der Zelle oder während des Hofgangs absolvierte, hielt die Muskeln elastisch.

Nach wenigen Minuten kam Marcellone zurück und schwenkte ein großes Brecheisen:

»Ist das etwa ein Detektivgerät?«

Er schob das Eisen unter die Tür und warf sich mit ganzer Kraft darauf. Knarrend hob sich die Tür aus den Angeln, und am Türpfosten tat sich ein Spalt auf. Marcellone drückte mit der Schulter dagegen, auch Musuracca steuerte einen kräftigen Stoß bei, die Tür schwankte und wäre unter großem Getöse zu Boden gefallen, wenn die zwei sie nicht festgehalten hätten. Behutsam lehnten sie sie an die Wand.

Es war ein prächtiger Eingang. Hinter einer mit Fresken geschmückten Vorhalle führten einige Treppenstufen auf ein Podest, wo bleiche Alabastersäulen eine mit Blumenreliefs verzierte Laube stützten. An den Wänden rankte wilder Wein. Zwischen den Trauben lugten exotische Vögel hervor, eine kleine Loggia zeigte eine pastorale Szene mit Nymphen und Schäfern an einer Quelle. Auf der einen Logiaseite war der Tresen einer bescheidenen Bar zu erkennen, dahinter leere Glasregale mit gesprungenen Scheiben.

Bald aber wurde die Zerstörung durch die Zeit deutlicher. Ein paar kaputte Theatersessel türmten sich vor einer Tür, die hinter einem verstaubten, mit einem großen Riß von der Decke herabhängenden Vorhang halb verborgen war. Die Türflügel aus gepolstertem Leder mit runden Guckfenstern darin waren aus den Angeln gerissen und lehnten seitlich an der Wand, aus dem gesprungenen Leder quoll eine gelbliche Füllmasse.

Der feuchte Geruch lange nicht gelüfteter Räume umfing sie. Sie betraten den kleinen, fast gemütlich anmutenden Zuschauerraum. Das Parkett senkte sich leicht ab bis zu Orchestergraben und Bühnenrand. Rundherum öffneten sich wie leere Augenhöhlen die Logen. Von der Bühne fiel ein bleicher Wirbel staubigen Lichts herab.

Marcellone drängte schnellen Schrittes weiter. Scalzi hielt ihn am Arm zurück, legte einen Finger an den Mund und bedeutete ihm, vorsichtig dem Gang unter den Logen zu folgen.

Kein Geräusch. Das Theater schwieg wie in den spannungserfüllten Momenten, bevor der Vorhang sich hebt. Gleich würde Matamoro mit unter der Maske gefletschten Zähnen die Szene betreten und den zappelnden Harlekin mit seinen roten Bäckchen bedrohen ... Rätselhaftes Florenz. Wer hätte gedacht, daß es in dieser Stadt ein vollkommen verlassenes Theater gab? Ein so kostbares dazu, das so heimelig und familiär anmutete wie das Zimmer eines vor langem verstorbenen Mädchens, in dem die trauernden Eltern alles belassen haben wie einst und wo allein die Zeit ihr Werk verrichtet.

Marcellone löste sich mit einer genervten Handbewegung aus der Gruppe, wie um zu sagen, daß hier kein Mensch wäre und Scalzis Vorsicht völlig lächerlich sei. Vor dem Orchestergraben schlüpfte er seitlich in eine dunkle Öffnung, um kurz darauf auf der Bühne wieder aufzutauchen und in den Kulissen zu verschwinden. Er packte ein Tau. Quietschend entrollte sich der Vorhang. Die bemalte Leinwand legte sich vor die Bühnenöffnung. Auf dem Vorhang sah man den Großherzog der Toskana, wie er auf einer von schnaubenden Pferden gezogenen Kutsche der Einnahme einer feindlichen Stadt beiwohnte. Frauen mit ihren Kindern auf dem Arm zogen vorbei, Knappen bewachten die von der Niederlage gezeichneten, aber immer noch würdevollen Männer. *»An den Besiegten erkenne den Sieger«*, stand am unteren Rand des Gemäldes.

Marcellone tauchte wieder vor dem Bühnenvorhang auf. Mit lauter Stimme, die Scalzi eine verzweifelte Geste abrang, sagte er:

»An diesem Ort hat Fellini seinen Karnevalsball gedreht! Jetzt tanzen hier nur noch die Mäuse.«

Über ein dunkles Treppchen stieg Scalzi rasch zu ihm hinauf, schüttelte Marcellone am Arm und hauchte ihm erbost zu:

»Du gehst mir etwas zu sehr in der Rolle des Fremdenführers auf. Wir machen hier keinen Ausflug, verdammt noch mal!«

Wie zur Bestätigung war von oben ein durchdringendes Knirschen zu hören, dann das Geräusch vorsichtiger Schritte.

»Da oben ist jemand«, sagte Olimpia und sah zu dem Gitterwerk unter dem Dach hinauf.

»Der Geist des Edelfräuleins ...«, flüsterte Marcellone.

»Ich bitte dich«, meinte Scalzi. »Jetzt seid mal alle still.«

Das Geräusch wiederholte sich. Auf leisen Sohlen schlich dort jemand herum, der bei aller Vorsicht nicht verhindern konnte, daß die Decke knarrte.

»Was ist da oben?« fragte Scalzi leise.

»Das Gitter«, antwortete Marcellone nun gleichfalls flüsternd. »Dann kommt der Schnürboden mit dem Mechanismus, mit dem man den großen Lüster herabläßt, und den Winden für Bühnenhintergrund und Kulissen.«

»Woher weißt du das alles?«

»Na ja, ich war schon mal hier«, sagte Marcellone verlegen. »Als junger Mann, um ein bißchen aufzuräumen, da das Theater eh nicht genutzt wurde. Die Antiquare auf der Via Maggio zahlten gutes Geld für die Theatersessel, das alte, wurmstichige Holz können sie immer gebrauchen, um antike Möbel daraus herzustellen ...«

»Ich verstehe«, flüsterte Scalzi, »Ruhe jetzt!«

»Wenn wir dort hinaufwollen, müssen wir klettern«,

meinte Marcellone mit besorgtem Blick auf den Leibesumfang des Anwalts.

Marcellone zeigte auf eine aus U-förmigen Röhren bestehende Treppenkonstruktion an einer Seitenwand, die in der Höhe über dem Gitter verschwand.

Sie begannen hinaufzusteigen. Musuracca machte den Anfang und mußte bei jeder Stufe keuchen. Dann folgten die beiden Frauen und Scalzi, als letzter schließlich Marcellone.

Jenseits des Gitters, an dem die Scheinwerfer und der Bühnenhintergrund aufgehängt waren, ging die Treppe noch einige Meter weiter. Scalzi, der nicht schwindelfrei war, vermied es, nach unten zu sehen.

Sie kamen zu einem Stockwerk, an dessen Decke mächtige Balken und Rohrkonstruktionen entlangliefen. Der Raum war kaum noch mannshoch.

Es hatte wieder zu regnen begonnen. Sie hörten die Tropfen auf die Dachziegel prasseln, es war ein heftiger Schauer. Durch eine rechteckige Luke konnte Scalzi auf die umliegenden Dächer sehen, auf einen Glockenturm und die Spitze einer Zypresse. Sie hielten inne und schöpften Atem. Schweigend warteten sie ab.

Dann hörten sie einen dumpfen Schlag. Das Geräusch drang durch eine kleine Tür im Mauerwerk, die hinter den Balken der Seilwinde verborgen war.

Marcellone schlich wie auf Katzenpfoten um die Winde herum. Er gab Musuracca ein Zeichen und formte dazu mit den Lippen:

»Aufgepaßt, Bestie, jetzt sind wir dran!«

Aus dem Gürtel zog er das Brecheisen und postierte sich neben der Tür. Auch die Bestie ging langsam darauf zu und ließ ihre Muskeln spielen. Dann hob Musuracca einen Fuß und versetzte der Klinke einen mächtigen Tritt. Die Tür gab sofort nach und öffnete sich auf einen spärlich erleuchteten Raum.

»Scheiße!« murmelte Musuracca, »ist ja voll, der Saal.« Und blitzschnell wich er zur Seite.

Schüsse knallten durch die Luft und hallten im leeren Theater wider.

»Runter«, schrie er und warf sich bäuchlings auf den Boden, »die sind bewaffnet!«

»Ich bin auch bewaffnet!« Ginevra zog ihren Browning aus der Tasche und sprang mit vorgebeugtem Körper, die Hände fest um den Griff der Waffe gelegt, auf die andere Seite der geöffneten Tür.

»Nicht schießen«, schrie Scalzi, »um Himmels willen! Sie könnten das Mädchen treffen.«

Aus dem Innern ertönte tatsächlich das klägliche Winseln einer weiblichen Stimme wie das Jammern einer Katze im Sack.

Im Türrahmen tauchte nun ein Mann mit einem großen Revolver in der Hand auf. Olimpia erkannte ihn an seinen gelben Haaren, die ihm nach allen Seiten vom Kopf abstanden.

Marcellone schlug ihm sein Brecheisen auf das rechte Handgelenk, das die Waffe hielt. Man hörte den Knochen splittern.

»Du elender Hurensohn!« knurrte der Mann.

Musuracca hob den Revolver auf, den der Mann hatte fallen lassen, und schoß einmal damit in die Luft. Der Gelbhaarige hielt sich noch stöhnend das Handgelenk, als Marcellone ihm einen zweiten Schlag gegen den Kiefer versetzte. Der Mann stürzte wuchtig zu Boden. Mit einem Satz war Marcellone im Raum. Man hörte das Geräusch eines Faustliebes, der sein Ziel nicht verfehlte. Auch Musuracca stürzte nun mit gesenktem Kopf hinein, gefolgt von Ginevra, die mit ihrer Waffe in alle Richtungen fuchtelte.

Scalzi stand auf, über und über mit Staub bedeckt. Vorsichtig näherte er sich der Türschwelle. Er sah Marcellone, wie er sich mit einem anderen Mann auf dem Boden wälzte.

Ein dritter Mann in eleganter Jacke und Krawatte stand mit erhobenen Händen und fahlem Gesicht vor Ginevra, die ihm die Pistole so dicht vor die Stirn hielt, daß sie ihn beinahe berührte.

Musuracca setzte dem Mann, der mit Marcellone kämpfte, die Waffe des Punks in den Nacken:

»Aufstehen und Hände hoch, los, los!«

Der kahle Raum mit seinen staubig grauen Wänden wurde nur durch ein kleines vergittertes Fenster erhellt. Ein klappriges Bett stand an der hinteren Wand und erinnerte mit seinen Efeuranken und singenden Vögelchen an das Bühnenbild für eine Komödie aus dem achtzehnten Jahrhundert. Ausgestreckt auf dem Bett lag Biserka, nackt. Ihre Arme waren am Kopfende festgebunden, ihre kindlich dürren Beine waren gespreizt und an den Knöcheln mit Klebeband ans Fußende gefesselt. Dasselbe Band klebte über ihrem Mund, so daß sie nur ein nicht enden wollendes Winseln ausstoßen konnte, das sie von draußen gehört hatten. Ihrem ebenfalls geknebelten Bruder Milan hatten sie die Arme an einen Dachbalken gebunden, er trat wild um sich in dem Versuch, sich aus den Fesseln zu befreien.

Olimpia kniete neben dem Bett nieder und begann Biserka loszubinden.

Der Gelbhaarige rappelte sich taumelnd auf, als ihn ein neuerlicher Fausthieb von Marcellone ins Gesicht traf. Daraufhin zog sich der Mann schnell in Richtung Metalltreppe zurück und begann fluchend hinabzusteigen. Auch Musuraccas Gegner wich zur Treppe zurück, den Blick auf die ihm entgegengestreckte Waffe gerichtet.

»Los!« brüllte Marcellone den eleganten Typen an, der wie versteinert und mit erhobenen Händen in der Mitte des Zimmers stand. »Raus mit euch! Und dankt wem auch immer, daß ihr so glimpflich davonkommt. Macht, daß ihr hier verschwindet!«

Mit gezogenen Pistolen folgten Musuracca und Ginevra

dem Terzett bis zum Umlauf über der Bühne. Sie sahen, wie die drei über die Bühne rannten, als ginge es zum Schlußapplaus. Der Elegante preßte sich ein Handy ans Ohr, in das er hitzig hineinredete. Sie verschwanden kurz, um dann noch einmal im Parkett aufzutauchen, durch das sie eilig dem Ausgang zustrebten.

Olimpia zog behutsam das Klebeband von Biserkas Mund.

»Au!« wimmerte das Mädchen. Sie lächelte Olimpia dankbar an, während ihr zwei dicke Tränen über die Wangen liefen und sich ihr Schmerz und die erlittene Demütigung in einem tonlosen Schluchzen Luft machten.

Musuracca löste Milans Fesseln, der in der Sprache der Roma laut fluchte.

»Und wir haben sie einfach laufenlassen«, murmelte Scalzi und knirschte vor Wut mit den Zähnen.

»Das würde ich nicht sagen«, meinte Marcellone, »dem Punk habe ich zumindest einen Arm gebrochen. Auf jeden Fall aber sollten wir schnell von hier verschwinden.«

20

Krebse, Kaviar, Sassicaia

Biserka kauerte auf dem Rücksitz zwischen Olimpia und Scalzi und schluchzte noch immer. Olimpia hatte den Arm um ihre schmalen Schultern gelegt. In dem Schürzenkleid, das sie ihr wieder übergezogen hatte, sah sie viel kindlicher aus, als sie war.

Marcellone steuerte Olimpias Wagen, Ginevra saß neben ihm. Im zweiten Wagen waren Musuracca und Milan unterwegs zu der Villa an der Autobahn. Sie würden die fehlenden Seiten aus Pepos Buch holen, die, wie Biserka ihnen verraten hatten, in der Illy versteckt waren.

»Wo drin?« hatte Scalzi gefragt.

»Auf dem Boden der Illy-Kaffeedose, unter dem Pulver«, hatte das Mädchen erklärt. »Dort hat niemand sie gefunden. Und ich habe ihnen das Versteck auch nicht verraten. Niemals hätte ich es ihnen gesagt, sie hätten mir wer weiß was antun können, diese Schweine, kein Wort hätte ich verraten.«

Marcellone warf ein, die Männer könnten erneut auftauchen, um ihre Niederlage zu rächen und ihr Ziel vielleicht doch noch zu erreichen. Aber Biserka protestierte heftig, als die Rede davon war, die Polizei einzuschalten.

»Die glauben sowieso immer, daß wir an allem schuld sind. Sie werden sich einmischen, sie werden mich verhören. Und weil ich nicht reden will, werden sie denken, ich hätte wer weiß was zu verbergen. Wollen wir wetten, daß sie mich am Ende in eine Besserungsanstalt stecken?«

»Ich verstehe deine Angst, Mädchen«, stimmte Marcellone ihr zu. »Aber ich glaube, daß wir einen noch viel sichereren Ort finden müssen. Ginevras Wochenendhaus reicht nicht, es ist nicht abgelegen genug. Diese Schurken werden es längst ausfindig gemacht haben, wie sie ja auch das Theater gefunden haben. Ein Freund von mir – ein gewisser Ghigo, mit dem ich fünf Jahre lang im Knast war – hat sich ein kleines Hotel in Viareggio gekauft. Es liegt ziemlich abseits, so daß ein paar Leute von der Russenmafia es sich schon ausgeguckt haben, wenn sie es sich in der Versilia mal eine Weile gutgehen lassen wollen. Die Saison hat noch nicht begonnen, das Hotel von meinem Kumpel wird nahezu ausgestorben sein. Ich denke, da wird Platz für uns sein.«

»Der Spesenvorschuß von Chelli ist aber leider so gut wie aufgebraucht«, wandte Scalzi ein.

»Keine Sorge, Avvocato«, erwiderte Marcellone, »Ghigo wird uns für lau unterbringen, er ist ein Freund und schuldet mir noch den einen oder anderen Gefallen.«

So hatten sie mit Milan und Musuracca einen Treffpunkt bei der Mautstelle an der Ausfahrt Prato-West vereinbart.

Während sie auf der Autobahn Richtung Meer fuhren, öffnete Biserka die Kaffeedose, die der Bruder ihr überreicht hatte. Als die Aasgeier die Wohnung auf den Kopf gestellt hatten, war sie unter den Küchenschrank gerollt, berichtete Milan, gefunden hatte er sie durch einen puren Zufall. Und ein Glück war es auch gewesen, daß kein Auto in der Nähe der Villa parkte und niemand sie gesehen hatte. Vielleicht hatten die Mafiosi nicht erwartet, daß Milan so verwegen sein könnte, sofort nach Hause zu fahren.

Biserka öffnete die Dose; der Geruch nach Kaffee zog durch den Wagen. Schließlich brachte sie zwei mehrfach gefaltete Blätter zum Vorschein.

»Und was sollen sie kosten?« fragte Scalzi.

Biserka reichte sie ihm mit beleidigter Miene.

»Nichts. Ich habe die Nase voll von diesem Film. Ich weiß

sowieso, daß ich keinen Heller dafür bekomme. Es ist einfach eine Nummer zu groß für mich.«

Scalzi entfaltete vorsichtig die Seiten, der Geruch von Schimmel mischte sich in das Kaffeearoma. Zum Lesen war es zu dunkel im Auto. So faltete er sie wieder zusammen und steckte sie in seine Jackentasche. Er dachte an Pepos geschundenes Buch.

»Darf man erfahren, warum du den Schluß herausgerissen hast?«

»Brancas hat gesagt, daß auf den letzten Seiten alles erklärt wird. Wenn ihm etwas passieren würde, sollte ich das Buch an mich nehmen. Und es dem Amt für nationale Kunstschätze übergeben. Mit einem Brief von ihm. Aber den Brief zu schreiben, das hat er nicht mehr geschafft. Da war er schon tot. Ich habe das Buch nicht gelesen, es ist zu dick und zu schwierig. Deshalb wollte ich nur die letzten Seiten lesen, aber das sind so komische Wörter, ich verstehe überhaupt nichts.«

»Wenn du es nicht verstanden hast, warum hast du uns dann das Buch gegeben und vorher diese Seiten herausgerissen?«

»Weil ich euch nicht getraut habe, klar? Der alte Weihnachtsmann hat gesagt, daß man mit diesen zwei Seiten viele Millionen machen könnte ... Ich habe einfach niemandem getraut, nach Brancas' Tod und allem, was ich danach so mitbekommen habe ... Dieser Typ mit den gelben Haaren, der sich neben uns eingenistet hat, das muß man sich mal vorstellen, hat einen Mercedes und lebt in so einer Bruchbude! Der hat mich einfach nicht in Ruhe gelassen ... Der hat mich ständig verfolgt, sogar nachts, wenn ich meine Rosen verkaufte ... Und noch mehr solcher Typen klebten wie die Fliegen an mir ... Dann seid auch ihr noch gekommen ... Olimpia habe ich ja vertraut ... Aber schließlich, was weiß ich schon von euch, nicht wahr?«

Das Hotel »Coeli« lag am Ende eines kilometerlangen Sandstrandes und einer Reihe niedriger Häuser, die früher einmal aus Holz gewesen waren. Dann hatte ein Feuer sie zerstört, und mit ihnen war auch der Jugendstilcharme dieses Ortsteils in Flammen aufgegangen. Von den neuen Steinkonstruktionen aus den zwanziger Jahren des vergangenen Jahrhunderts ahmten die älteren, wie das »Coeli«, die Architektur der niedergebrannten Gebäude nach, doch den Eindruck gestrandeter Schiffe, den die einstigen Häuser erweckt hatten, erreichten sie nicht mehr. Die meisten dieser buchstäblich auf Sand gebauten Häuser waren keine Hotels, sondern Bars, kleine Restaurants, Geschäfte, Badehäuschen - alle außer dem »Coeli«. Darin bestand auch sein Vorteil als geheimer Rückzugsort, denn es war von außen nicht leicht als Hotel zu erkennen, abgesehen von dem kleinen, halb im Laub eines Tamariskenwäldchens verborgenen Schild.

Als sie ankamen, war es bereits tiefe Nacht und die Neonschrift erloschen. Ein steifer Schirokko schien das Meer in Dunst aufzulösen, das wenig entfernt mit schmutzigen Brechern heranbrandete, aber man sah es nicht durch den Nebel, der hell vor der Dunkelheit des wolkenverhangenen Himmels stand. Sie stellten den Wagen auf dem Gehweg ab.

Ghigo Micaletto, den Marcellone telefonisch verständigt hatte, kam ihnen auf dem Kiesweg entgegen, der zum Hotel führte. Er umarmte den Freund und schlug ihm mehrmals kräftig auf die Schulter.

»›Coeli‹«, sagte Marcellone mit einem Blick auf die dunkle Schrift über seinem Kopf. »Der Name ist mir nicht neu.«

»Habe es aus Nostalgie so genannt«, sagte Ghigo grinsend. »Bevor ich es kaufte, hieß es ›Florida‹. Im ›Coeli‹ haben wir fünf Jahre lang zusammen logiert. Der ganze Block hörte auf unser Kommando, weißt du noch?«

»Na klar! Gutes und schlechtes Wetter hing nur von uns beiden ab, für das Wachpersonal wie für alle anderen. Wie könnte ich jene Jahre vergessen?« Marcellone hatte glänzende Augen.

Die Herzlichkeit der beiden Freunde ähnelte der zweier Verliebter, die an ihre Hochzeitsreise zu einem wunderschönen, stillen Ort zurückdenken. »Hotel Coeli«, so hieß das am Tiber gelegene alte römische Gefängnis »Regina Coeli« im Jargon der Unterwelt. Scalzi war mehrmals dort gewesen, um seinen Klienten Marcello Rapagnini zu besuchen, genannt Marcellone, der dort wegen eines Überfalls auf die Sparkasse einer Autobahnraststelle einsaß. Er war überzeugt, daß der Florentiner mit dem Überfall nichts zu tun hatte und der römischen Bande nur als Lockvogel gedient hatte. Er hatte ihn unter Einsatz all seiner Möglichkeiten verteidigt, doch ohne Erfolg. Rapagnini war zu elf Jahren Haft verurteilt worden und hatte fünf davon im »Hotel Coeli« abgesessen.

Ghigo erkundigte sich, ob die Gäste schon zu Abend gegessen hätten, und als sie verneinten, führte er sie in den Speisesaal.

»Die Küche ist geschlossen«, sagte er. »Der Koch ist schon seit einer Weile weg. Deshalb müßt ihr euch mit dem begnügen, was die Russen von ihrem Mittagessen übriggelassen haben. Sie sind in der Hinsicht ja ziemlich einseitig, diese Herren: Kaviar, Krebse und roter Sassicaia, der teuerste Wein in ganz Italien. Was anderes kennen die nicht und kann ich euch auch nicht anbieten. Kostet mich ein Vermögen, diese Ernährungsweise, aber ich lasse es sie auch teuer bezahlen. Und die zucken nicht mal mit der Wimper, wenn sie die Rechnungen sehen. Sie kommen mit Geldbündeln nach Viareggio, die, übereinandergestapelt, die Größe eines sechsjährigen Kindes erreichen. Sie rufen einen Notar, kaufen Immobilien gegen Bares, cash auf die Hand, sogar ohne Vorvertrag. Sie besetzen die ganze Versilia, kaufen sie Stück für Stück auf: die gesamte Küste von Viareggio bis nach Marina di Massa. Irgendwann werde ich wohl noch Russisch lernen müssen. Ernst wie Sakristane wickeln sie ihre Geschäfte ab, dann ergeben sie sich dem Lotterleben. Sie lassen ein paar von ihren Huren kommen, die sie in den Nachtclubs aufgerissen haben, und feiern bis in den frühen Morgen. Heute abend ist keiner da. Die letzte Truppe ist nach dem Mittagessen zum Flughafen nach Pisa gefahren.«

»Sind die Krebse frisch?« fragte Marcellone.

»Glaubst du, ich würde dir und deinen Freunden alte Krebse servieren? Ganz frisch, letzte Nacht im Golf von La Spezia gefangen. Wenn man sie auf die Glut legt, bewegen sie sich noch.«

»Wenn das so ist, hätte ich nichts gegen eine Portion einzuwenden«, befand Marcellone.

Der äußere Flügel des Hotels ruhte auf Pfählen, die in den Sand getrieben waren und von den Wellen umspült wurden.

Scalzi und Olimpia hätten nicht mehr sagen können, wie sie zu diesen modrig riechenden Pfählen gelangt waren, unter denen sie nun im nassen Kies saßen.

Scalzi war leicht betrunken, er wollte ein wenig Seeluft atmen, um wieder zu sich zu kommen, aber in seinem Kopf drehte sich alles. Auch Olimpia hatte bei jedem Schritt geschwankt, sie trank normalerweise nichts, hatte aber beim Sassicaia eine Ausnahme gemacht, zweihundertfünfzigtausend Lire die Flasche, nur daß es gratis war, ein Nektar der Götter. Ihre kleine Truppe hatte sich das Essen schmecken lassen. Es war eine Art Festbankett gewesen, auch wenn sie nicht so genau wußten, was sie eigentlich feierten – vielleicht die überstandene Gefahr und ihren Sieg.

»›An den Besiegten erkenne ...‹, und so weiter«, zitierte Scalzi. »Aber diese Verbrecher hätten doch eine deftigere Abreibung verdient gehabt, nach allem, was sie mit Biserka vorhatten. Wie geht es ihr übrigens?«

»Gut. Verfluchte Sadisten. Wenn sie das Mädchen vergewaltigt hätten, wäre dies eine Beleidigung gewesen, die die Roma-Familie mit Blut hätte reinwaschen müssen. Ein Krieg ohne Ende. Zigeuner gegen Mafiosi. Aber komm einer an die ran, bewaffnet bis an die Zähne, wie sie sind.«

Olimpia schlug mit der Hand auf Scalzis Jackentasche.

»Also, Boß, brennst du nicht vor Neugierde, das Ende von Pepos Buch zu lesen?«

»Ich habe es schon gelesen«, sagte Scalzi.

»Dann lies es mir vor ...«

»Das bringt nichts. Da steht nur, daß Masaccios Fresko nicht mehr existiert, daß es endgültig gelöscht wurde.«

»Das glaube ich dir nicht. Du willst bloß den Geheimnisvollen spielen. Wie Ticchie. Du willst die Entdeckung für dich behalten. Aller Ruhm dem Anwalt. Du willst ihn mit niemandem teilen. Aber das ist nicht fair.«

Der Schaum eines Brechers leckte an Scalzis Schuhen, der schnell die Füße zurückzog.

»Glaub, was du willst. Aber Tatsache ist, daß Masaccios Fresko vor vier Jahrhunderten gelöscht wurde und daß Brancas' Tod nichts mit dem Fresko zu tun hat. Carrubba hatte recht; Masaccios Gemälde ist ein *red herring.* Wenn ich wissen will, was es mit dem Mord an dem Archivar auf sich hat, muß ich ganz woanders forschen. Ich habe da schon so eine Idee. Aber ich muß mich noch vergewissern. Dafür muß ich nach Florenz zurück. Es tut mir leid, weil es hier wirklich schön ist, so wie Marcellones Freund uns umsorgt und hofiert. Aber ich muß mit jemandem reden. Allein, im geheimen. Ihr bleibt hier und genießt den Sassicaia. Macht euch ein paar nette Urlaubstage. Schluß mit dem ganzen Theater, den Schlägereien und allem. Ab jetzt arbeite ich allein.«

»Na, dann viel Glück«, sagte Olimpia.

21
Florentiner Notturno

Der Sommer hatte früher als sonst begonnen, kaum war der Mai vorüber. Am Abend gaben die Gemäuer der Stadt die tagsüber gespeicherte Hitze wieder ab, vermischt mit der Feuchtigkeit und dem Gestank des Arno. Die Menschen des Viertels zogen sich in ihre Häuser zurück und schlossen die Fenster.

Die »Piccolo Bar« neben der Kanzlei war fast leer. Aus ihrem Inneren fiel ein schwacher Lichtschein auf die Gipskörper der jungen Gladiatoren in der Auslage. Ihre schneeweißen, muskulösen Leiber schienen schweißgebadet. Das Summen der Klimaanlage hörte sich an, als rühre es aus der Kraftanstrengung dieser Figuren, mit der sie ihre Glieder in den verrenkten Positionen hielten. Scalzi warf einen kurzen Blick in die Bar, das schwule Pärchen am Tresen schien vor Langeweile zu sterben. Die Straße war menschenleer, selbst aus der Via de' Benci war diesmal kein Knattern von Mofas zu hören.

Scalzi wollte seine Rückkehr ins Büro auf einen erträglicheren Augenblick verschieben. Die Klimaanlage war mal wieder kaputt, wie immer zu Beginn der sommerlichen Hitzewelle. Aber vielleicht würde zur Nacht eine leichte Brise aufkommen.

Er erreichte die Piazza Santa Croce, hoch aufragend vor ihm die Basilika. Mit ihrer gerade erst gereinigten, hell leuchtenden und zudem noch von Scheinwerfern angestrahlten Marmorfassade hob sie sich wie eine Theaterkulisse gegen den Himmel ab, der sich bereits abendlich verfärbte. Wenige, spärlich bekleidete Touristen saßen noch auf ihren Stufen. Die kleinen Zypressen seitlich der Pazzi-Kapelle, die in geordneter Reihe den halbkreisförmigen Vorplatz der Nationalbibliothek säumten, standen so reglos da, ohne den leisesten Windhauch in ihren spitz zulaufenden Kronen, daß auch sie unwirklich erschienen wie Modelle aus Glasfiber, die im künstlichen Licht nur noch grüner leuchteten.

Scalzi schritt langsam über den Platz und tauchte in einem weiten Bogen in das angrenzende Viertel ein. Über ein enges, gewundenes Gäßchen kehrte er schließlich zurück. Die Häuser der Via della Burella, erbaut auf den unterirdischen Gängen des römischen Amphitheaters, wo einst wilde Tiere und Gladiatoren hindurchgejagt worden waren, dienten in jüngerer Zeit den Prostituierten als Refugium und Alkoven. Den Gullys entstieg der Geruch von Abwässern.

Scalzi betrat die Eisdiele »Da Vivoli«. Er bestellte eine Eiscreme »al caffè«. In der mit gelber Masse gefüllten Tasse formte der dampfende Kaffee einen kleinen Krater. Er ließ sich an einem Tischchen nieder. Der Geschmack des Kaffees, kombiniert mit dem Eigelb, weckte seine Lebensgeister. Eine einfache, aber geniale Zusammenstellung. Sie erinnerte ihn an die Sommermorgen in der Küche seiner kalabrischen Tante, dort saß er, vor sich eine riesige Tasse Milchkaffee, auf dem ein großer Zabaione-Teich aus vier Eidottern schwamm. Damals haßte er das Getränk, das die Tante den Kindern verabreichte, damit sie stark würden und den Anforderungen des Tages gewachsen wären. Aber die bittere Süße von Kaffee und Zabaione-Creme, das Heiß-Kalt von kochender Flüssigkeit und Eis vergoldeten die Erinnerung, und aus dem Dunkel der unter der Erde gelegenen Küche rannte der Junge in atemlosem Lauf in die helle Sonne des Südens, hinunter zu einem klaren blauen See, in dem er ohne Wissen der Tante badete.

Würdevoll ging vor dem Fenster der Bar ein großer Schatten vorüber, setzte gemächlich seinen Weg fort, vielleicht hatte er ihn nicht erkannt. Carrubbas Auftauchen verdarb Scalzi die Erinnerung. Rasch saugte er mit dem Strohhalm den Rest seiner Creme aus der Tasse und machte sich auf den Rückweg ins Büro.

Als er, Pepos Buch und die herausgerissenen Seiten vor sich, am Schreibtisch saß, spürte Scalzi, wie ihm die Lider schwer wurden und er langsam in einen Traum glitt.

Es klingelte an der Tür. Er rührte sich nicht. Niemand hatte das Recht, ihn aus seinen Gedanken zu reißen. Außerdem ahnte er, wer der Störenfried sein konnte. Das durchdringende Geräusch schrillte erneut durch das leere Büro, dann noch einmal. Verfluchte Nervensäge, er wollte einfach nicht aufgeben.

Zwei Minuten Stille; er hatte sich wohl aus dem Staub gemacht. Dann klingelte das Telefon. Scalzi wartete einen Augenblick und überlegte, ob er abnehmen sollte. Doch dann fiel ihm ein, daß es auch Olimpia sein konnte, die er, zu Biserkas Schutz und um die Coeli-Diät zu genießen, in der Versilia zurückgelassen hatte. In Viareggio konnte alles mögliche passiert sein, solange dieses gefährliche Gesindel noch hinter ihnen her war. Er hob den Hörer ab und schwieg; am anderen Ende der Leitung vernahm er schwere Atemzüge.

»Hallo«, erklang Carrubbas monotone Stimme, »Avvocato! Ich weiß, daß du da bist. Ich habe dich in flagranti bei den Gaumenfreuden ertappt, bei Vivoli, aber ich wollte dir den Genuß nicht verderben. Dann sah ich, daß du in die Kanzlei gegangen bist. Mach die Tür auf. Wir müssen uns mal wieder unterhalten, ganz unter Freunden.«

»Sind Sie allein?«

»Allein wie ein Einsiedler! Vor wem hast du Angst, Avvocato?«

Scalzi wollte ihn spontan zum Teufel schicken, doch dann fand er, dies sei die Gelegenheit, endgültig mit Carrubba Schluß zu machen.

Der Dicke zwängte sich in den Nachtstuhl. Ein zweideutiges, fieses Lächeln lag auf seinen Lippen, wie es gewisse Sizilianer haben, wenn sie dir drohen, so als wollten sie dir die bittere Pille zunächst etwas versüßen.

»Ich hatte dir gesagt, daß die Dinge sich komplizieren würden. Sag nicht, ich hätte dich nicht gewarnt«, begann Carrubba.

»Wir waren nicht zusammen im Bett«, erwiderte Scalzi schroff.

»Das ist nicht mein Ding ...«

»Meines auch nicht. Darum siezen Sie mich bitte.«

»Entschuldigen Sie, Avvocato, entschuldigen Sie vielmals. Ich dachte, nach unseren vergangenen Beziehungen ...«

Carrubba lächelte nicht mehr, er verzog den Mund nun in einem Ausdruck, aus dem unverhohlene Drohung sprach. Scalzi sah ihm starr in die Augen.

»Genau. Die Beziehungen sind vergangen. Und abgeschlossen, das sollten Sie wissen. Ich schulde Ihnen nichts, und Sie schulden mir nichts. Ersparen wir es uns also, uns gegenseitig auf die Nerven zu gehen.«

»Das ersparen wir uns, gewiß. Genau deswegen bin ich hier, um Ihnen etwas zu ersparen.«

»Was wollen Sie mir ersparen?«

»Daß der Unmut meiner Bekannten für Sie höchst unangenehme Folgen hat.«

»Bitte drücken Sie sich klarer aus, Carrubba. Immerhin haben Sie ja gelernt zu reden, ich höre.«

»Man kann sich im Leben weiterentwickeln, glauben Sie nicht? Man muß nicht ewig ein Maurer bleiben. Ich rühre schon seit geraumer Zeit keinen Mörtel mehr an, wußten Sie das?«

»Schön für Sie und schön auch für den Mörtel.«

»Wissen Sie noch, was ich Ihnen bei unserer letzten Begegnung sagte, über meine Freunde, die bereits eine Menge Geld ausgegeben haben?«

»Ich kenne Ihre Freunde nicht, und was mich angeht, können sie so viel Geld ausgeben, wie sie wollen. Es interessiert mich nicht.«

»Fehler, Avvocato! Hier irren Sie sich ganz gewaltig! Es sollte Sie sehr wohl interessieren, denn bei denen handelt es sich um Leute, die das nicht einfach so hinnehmen, wenn ihnen Geld und Profit durch die Lappen gehen. Vielleicht, Avvocato, haben Sie noch nicht ganz kapiert, mit wem Sie es zu tun haben. Das dürfte jedoch für jemanden in Ihrem Beruf nicht allzu schwierig sein.«

»Ich habe sehr wohl verstanden, mit wem ich es zu tun habe. Mit einem Haufen Feiglinge. Mit Leuten, die sich nicht schämen, sich zu dritt auf ein vierzehnjähriges Mädchen zu stürzen und sie mit gespreizten Beinen auf ein Bett zu fesseln. In der Absicht, sich an ihr zu vergehen, wenn ich und meine Freunde nicht eingegriffen hätten. Zu dem unbefangenen Team gehörte auch so ein eleganter Typ mit weißem Kragen wie Sie, Carrubba. Sollten Sie diesen Kerl kennen, und davon gehe ich aus, sagen Sie ihm, diesem Kerl, daß ich mir seine häßliche Fratze sehr genau eingeprägt habe und daß ich ihn, sollte er mir noch einmal über den Weg laufen, das alles werde bezahlen lassen. Und nun, Carrubba, brauche ich Luft, raus hier! Es ist zu warm, als daß ich Ihren schlechten Atem noch länger ertragen könnte.«

Carruba wurde blaß. Sein Gesicht färbte sich gräulich, als habe er eine scheußliche, stinkende Krankheit. Ein Adrenalingeruch drehte Scalzi fast den Magen um: Vielleicht stammte er von Carrubba, vielleicht von ihm selbst. Er fühlte sich erregt, nicht verängstigt, ja beinahe trunken.

Carrubba stand auf. Er stützte seine fetten Hände auf den Schreibtisch und lehnte sich zu Scalzi hinüber, zerknitterte die Seiten aus Pepos Buch, fegte den Bronzeguß eines Frauenaktes vom Tisch, der das Tintenfaß trug. Der dumpfe Aufprall steigerte seine Aggressivität noch. Sein Gesicht war nur wenige Zentimeter von dem Scalzis entfernt, der sich zurücklehnte, um Carrubbas saurem Atem auszuweichen.

»Möchtest du sterben, Avvocato? Hast du Lust, wie ein Hund auf der Straße zu verrecken?«

Scalzi öffnete eine Schublade des Schreibtischs. Bevor er sie hervorzog, hielt er einen Moment die Hand auf dem Griff der Franchi Kaliber 38 spezial: eine schöne Waffe, die angenehm schwer in der Hand wog. Er richtete sie auf Carrubbas Gesicht. Der Dicke taumelte, stieß rückwärts gegen den Stuhl und konnte sich an einer Armlehne gerade noch auffangen.

»Jetzt hörst du mir mal zu, Carrubba«, sagte Scalzi, ohne die Waffe sinken zu lassen. »Vielleicht hast du vergessen, daß auch ich väterlicherseits von da unten stamme. Mein Großvater war Untersuchungsrichter in Palmi, einem Ort am Fuße des Aspromonte. Man ließ ihn wissen, daß man ihm, wenn er nicht aufhören würde, seine Spürhunde auf die 'Ndrangheta anzusetzen, den Sohn entführen würde, der zu jener Zeit sieben Jahre alt war. Mein Großvater beendete die laufende Ermittlung mit Pauken und Trompeten, innerhalb einer Woche brachte er fünfundzwanzig von ihren Leuten hinter Gitter, sämtliche Bosse des Ortes. Doch zuvor, noch am Abend der Drohung, schickte er seinen Sohn los, um einem Freund ein Buch zurückzubringen, das er sich von ihm ausgeliehen hatte. Allein bis ans andere Ende der kleinen Stadt. Der ganze Ort sah, wie mein Vater als Kind durch die Straßen lief, ein bißchen unsicher wegen des Weges: hin und zurück, zweimal, den Rückweg sogar im Dunkeln.«

Carrubba ließ die Waffe nicht aus den Augen. Er sah besorgt aus, aber auch ein wenig ironisch.

»Was nun dich betrifft«, fuhr Scalzi fort, »wird dir sicher aufgefallen sein, daß ich dich bei meinen Verteidigungen vor Gericht mit der Pinzette angefaßt habe. Ich habe dich immer auf Distanz gehalten. Ich glaube, mit Erfolg, und als ich merkte, daß du mich in deine schmutzigen Geschäfte mit Kunstwerken hineinziehen wolltest, habe ich dich wie eine faule Birne fallen lassen. Ich weiß sehr gut, daß ihr die Kunst, an die ihr herankommen könnt, als Tauschobjekt für euren Drogenhandel benutzt und außerdem als Mittel der Erpressung gegenüber dem Staat. Geraubte oder von Raub bedrohte Kunstwerke gegen irgendeine Milderung im Strafsystem. Ihr kommt mir vor wie ein Schwarm Schmeißfliegen, die sich auf einem Teller Beluga-Kaviar niederlassen. Ihr, damit meine ich dich und deine Freunde, seid ein bösartig wucherndes Unkraut. Wo immer ihr euch niederlaßt – hier in der Toskana sitzt ihr schon eine geraume Weile –, saugt ihr die fruchtbare Erde aus. Verwandelt das Land Stück für Stück in Wüste. Eure Deals widern mich an, aber ich bin ein ruhiger Mensch. Wenn die Behörden sich darauf einlassen, interessiert mich das nur bis zu einem gewissen Punkt. In meinem Alter spielt man nicht mehr den Helden. Gebt trotzdem acht, daß ihr mir nicht zu sehr auf die Füße tretet. Das kann gefährlich werden. Ich mag keine Gewalt. Ich versuche mich ihr möglichst fernzuhalten ...«

Carrubba warf der Pistole einen schrägen Blick zu.

»Keine Panik, ich schieße nur zur Verteidigung. Ich wollte sie dir lediglich zeigen. Und zu Hause habe ich eine Beretta, die jagt die Kugeln in den Leib, daß anschließend der Wind durchweht. Richte das deinen Freunden aus. Und richte ihnen auch aus ... Du kannst mir für diese Information dankbar sein, du bekommst sie sogar gratis, nur damit du nicht mit leeren Händen zurückkehren mußt und ich dich hoffentlich nie wiedersehe: Masaccios Fresko gibt es nicht mehr. Es wurde nach dem Tod des Malers gelöscht. Hier, das ist Pepos Buch, und das sind die fehlenden Seiten. Ich gebe dir noch die Zeit, sie zu lesen, dann haust du ab.«

Carrubba zog gierig die Seiten des Buches zu sich heran, so wie ein Verhungernder sich auf einen Teller Suppe stürzt. Das Buch war das Original. Carrubba fügte die herausgerissenen Seiten an die stehengebliebenen Kanten. Er vergewisserte sich, daß sie zusammenpaßten. Dann ließ er sich wieder in den Nachtstuhl sinken. Mit hochgezogenen Augenbrauen las er, sah ab und an zu Scalzi auf, der, die Hand immer noch am Abzug, die Waffe auf den Schreibtisch stützte.

»Ich verstehe nicht einen Satz«, sagte Carrubba, »ich kann kein Latein.«

Scalzi beschloß, das Geheimnis zu lüften. Schließlich mußte er Carrubba ja auch dankbar sein: Er war es gewesen, der ihn, was den Mord an Brancas anging, von der falschen Spur abgebracht hatte. Pepo also erzähle auf diesen letzten Seiten, so sagte er, wie die Mönche das Fresko hinter der Mauer versteckten. Inzwischen aber war Bartolomeo Frescobaldi, der aufgeklärte Prior, an Altersschwäche gestorben. Er wurde durch einen Mann der Inquisition ersetzt. Das neue Oberhaupt des Klosters ließ die Mauer wieder einreißen. Dann ordnete er an, daß die *Sagra* mit ungelöschtem Kalk überzogen würde, und darüber wollte er ein neues Fresko malen lassen, auf dem die Allegorie der allmächtigen Kirche dargestellt wäre, wie sie über alles triumphiert, über religiöse Fragen wie über die menschliche Gerechtigkeit. Und Pepo beschrieb das neue Gemälde: Eine üppige Dame, umgeben von einer silbernen Aureole, erhebt sich auf einem Schlachtfeld, in der Rechten ein Schwert, in der Linken einen Kranz aus Palmzweigen. In der Wüstenei um sie her erahnt man heidnische Idole, auf dem Boden die Leichen von Erschlagenen; verletzte Soldaten flehen um Hilfe. Vielleicht existierte das Gemälde sogar noch über der Eingangstür zum Refektorium der Karmeliter. Nicht sehr groß, ein Halbmond über der Tür, wie es im übrigen auch das Originalfresko gewesen war. Pepo kritisierte das Gemälde als das Werk eines mittelmäßigen Malers, dessen Name nicht überliefert sei. Vor allem kritisierte er es aus formalen Gesichtspunkten. Er nannte es »redundant«, heute würde man sagen rhetorisch, wie es manche dekorativen Malereien aus dem beginnenden siebzehnten Jahrhundert seien, über die Maßen manieriert, ohne die innovative Kraft eines Caravaggio ... Hier unterbrach sich der Anwalt.

»Aber warum erzähle ich dir das überhaupt alles?«

»Ich finde es sehr interessant. Ganz so ungebildet, wie du glaubst, bin ich nun auch wieder nicht.«

Carrubba zog ein beleidigtes Gesicht.

»Und wenn du dann noch diesen Revolver aus der Hand legen würdest, wäre ich dir sehr dankbar. Ich weiß, daß du ihn sowieso nie benutzen würdest, selbst wenn ich mich auf dich stürzen und dich erwürgen würde.«

»Versuch es doch«, sagte Scalzi, legte aber die Franchi auf den Tisch.

»So ist es schon besser. Erzähl weiter, Avvocato, der lateinische Satz, bitte ...«, ermunterte ihn Carrubba.

»Anschließend kritisiert Pepo das neue Fresko aus konzeptioneller Sicht. Er sagt, daß die weltliche Gerechtigkeit nicht von der Kirche diktiert werden kann. Und er zitiert einen Satz von Uguccione, einem Juristen, der vor ihm gelebt hat: *Solus Imperator habet potestatem in temporabilis, in spirituabilis papa, iurisdictiones sunt distinctae.* Das heißt: Gott verleiht allein dem Kaiser, also dem höchsten Fürsten, die Macht über die weltlichen Dinge. Dem Papst, also der Kirche, gebührt die Macht über die geistlichen Dinge: Beide Gerichtsbarkeiten müssen getrennt bleiben. Verstehst du nun? Pepo erzählt die Geschichte von Masaccios gelöschtem Fresko und der Ermordung des Künstlers als eine Allegorie auf die Übermacht der Kirche. Darin liegt die Bedeutung seines Buches. Wes das Herz voll ist, des geht der Mund über. Mit ganz modernem Empfinden verweigert der Jurist der katholischen Kirche das Recht, sich in die Angelegenheiten irdischer Gerechtigkeit einzumischen. Er spuckt die Kröten aus, die er in seinem Amt als Rechtsberater einer erzkatholischen Stadt wie Florenz schlucken mußte. Du kannst deinen Freunden sagen, daß sie ihr Geld umsonst ausgegeben haben. Sie können die Sache ad acta legen. Biserkas Entführung, die Gewalt, die deine schmutzigen Freunde ihr antun wollten, ganz zu schweigen von Pasquinis verbrannten Füßen, der bei dem Ganzen der Pinocchio war, weil er sich selbst da hineinmanövriert hat, dieser miese Topfgucker – alles verlorene Zeit. Kalk hat das Fresko zerstört, es existiert seit Jahrhunderten nicht mehr.«

»Warum aber dann Brancas' Recherche? Warum hat er sich da so reingekniet?«

»Ticchie war Archivar. Seine Leidenschaft war das Forschen an sich. Von wem stammte denn die Geschichte mit den Millionen, die Brancas mit seinen Recherchen über Masaccio angeblich hätte verdienen können? Wer hat sie verbreitet?«

»Dieser ... dieser Ex-Priester ...«

»Exakt, bravo. Jetzt begreifst du allmählich die Zusammenhänge. Die Legende von der noch existierenden *Sagra* stammt von ihm. Vom Messias. Es gibt Leute, die haben einfach ein besonderes Talent, einen Sturm im Wasserglas zu inszenieren. Im Knast werden sie ›Tragödiatoren‹ genannt, weil Gerüchte sich dort drinnen nicht selten zu Tragödien ausweiten.«

»A propos: Wer hat Ticchie ermordet? Und warum?«

»Ich glaube, ich weiß es. Aber du bist der letzte, dem ich es anvertrauen würde. Ich fürchte, du mußt die Zeitung lesen, um deine Neugier zu befriedigen. Leb wohl, Carrubba.«

Der Dicke drehte sich auf der Schwelle noch einmal um und wies mit der Hand auf die Pistole, die noch auf dem Schreibtisch lag.

»Ist sie wenigstens geladen?«
Scalzi legte die Waffe in die Schublade zurück:
»Keine Ahnung.«

Er lächelte, zufrieden mit sich selbst. Die Sache mit dem Revolver war ihm ganz spontan eingefallen und hatte ihn als allerersten überrascht. Er dachte an Carrubbas Gesicht, als er ihm die Waffe zwischen die Augen gehalten hatte. Er wußte, daß er eigentlich nicht aufbrausend war, doch in diesem Moment hatte ihn ein sonderbarer Teufel geritten. Dieses tödliche Gerät in den Händen zu halten hatte ihm ein Gefühl von Macht gegeben, ihn in einen angenehmen Rausch versetzt.

Und gleichzeitig war er enttäuscht. Insgeheim hatte er den Gedanken genährt, eine bahnbrechende Entdeckung auf dem Gebiet der Kunst zu machen. Dabei war es keineswegs ein materieller Vorteil gewesen, der ihn bei der Vorstellung, durch seinen Scharfsinn ein Meisterwerk ans Tageslicht zu bringen, gereizt hatte. Aus dieser Entdeckung hätte man keinerlei realen Nutzen ziehen können. Doch Olimpia hatte recht: An den Ruhm, ja, daran hatte er schon gedacht.

Scalzi betrachtete die aus Pepos Buch herausgerissenen Seiten. Er war aufrichtig gewesen zu Carrubba, doch irgend etwas paßte nicht zusammen. Die Geschichte mit den Millionen, beispielsweise, hatte Brancas keineswegs nur Pasquini erzählt, auch Biserka und Signor Chelli hatte er die Möglichkeit anvertraut, reich zu werden, auch wenn seine Redlichkeit dies in der Wirklichkeit ausschloß. Aber auf der Grundlage welcher Entdeckung, wo Pepos Buch doch so nebulös endete und das kostbare Gemälde des Meisters vom Kalk zerfressen worden war?

Irgend etwas auf diesen Seiten paßte nicht zusammen. Da blieb ein Mißklang, den Scalzi einfach nicht zu fassen bekam.

Vielleicht beinhalteten die Seiten ja eine verschlüsselte Nachricht, wie bei den Wissenschaftlern jener Zeit üblich, die ihre Entdeckungen in Anagramme packten oder in Verse mit verborgenen Sinn. Aber wo war die Nachricht? Die Kryptogramme der Alten sind schwer zu dechiffrieren. Scalzi starrte auf die herausgerissenen Seiten, als müsse ihm die Lösung des Rätsels plötzlich wie durch Magie ins Auge springen.

Er schlief ein wie ein Schüler über einer allzu schweren Aufgabe, den Kopf auf dem Schreibtisch. Das Klingeln des Telefons ließ ihn hochfahren. Er sah auf die Uhr: eine Viertelstunde nach Mitternacht. Dieses Mal schien die Hypothese eines Notfalls in der Versilia wahrscheinlicher.

Aus der flüsternden, kaum verständichen Stimme sprach schiere Angst:

»Avvocato Scalzi, helfen Sie mir, bitte.«

»Wer ist denn da?«

»Hier ist Irene, Irene Curafari. Benedetto ist verrückt geworden. Zuerst hat er mich geschlagen und dann in meinem Zimmer eingesperrt. An die Wand hat er den Käfig mit der Amsel gehängt, drinnen liegt der Vogel, tot. Er hat ihm den Kopf zerquetscht. Er hat gesagt, mit mir würde er dasselbe machen. Dann ist er weg, ich weiß nicht, wohin. Ich habe Angst hinauszugehen, wahrscheinlich hat er sich irgendwo auf die Lauer gelegt ... Er will mich mit jemandem überraschen, verstehen Sie?«

»Wenden Sie sich an die Polizei, Signora. Warum rufen Sie mich an?«

»Die Polizei kann ich nicht anrufen. Die sperren ihn doch ein ...«

»Aber wenn er verrückt geworden ist, Ihr Neffe, und droht, Ihnen was anzutun, ist es dann nicht besser, er wird eingesperrt?«

»Ich kann das nicht, Avvocato. Die Zeit reicht nicht, um

Ihnen zu erklären, warum. Wenn sie Benedetto einsperren, wird er nie mehr das Licht der Sonne sehen. Sie würden ihn nie wieder rauslassen, wissen Sie noch, was ich im Prozeß gesagt habe? Kommen Sie, helfen Sie mir. Es ist ganz in Ihrer Nähe, Via Torta ...«

Scalzi überlegte nicht lange. Er wollte nicht dasselbe erleben, was einem Kollegen vor vielen Jahren passiert war, einem der angesehensten Anwälte der Stadt, den er immer ein wenig als sein Vorbild angesehen hatte. Der Mann hatte einen ähnlichen Telefonanruf ignoriert und war der Bitte nicht nachgekommen. Zwei kleine Mädchen, mit Gewehrschüssen vom Vater getötet. Der unaufmerksame Kollege hatte danach zu trinken begonnen und war schließlich im Dauerrausch von einem Lkw auf der Autobahn überrollt worden.

»Also gut, Signora. Ich komme. Machen Sie niemandem auf außer mir.«

Er eilte die Treppe hinab, immer drei Stufen auf einmal nehmend.

Vor der Haustür stieß er auf Chelli, der weiß wie ein Leintuch mit dem Finger an seinem Klingelkopf hing.

»Avvocato Scalzi, die Polizei war bei mir zu Hause. Sie haben alles durchwühlt. Ich war zum Glück nicht da. Ein Nachbar hat mir alles erzählt. Sie wollten mich festnehmen.«

Scalzi gab ihm den Schlüssel zu seiner Kanzlei:

»Gehen Sie hinauf, Signor Chelli. Gleich rechts hinter der Tür ist ein Zimmer mit einem Bett darin. Legen Sie sich hin, wenn Sie müde sind. Machen Sie es sich bequem. Ich habe hier ganz in der Nähe etwas zu erledigen, was ich nicht aufschieben kann. Ich bin bald zurück.«

Das Tor in der Via Torta stand halb offen, der schwache Lichtschein von der Straße fiel auf die ersten Stufen aus glattem Stein. Die Treppe führte gerade nach oben und verlor sich in undurchdringlichem Dunkel. Scalzi tastete sich mit der Hand an der Wand entlang. Vor einer Wohnungstür im ersten Stock fiel durch ein zerbrochenes Fenster das gelbliche Licht einer Straßenlaterne.

Ein älterer Herr, klein und beleibt, mit Strohhut und Sonnenbrille, zog einen riesigen Koffer über die Schwelle. Er hielt inne und sah Scalzi an:

»Und wer sind Sie?«

Er wollte gerade antworten, doch der Mann streckte ihm abwehrend eine Hand entgegen, als wolle er ihm den Mund verbieten:

»Ist mir auch völlig egal, wer Sie sind.«

Dann stieß er die Tür zu einem dunklen Flur auf, aus dem Müllgeruch drang.

»Kommen Sie herein, kommen Sie nur. Hier geht es sowieso zu wie im Taubenschlag. Und ich bin jetzt weg. Es ist mir völlig gleichgültig, wer hier ein und aus geht. In diesem Irrenhaus bleibe ich keine Sekunde länger.«

Er packte mit beiden Händen den Riesenkoffer und hob ihn mühsam an. Keuchend und schimpfend begann er die Treppe hinabzusteigen.

»Raus hier, weg aus diesem Irrenhaus ...« Er hielt auf jeder Stufe inne und setzte das Gewicht ab. Dann verschwand er in der Dunkelheit. Scalzi hörte ihn noch immer keuchen, dann das Krachen eines hinabstürzenden Koffers und einen erstickten Fluch.

Er sah in den Flur hinein. Ein süßlicher Gestank drang ihm in die Nase und ließ ihn sofort an eine Leiche denken. Er tastete nach dem Lichtschalter. Eine staubige Lampe ging an, deren Licht kaum mehr als ihr direktes Umfeld beleuchtete.

»Signora Curafari«, fragte Scalzi, selbst überrascht von seiner zögernden Stimme, die kaum mehr als ein Flüstern war.

Keine Antwort. Er hörte, wie das Haustor schwer ins Schloß fiel. Dann schlurfende Schritte auf dem Straßenpflaster. Und wieder dieser Eindruck, in der Nähe eines in Zersetzung befindlichen Leichnams zu sein.

Vorsichtig ging er weiter, einen Schritt nach dem anderen, sorgsam den Hindernissen ausweichend. Ein Klappbett stand da, das mit der Matratze in der Mitte zusammengefaltet war, zwei zerbrochene Stühle übereinander, eine aus den Angeln gegangene Kommode. Er übersah ein altes Waschbecken aus lackiertem Eisen und stieß dagegen. Das Geräusch durchbrach die Stille. Scalzi fühlte sich wie ein auf frischer Tat ertappter Dieb.

»Wer ist da?«

Eine schwache Stimme, ganz nah an seinem Ohr. Scalzi fand sein Gleichgewicht wieder, indem er sich an einer Türklinke festhielt. Er kam sich vor wie in einem heruntergekommenen Hotel. Zu beiden Seiten des Flurs erstreckte sich eine Flucht von braungestrichenen Türen, deren Lack Blasen und schmutzige Falten warf. Die Frau schien direkt hinter einer der Türen zu stehen.

»Signora Curafari«, wiederholte Scalzi etwas lauter.

»Avvocato, sind Sie das?«

»Ich bin es. Machen Sie auf.«

»Ich kann nicht. Die Tür ist von außen abgeschlossen.« Ihre Stimme erschien Scalzi wie von Alkohol benebelt, sie hatte eine ironische, fast spöttische Note.

Aber nun konnte er wohl nicht mehr zurück, dachte er. Er öffnete die nächste Tür, machte Licht im Zimmer. Nur ein zerwühltes Bett, ein paar Zeitungen auf dem Boden, anstelle eines Teppichs, und überall verstreut eine unübersehbare Menge leerer Flaschen. Wahrscheinlich der Raum des Ehemanns. Vielleicht war er ja das Männlein mit dem Koffer gewesen, das er an der Wohnungstür getroffen hatte. Er öffnete eine weitere Tür. Der Gestank ließ ihn zurücktaumeln. Aus einer verrosteten Badewanne, deren Emaillierung großflächig abgesprungen war, ragte ein Röhrengitter, an dem feuchte, steife und graue Lumpen hingen, als seien sie gefroren. Auf dem Boden der Wanne stand schwarzes Wasser. Von der Wand starrte ihm aus einem gesprungenen Spiegel sein von Ekel verzerrtes Gesicht entgegen. Er öffnete noch eine Tür und betätigte den Lichtschalter. Aus einem Wasserhahn tropfte es mit rhythmischem Platschen auf einen Berg schmutzigen Geschirrs. Über einer Konsole hing ein Bild des Erlösers mit einem wie für einen kardiochirurgischen Eingriff offenliegenden Herzen; er war vom Holzwurm befallen und hatte das zerlöcherte Gesicht eines Pockenkranken. Zwischen den weißen Herdplatten stand schwarz das Fett. Der Tisch quoll über von schmutzigen und angeschlagenen Tellern, Gläsern und Speiseresten. Scalzi griff nach einem Küchenmesser, das ihm einigermaßen robust erschien.

Er steckte das Messer in den Spalt zwischen Tür und Rahmen. Die Klinge gab ein Quietschen von sich, ohne daß das Schloß nachgab. Aber dann sah er, daß das Holz an manchen Stellen schimmelte, er stach hinein und bemerkte zu seinem Erstaunen, daß das Messer eindrang wie in Butter. Er arbeitete sich weiter vor und schnitt mit der Zeit eine ganze Planke heraus. Er stach und schnitt weiter, bis er eine Öffnung geschaffen hatte, durch die eine mittelgroße Person sich hindurchquetschen konnte.

»Kommen Sie heraus, Signora Curafari«, sagte Scalzi.

»Nein, kommen Sie herein. Ich bin zu dick, ich passe da nicht durch. Außerdem habe ich Angst, der Verrückte ist in der Nähe, das spüre ich.«

Scalzi stieg durch die Öffnung, blieb an einem Splitter hängen und hörte das leise Reißen des dünnen Stoffs. Das Zimmer lag im Halbdunkel. Ein schwacher Schein ging von einer heruntergebrannten Kerze aus, die auf der Marmorfläche eines Nachtschränkchens stand. Das Bett war ungemacht. An einer Wand hing der Käfig mit dem toten Vogel;

im flackernden Kerzenlicht sah es aus, als ob sich sein Gefieder noch bewegte. Scalzi drückte mehrfach auf den Lichtschalter neben der Tür.

»Zwecklos«, meinte die Signora, »der Kerl hat alle Lampen rausgeschraubt.«

»Also«, sagte Scalzi, »was haben Sie vor, Signora Curafari? Der Weg ist frei.«

Irene trug einen Morgenmantel und um die Schultern ein zerrissenes Spitzentuch. Ihre Füße steckten in durchgelaufenen Schlappen. Ihr ungeschminktes, müdes Gesicht, die Augen dick mit schwarzem Kajal umrandet, das ihr in dunklen Spuren über die Wangen lief, als hätte sie gerade geweint, ließ sie älter erscheinen als ihre sechzig Jahre. Doch die Signora schien guter Dinge zu sein, sie kicherte nervös:

»Der berühmte Avvocato Scalzi hier in meiner Dreckbude ... Was dazu wohl die Leute sagen würden ... Hat allerdings ein bißchen gedauert, bis er kam. Vielleicht schien die Aussicht ihm nicht besonders verlockend, dabei können Frauen meines Alters ganz besondere Befriedigung schenken ... Mehr als diese jungen Dinger, glauben Sie nicht?«

Scalzi bemerkte den scharfen Azetongeruch im Zimmer, den Betrunkene ausdünsten. Mit dem Fuß stieß er gegen eine Flasche, die unter das Bett rollte. Weitere drei standen halb geleert auf dem Nachttisch.

»Hören Sie, Signora«, sagte Scalzi gereizt, »Sie sagten mir, Sie seien in Gefahr, deshalb bin ich gekommen. Nicht um an einer Ihrer Orgien teilzunehmen. Dazu suche ich mir die Frauen lieber selber aus.«

»Überflüssige Bemerkung, Avvocato.« Signora Curafari zog das Gesicht in Falten, als wolle sie wieder zu weinen anfangen. »Die hätten Sie sich sparen können. Ich bin wirklich in Gefahr. Sie haben doch den Käfig mit der toten Amsel gesehen?«

»Den habe ich gesehen. Und? Der Vogel könnte auch an dem Gestank in dieser Wohnung erstickt sein.«

»Er hat ihn umgebracht, den Vogel, dieser Verrückte hat ihm das Köpfchen zerquetscht. Um mich zu ärgern und mir Angst zu machen, weil er wußte, daß ich an ihm hänge. Er hat mir ein Ultimatum gestellt: Entweder ich bleibe mit ihm hier drinnen eingeschlossen, ohne jemals wieder auszugehen und mich mit anderen Leuten zu treffen, mein Leben lang, oder er bringt mich um. Möchten Sie seine genauen Worte hören? ›Du wirst meine Sklavin, ich werde dich wie ein Hündin halten! Sonst stirbst du denselben Tod wie der Vogel.‹ Verstehen Sie das Programm?«

»Zeigen Sie ihn an. Das Strafgesetzbuch kennt das Delikt der Versklavung.«

Irene holte stöhnend Luft, sie schien nun jede noch vorhandene Haltung zu verlieren. Sie senkte den Kopf, die Veronica-Lake-Haare fielen ihr über die Augen, ihre Arme hingen schlaff herab. Der Morgenmantel, den sie sich vor der Brust zusammengehalten hatte, ging auf und entblößte den noch fülligen Busen, den runden Bauch, das schwarze Loch des Bauchnabels über dem Slip aus zerknitterter Seide. Das Lächeln der Signora wurde breiter und gleich darauf offen anzüglich. Sie trat einen Schritt vor und umschlang Scalzi in dem Versuch, ihn an sich zu ziehen.

»Corrado«, flüsterte sie theatralisch, »ich habe bemerkt, wie du mich in der Verhandlung angestarrt hast, das habe ich bemerkt, weißt du? Und warum bist du zu mir in die Gleisbar gekommen?«

»Signora«, Scalzi wich angewidert zurück, »wenn Sie nicht aufhören, gehe ich in dieses Drecksloch von Bad und schütte Ihnen einen Eimer kaltes Wasser über den Kopf. Sie haben mich doch wohl kaum zum Vögeln herbestellt?«

»Ach, komm, Avvocato! Was kostet es dich schon? Ich mache auch die ganze Arbeit. Es ist vielleicht das letzte Mal für mich, hast du denn gar kein Mitleid? Der letzte Wunsch einer dem Tod Geweihten. Dieser Kerl bringt mich um, das hat er mir geschworen. Verstehst du denn nicht? Er hat es doch schon einmal getan hat, mit meinem Freund.«

Scalzi war bei der Tür und brach ein paar sperrige Bretter heraus, so daß nun ein breiterer Lichtstrahl in das Zimmer fiel.

»Sie meinen Brancas?«

»Ja, klar ... Mein armer Jacopo ... Er hat ihn mir umgebracht wie heute die Amsel. Und er hat es nur gemacht, um mich zu demütigen, dabei hatten wir gar nichts miteinander, ich und Jacopo ... ich meine, wir hatten keinen Sex. Wir waren nur befreundet. Was hätte man auch schon mit ihm haben können, mit Ticchie? Alt war er, viel älter als ich, und außerdem saß er immer über seinen Papieren, die hatten ihm die heißen Gefühle gründlich abgekühlt. Aber wir paßten gut zusammen. Wir trafen uns immer im Morgengrauen, ich war im Begriff, die Gleisbar zu verlassen, und er kam auf einen Cappuccino vorbei und um die noch druckfrische Zeitung zu lesen, bevor er dann später in seine Bibliothek ging. Wir saßen am selben Tischchen und wechselten ein paar Worte, manchmal strich er mir zärtlich über die Hand. Aber vor allem schwiegen wir miteinander. ›Oh, Irene!‹ sagte er dann. Und ich: ›Oh, Jacopo!‹ Eine Geschichte voller Zärtlichkeit, die einzige saubere Geschichte, die mir in allem Dreck meines Lebens widerfahren ist.«

Sie schien plötzlich so etwas wie Scham zu verspüren. Sie rollte sich auf dem Bett zusammen, bedeckte sich mit dem Morgenmantel, so gut es ging, und verbarg ihr Gesicht in den Händen. Dann begann sie zu weinen. Sie stieß ein kindliches »ihihihih« aus, wie ein kleines Mädchen, dem man die Puppe kaputtgemacht hat, trat mit einem Fuß ein wenig in die Luft, als stampfe sie wütend auf einen imaginären Erdboden. Scalzi fühlte gegen seinen Willen Rührung in sich aufsteigen.

Plötzlich erlosch das Licht im Flur. Scalzi ging zur Tür.

»Passen Sie auf!« tuschelte die Curafari eindringlich, »gehen Sie nicht hinaus!«

In dem schwachen Licht, das durch die Spalten der Jalousien von der Straße hereindrang, sah Scalzi, daß die Signora sich aufgesetzt hatte und ängstlich zum Flur starrte. Sie hörten es an der Zimmerwand leise rascheln, als ob jemand mit der Hand darüberstrich. Dann brach das Geräusch ab. Das Loch in der Tür wurde einen Moment von einem Körper verdunkelt. Benedetto Pazzis Stimme ließ sie beide zusammenzucken.

»Hab ich dich erwischt, du dreckige Falschmünze! Wer ist da bei dir?«

»Ihr Anwalt, Signor Benedetto!«

»Ach! Jetzt kommen also schon die Anwälte, um mir mein Haus zu versauen!«

Scalzi bemühte sich um einen möglichst kühlen, sachlichen Tonfall.

»Beruhigen Sie sich, Pazzi. Und machen Sie bitte das Licht wieder an.«

»Was bilden Sie sich ein? Daß Sie ungeschoren aus der Sache herauskommen, nur weil Sie Anwalt sind?«

Scalzi schoß durch den Kopf, daß es ein Fehler gewesen war, nicht seine Franchi mitzunehmen. Dann wiederum fiel ihm ein, daß er trotz des Bluffs vor Carrubba, der einem Italo-Western alle Ehre gemacht hätte, noch nie auch nur einen Schuß aus der Waffe abgegeben hatte.

Das Bettgestell knarrte, Irene rückte vorsichtig zum Fußende hin. Scalzi hörte ein Schraubengewinde quietschen. Vom Flur erklang die spöttische Stimme Benedetto Pazzis:

»Ich wette, sie hat auch Ihnen ihr kleines Märchen erzählt, die Geschichte von der romantischen Liebe. Ihre Tête-à-têtes in der Bar bei Sonnenaufgang, die unverdorbene, reine Liebe ... Diese dreckige Sau! Aber ich habe die Nase voll von ihr, jetzt ist Schluß, tut mir leid, wenn nun der Anwalt mit dran glauben muß. Aber was sollte mir eigentlich leid tun? Was hat Avvocato Scalzi auch um ein Uhr nachts in meiner Wohnung zu suchen? ...«

Seine Stimme wurde brüchig und ging in ein Schluchzen über, wie in jener Nacht am Rangierbahnhof, als Scalzi dieses Schluchzen schon einmal gehört hatte.

»Ich habe sie doch wirklich geliebt, aber sie hat ja mit den Männern immer nur gespielt, mit mir hat sie angefangen, als ich noch ein kleiner Junge war, nicht genug, daß sie meinen Vater rumgekriegt hatte. Wissen Sie, Avvocato, daß sie mich das erste Mal gebumst hat, als ich dreizehn war? Das liebe Tantchen. So was nennt sich Inzest oder so ähnlich. Verführung Minderjähriger, mindestens. Seitdem hat sie mich nur noch verarscht ... Aber jetzt zahle ich ihr das alles heim, so wie ich es mit dem alten Triefauge gemacht habe. Sie wollte mir einreden, der sei ein impotenter Tattergreis ... Sie wollte mich alle diese Geschichten glauben machen, die Weiber wie sie unschuldigen Kerlchen erzählen, wie ich einer war. Aber ich bin schon lange kein kleiner Junge mehr. Daß sie das nicht begriffen hat, war ihr großer Fehler.«

Er ließ etwas durch die Luft sausen, das mit metallischem Surren gegen die Wand schlug.

»Los, auf geht's, Irene! Mach's mir leichter, steck den Kopf heraus!«

Es wurde heller in der Türöffnung. Pazzi hatte sich an die gegenüberliegende Flurwand zurückgezogen. Mit halblauter Stimme sang er ein Studentenlied:

»Der Schlachten mehr schlug ihre Krinoline
als die gesamte amerikanische Marine!
Der Schlachten mehr schlug ihr BH,
als bei Caporetto General Cadorna!«

Irene fiel etwas aus der Hand und rollte unters Bett. Hastig ließ die Signora sich auf den Boden fallen und kroch unter den Bettrahmen. Als sie wieder auftauchte, hielt sie einen Metallgegenstand in der Hand, und Scalzi erkannte eine der Eisenkugeln wieder, die Kopf- und Fußende des Bettes zierten. Sie hielt sie am Schraubenhals gepackt und schwang sie drohend vor ihrem Körper. In dem Moment betrat Pazzi gebückt den Raum, mit einer Metallschlinge in der Hand, wie sie die Gepäckträger benutzen, um große Gewichte anzuheben; er ließ sie nachlässig über den Boden schleifen wie ein Fischer sein Netz. Dann, mit einer raschen Bewegung, schlang er sie der kauernden Irene um den Hals. Scalzi warf sich auf ihn, um ihn zurückzureißen, aber der Neffe versetzte ihm einen heftigen Schlag in die Magengrube. Scalzi wankte und rang nach Luft. Die Curafari fuhr sich mit der linken Hand zwischen Schlinge und Hals. Pazzi zog sie mit einem Ruck nach oben, sie hustete, strampelte, um sich zu befreien, stieß ein heiseres Krächzen aus. Dann gelang es ihr plötzlich, sich auf den Neffen zu werfen, die Eisenkugel auf dem Rücken verborgen, und in einer schnellen Bewegung schlug sie sie ihm auf den Kopf, so daß er zu Boden stürzte.

Scalzi taumelte in den Flur zum Schalter. Der Lichtkegel fiel auf Pazzis Füße, der reglos auf der Erde lag. Ein dunkles Rinnsal sickerte aus seinem Kopf und sammelte sich schnell zu einer kleinen Pfütze.

»Da!« Signora Curafari warf den Metallknauf auf den Boden und griff sich an die Kehle. Sie stieß immer noch trockene Schluchzer aus. »Da sehen Sie es! Sie sind mein Zeuge, Avvocato! Er wollte mich umbringen, ich konnte nicht anders. Jetzt spielt er mir nicht mehr den Allmächtigen!«

Scalzi kniete sich neben den Gestürzten und tastete mit zwei Fingern nach der Halsschlagader.

»Er lebt noch. Rufen Sie sofort einen Krankenwagen.«

Die Curafari nahm den Hörer von dem alten Telefon, das im Flur an der Wand hing.

Das Taxi setzte Scalzi vor seiner Kanzlei ab. Stille. Hell schallte der Gesang der Nachtigall aus dem Klosterhof von Santa Croce herüber. Dann schlug es fünfmal vom Glockenturm und wenig später, etwas dumpfer, vom Dom. Der Vogel verstummte.

Am Fuß der Treppe saß ein bärtiger junger Mann mit kunstvoll über den Knien zerrissenen Jeans und zog schläfrig an einer Zigarette.

»Wer sind Sie? Wohin wollen Sie?«

»Wer sind *Sie*? Das hier ist meine Kanzlei«, gab Scalzi zurück.

»Polizei. Würden Sie sich bitte ausweisen.« Der junge Mann trat auf die unterste Treppenstufe und versperrte ihm den Weg.

Scalzi zückte seinen Anwaltsausweis.

»Dann wären Sie also Avvocato Scalzi«, sagte der Junge, während er das Dokument begutachtete. »Ich hatte Sie mir anders vorgestellt, mehr ...«

»Mehr wie?«

»Na ja, irgendwie seriöser.«

Der Polizist deutete mit dem Kinn auf den Riß an seinem Jackenärmel. Scalzi steckte zwei Finger hinein, um den Schaden zu begutachten. Dabei bemerkte er auch, daß sein Handgelenk blutverschmiert war. Der junge Mann trat zur Seite.

»Bitte, gehen Sie nur. Oben werden Sie schon erwartet. Sie nehmen mir das doch nicht übel, oder?«

»Was?«

»Daß ich Sie mir seriöser vorgestellt habe ...«

Scalzi zuckte mit den Schultern und stieg zum Büro hinauf, dessen Tür er offen fand. Alle Türen standen sperrangelweit offen, in der ganzen Kanzlei. Gerade wurde das maghrebinische Zimmer, wie Olimpia jenen Raum nannte, der früher sein Privatreich gewesen war, von ein paar Beamten durchsucht. Sie hatten das Bett zerwühlt, die Bettwäsche auf den Boden geworfen, die Matratze aufgerollt. Ein Polizist untersuchte die Rückseite der abgehängten Bilder. Ein anderer blätterte die Bücher der Bibliothek durch und stellte sie dann wahllos irgendwohin zurück. In Lucantonios Arbeitsraum saß ein dritter Mann vor den Regalen mit den Prozeßakten und studierte die Namen auf den Deckeln. Scalzi blieb im Hintergrund stehen, um der Stimme von Dottoressa Cioncamani zu lauschen, die von seinem Büro aus telefonierte:

»Ich bitte Sie, Exzellenz«, sagte die Vertreterin der Staatsanwaltschaft gerade, »von Mißbrauch kann hier nicht die Rede sein. Es könnte immerhin sein, daß der Anwalt das Material, das ich suche, verlegt hat, und zwar nicht aus Unachtsamkeit, wie ich fürchte ... Wonach ich suche? Nach einer Spur, die auf eine geschäftliche Transaktion zwischen dem Anwalt und dem des Mordes Verdächtigen, Signor Adolfo Chelli, hinweist. Ein wertvolles altes Buch, sehr selten, ein Antiquariatsstück. Eine private Quelle hat uns davon berichtet. Deshalb muß ich die Akten alle einzeln durchgehen ... Wie viele das sind? ... Ja, also im Regal stehen mindestens dreihundert, aber ich kann die Untersuchung auf die jüngeren Datums eingrenzen: fünfzig, ungefähr ... Gewiß, ich weiß, eigentlich müßte der Anwalt anwesend sein, wenn wir seine Prozeßunterlagen durchsehen. Aber erstens ist er telefonisch nicht zu erreichen, weder über das Festnetz noch auf dem Handy. Und zweitens ist auch in seiner Wohnung niemand, er wohnt mit einer gewissen Olimpia Landolfi zusammen. Wir waren selbst da, die Wohnung ist leer ... Und außerdem, finde ich, da kann Scalzi noch so sehr Chellis Verteidiger sein, er hat kein Recht auf ein übertriebenes Maß an Rücksichtsnahme. Immerhin hat er sich der Begünstigung schuldig gemacht, da er einer Person, gegen die ermittelt wird, Unterschlupf gewährt, indem er sie in seiner Kanzlei übernachten läßt. Wir haben ihn sozusagen im Bett von Avvocato Scalzi gefunden, den mutmaßlichen Mörder, diesen Chelli, was nun wirklich über die Aufgaben eines Verteidigers hinausgeht, finden Sie nicht? ... Unsere geheime Quelle? Absolut zuverlässig! Eine stadtbekannte Persönlichkeit, Mitglied der Cosa Nostra. Der Anwalt hat sich der Unterschlagung schuldig gemacht ... Wenn nicht noch ganz anderer Dinge ... Unser Informant bezeugt, daß das an Scalzi verkaufte Buch dem Ermordeten gehört hat ... Ich kann also weitermachen? Danke. Mit aller Vorsicht, versteht sich, im Rahmen des Gesetzes, darauf können Sie sich verlassen, Herr Oberstaatsanwalt ...«

*»Qual violenza è questa!«** Scalzi konnte sich diesen Protest des Cavaradossi im zweiten Akt der *Tosca* nicht verkneifen, als er den Raum betrat.

Laut Libretto hätte Dottoressa Cioncamani daraufhin in ironischem Tonfall erwidern müssen: *»Cavalier, vi piaccia accomodarvi.«*** Statt dessen riß sie die Augen auf und furchte die Stirn noch stärker als sonst.

»Na endlich! Da sind Sie ja. Wieso hat man mich nicht über Ihr Kommen informiert?«

Die Chinesin hatte seinen Schreibtischstuhl in Beschlag genommen.

»Dottor Turiggi!« rief sie mit erregter Stimme. Der Leiter der Kriminalpolizei erschien mit seiner ewigen Toscano-Zigarre im Mundwinkel.

»Entschuldigen Sie, Dottore, aber so geht das nicht. Ein Verdächtiger kommt und geht, betritt eine Örtlichkeit, an der gerade streng vertrauliche Ermittlungen laufen, tut dies, als wäre es eine Bar. Und keiner sagt mir was, selbst dann nicht, wenn der Verdächtige bereits da ist.«

Sie wandte sich an Scalzi:

»Sie, Avvocato, sind wie ein Phönix: Jeder sagt, daß es Sie gibt, aber keiner weiß, wo. Jedoch nicht alles Unglück ist

* Welch ein Gewaltakt!

** Cavalier, ich freu' mich, Euch zu sehen.

von Übel. Bringt Signor Chelli herein. Ich möchte stante pede eine Gegenüberstellung vornehmen. Wären Sie einverstanden damit, Avvocato?«

Scalzi antwortete nicht. Er setzte sich auf seinen Nachtstuhl und zündete sich eine Zigarette an.

»Wer hat Ihnen gestattet, zu rauchen?« fragte Signora Cioncamani.

»Das gestatte ich mir selbst. Das hier ist meine Kanzlei, ich mache hier, was ich will. Wenn der Rauch Sie stört, können Sie ja gehen. Ich halte Sie nicht auf.«

Signor Chelli wurde von einem Beamten hereingeführt, zerzaust, mit kleinen, verwirrt blickenden Augen, wie einer, der jäh aus dem Schlaf gerissen wurde.

»Avvocato!« rief er, »da sind Sie endlich! Die kamen eine halbe Stunde, nachdem Sie weg waren, ich hatte mich gerade hingelegt. Vermutlich hatten sie mich schon verfolgt ... Ich habe kein Auge zugetan. Man wird mich anklagen, wissen Sie das? Die glauben, ich sei ...«

»Ruhe!« unterbrach ihn die Chinesin und stand auf. »Signor Chelli ist vorläufig festgenommen. Wenn Sie mit Ihrem Anwalt sprechen wollen, müssen Sie einen Antrag stellen, an mich, aber ich glaube nicht, daß ich eine solche Unterredung genehmigen werde. Gegen Signor Corrado Scalzi wird genauso ermittelt wie gegen Sie, zumindest wegen des Delikts der Begünstigung und Unterschlagung. Er hat einem vor der Verhaftung Flüchtigen Unterschlupf gewährt und ein aus einem Verbrechen stammendes wertvolles Objekt erworben. Darin sehe ich eine Unvereinbarkeit mit seinem Anwaltsstatus.«

Auch Scalzi hatte sich erhoben.

»Sie brauchen gar keine Unterredung mit mir, Chelli. Die brauchen Sie nicht, weil Sie in Kürze frei sein werden. Ich glaube, daß diese Dame und die Herren gezwungen sein werden, sich bei Ihnen zu entschuldigen. Das hier ist für Sie, Dottoressa ...«

Er beugte sich über den Tisch und legte vorsichtig die in ein Taschentuch gewickelte Metallschlinge darauf.

»Gehen Sie sorgsam damit um, wie ich, damit die Fingerabdrücke nicht verwischt werden, so unwahrscheinlich es auch ist, daß auf einem Objekt wie diesem noch digital erfaßbare Abdrücke zu finden sein werden. Es handelt sich um die Tatwaffe: die Schlinge, mit der Jacopo Brancas ermordet wurde.«

»Die Tatwaffe? Welche Tatwaffe?« Dottoressa Cioncamani sperrte erstaunt den Mund auf, fing sich aber sofort wieder. »Was soll das sein? Einer Ihrer üblichen Tricks, Avvocato Scalzi?«

»Ich empfehle Ihnen, liebe Dottoressa, den Wachposten im Careggi-Krankenhaus anzurufen, Notaufnahme. Und mit dem zuständigen Polizeibeamten zu sprechen. Als ich ihn verließ, nahm der Beamte – Carmelo Impastato heißt er und scheint halbwegs intelligent zu sein – gerade von Signor Benedetto Pazzi das Geständnis des Mordes an Brancas zu Protokoll.«

Die Chinesin lief rot an. Sie senkte ihren Blick auf die unter dem Tintenfaß kauernde nackte Frau, dann sah sie traurig Scalzi an, der seine Zigarette im Aschenbecher ausdrückte.

»Wessen Geständnis?«

»Es geht wirklich schneller, wenn Sie im Krankenhaus anrufen, es sei denn, Sie möchten den entsprechenden Bericht abwarten. Ich bin todmüde, ich möchte schlafen gehen. Außerdem würden Sie mir sowieso nicht glauben.«

Theatralisch reichte Scalzi der Vertreterin der Staatsanwaltschaft den Telefonhörer.

Signor Chelli sah Scalzi an wie ein kleiner Junge einen Seiltänzer nach seinem Drahtseilakt.

»Avvocato ... Ich verstehe gar nichts mehr. Bin ich jetzt

wirklich frei? Sagen Sie mir aber bitte eins: Meinen Freund Brancas, wer hat ihn umgebracht?«

»Der schwarze Reiter«, erwiderte Scalzi. »Alles weitere später, wenn es Ihnen nichts ausmacht. Ich bin wirklich sehr müde. Ich hatte eine anstrengende Nacht.«

22
Klösterliches Geheimnis

Im »Homo Sapiens« spendete der Ventilator sporadisch, je nach Drehung, ein wenig Erfrischung in Höhe der Waden. Palazzari wischte sich den Schweiß von der Stirn:

»Seht ihr«, sagte er, »letztlich ist alles ganz einfach. Schwierig ist immer nur, das Prinzip zu finden.«

Die Herrenrunde vom Borgo Santa Croce war vollzählig. Scalzi war da, Giuliano, Signor Palazzari und selbst Pasquini, der auf seinem Chinesenstuhl kauerte, wenngleich in etwas demütigerer Haltung als sonst. Und auch Olimpia hatte sich, inzwischen nach Florenz zurückgekehrt, zu ihnen gesellt.

»Ohne dir dein Verdienst absprechen zu wollen«, wandte Pasquini mit zaghafter Stimme ein, »aber einen gewissen Teil habe ich ja auch dazu beigetragen.«

»Einen kleinen Teil«, gab Palazzari zu, »und erst, nachdem ich das Rätsel bereits allein gelöst hatte.«

»Jetzt fangt bloß nicht wieder an zu streiten«, warnte Scalzi die beiden. »Erzählen Sie weiter, Palazzari.«

Palazzari entfaltete auf seinem Schoß behutsam die letzten zwei Seiten aus Pepos Buch. Er erinnerte seine Zuhörer daran, daß der arme Brancas das lateinische Zitat des Uguccione auf einen Schnipsel seiner Zeitungsseiten übertragen hatte.

»Aber keinem fiel auf, auch mir nicht, daß Ticchie auf einem anderen Schnipsel desselben Bündels ein paar Nummern notiert hatte. Ich wurde nicht mißtrauisch, da ich sie für beliebige Zahlen hielt, eine Telefonnummer zum Beispiel, den Hinweis auf ein Dokument, es kann hundert Gründe dafür geben, sich irgendwo eine Zahlenfolge aufzuschreiben. Doch als Scalzi mir die Buchseiten gab, die ich noch nicht kannte, und die Vermutung äußerte, daß sich in ihnen eine geheime Botschaft verberge ... Fast zufällig – ich könnte nicht mehr sagen, ob es Zufall oder Intuition war, manchmal lassen sich die verschiedenen Etappen einer Entdeckung kaum mehr nachvollziehen –, fast zufällig bemerkte ich da, daß die Nummernfolge von Brancas' Schmierzettel mit der der letzten Buchseite übereinstimmt, die links oben gedruckt steht, in arabischen Ziffern. Dann erst ist mir aufgefallen, daß diese Gesamtzahl der Seiten fehlerhaft ist.«

»Fehlerhaft? Wie das?« fragte Scalzi.

»Weil sie nicht mit der realen Zahl der Buchseiten übereinstimmt, obwohl es sich um die letzte Seite des Buches handelt. Am unteren Rand aber erkennt man – doch muß man dazu eine Lupe nehmen, so millimeterklein sind die Buchstaben, spontan wirken sie wie Unebenheiten im Papier ...«

»Oder wie Fliegenschiß«, ergänzte Pasquini.

Palazzari warf ihm einen zornigen Blick zu.

»Es ist aber kein Fliegenschiß, es sind gleichfalls Ziffern, nur dieses Mal römische. Also: Pepos Buch zählt insgesamt 127 Seiten. Dennoch besteht die Zahl auf der letzten Seite aus fünf Ziffern: 12752. Vielleicht handelt es sich um einen Irrtum, vielleicht waren diese zwei überschüssigen Ziffern dem Setzer einfach aus seiner Zange gefallen. Daß nur eine Zahl zuviel herunterfällt, ist allerdings wahrscheinlicher, zumal die Drucker jener Zeit sehr sorgfältig arbeiteten. Zwei Zahlen zuviel schienen mir also doch verdächtig. An diesem Punkt hatte ich den Einfall, die arabischen Ziffern mit dem Satz des Uguccione zu kombinieren. Und das kam dabei heraus: 1 und 2 entsprechen dem S und dem O des ersten Wortes. 7 korrespondiert mit dem T des zweiten Wortes. Die 5 mit dem T des dritten und die 2 mit dem O des vierten Wortes. Zusammengesetzt lautet das erste Wort der Scharade dann *sotto*, unter.«

»Unter was?« fragte Giuliano.

»Stellt euch die Mühen des Autors vor, es so einzurichten, daß die letzte Seite tatsächlich die 127 wäre und ein Irrtum des Druckers somit glaubhaft würde. Aber dann wird das Rätsel noch komplizierter. Nun kommen die römischen Ziffern ins Spiel, die untereinander am Rand der Seite auftauchen, wie ein Hinweis auf ein mysteriöses Datum. Zu jener Zeit benutzte man zur Angabe von Daten römische Ziffern, vor allem bei Gedrucktem. Jedoch auf den Deckblättern der Bücher, nicht auf der letzten Seite. Und was sollte das für ein Datum sein, mit eindeutig 7 Ziffern, wenn man bei der ersten hier oben anfängt und sie aneinanderreiht – seht ihr? –, hier auf dem Rand der Seite. Ein Datum war also ausgeschlossen. So was mag in einem Science-fiction-Roman vorkommen, aber nicht in dem Buch eines Rechtsgelehrten, der Anfang des siebzehnten Jahrhunderts schreibt. So habe ich mit den römischen Ziffern dasselbe gemacht wie mit den arabischen. Die römischen Ziffern, jeweils durch Trennstiche voneinander abgesetzt, sind unter dem Vergrößerungsglas die folgenden: I-II-XI-II, dann XIII-III-IV. Das sind in arabischen Ziffern die 1, 2, 11, 2 sowie die 13, die 3 und die 4. Jeder Zahl werden die Buchstaben der darauffolgenden fünf Hauptwörter in Uguccione Satz zugeordnet. Dann kommt heraus: *tela est.* Zusammen lautet das Kryptogramm also: *sotto tela est,* das Fresko befindet sich unter der Leinwand.«

»Und hier komme ich ins Spiel.« Pasquini zappelte unruhig mit den Beinen.

»Vielleicht helft ihr mir mal auf die Sprünge. Ich begreife noch nicht ganz den Sinn eurer neuen Eintracht«, sagte Scalzi. »Heute morgen seid ihr ein Herz und eine Seele. Bisher dachte ich immer, ihr könntet einander nicht ausstehen.«

Die Erklärung lieferte ihm demütig und mit seinem gewinnendsten Lächeln Pasquini. Nach der Episode mit seinen angekokelten Füßen habe er es schwer bereut, sich mit dem üblen Gesindel eingelassen zu haben. So sei er zu Palazzari gegangen in der erklärten Absicht, Frieden zu schließen, und mit der Bitte, dem Avvocato seine Entschuldigung zu überbringen, dem er zugute hielt, ihn aus der mißlichen Lage befreit zu haben. Palazzari aber war gerade mit der Entschlüsselung von Pepos Seiten beschäftigt. Und ein Wort gab das andere ...

»Ihr wißt ja, wie unser Signor Pasquini gestrickt ist, nicht wahr?« warf Palazzari ein. »Einschmeichelnd, aufdringlich, unwiderstehlich, sagen Sie mir doch bitte nur dieses eine noch, und so weiter. Auf diese Weise hat er es am Ende geschafft, mir mein Geheimnis zu entreißen.«

»Zum Glück, nicht wahr?« unterbrach ihn Pasquini. »So konnten wir uns beide gemeinsam noch einmal sehr eingehend damit befassen und fanden schließlich die Bestätigung unserer Hypothesen. Ich bin mit einem Pater des Karmeliterklosters befreundet. Ich kenne ihn noch aus der Zeit, als ich ... Ich meine, ich kenne ihn recht gut. Ich gehe ihn also besuchen, und er läßt mich einen Blick auf das Fresko mit der Allegorie der triumphierenden Kirche werfen, das Pepo beschreibt. Es ist ja noch da, über dem Eingang zum Refektorium. Also, um es kurz zu machen: Mein Freund, der Frater, hat mich ins Vertrauen gezogen ... Sie haben ja auch ihre Geheimnisse ... die sie von Generation zu Generation weitergeben. Er hat natürlich nur in Andeutungen gesprochen, rein hypothetisch ... Immerhin habe ich dem entnommen, daß die Fratres seit eh und je über alles Bescheid wissen. Die Existenz von Masaccios *Sagra* ist für die Klosterbrüder ein offenes Geheimnis. Sie wissen genau, daß das Nachfolgegemälde kein echtes Fresko ist, nur eine bemalte Leinwand, die auf die Wand geklebt wurde. Als der neue Prior, ebenjener Inquisitor, der auf Bartolomeo Frescobaldi folgte, anordnete, die *Sagra* mit Kalk zu löschen ...«

»Laß mich weiterzählen«, unterbrach ihn Palazzari, »... haben die Klosterbrüder, die dem Masaccio treu geblieben und Freunde des Geheimbundes der ›Fedeli d'Amore‹ waren, zu denen ja auch der Maler gehörte ...«

»In dem Punkt bin ich anderer Meinung«, warf Pasquini heftig ein. »Mein Bekannter jedenfalls hat nichts von dieser Sekte erwähnt, ich glaube, sie ist wohl eher die Frucht eines verworrenen Schöngeists ...«

»Das wissen wir schon, daß du anders darüber denkst. Gleichwohl ...«

»Keinen Streit, wenn ich bitten darf«, meinte Scalzi beschwichtigend. »Bewahrt eure neu gewonnene Harmonie. Fahren Sie fort, Palazzari.«

»Also: Die der *Sagra* treu gebliebenen Fratres ließen hinter dem Rücken ihres Oberen das Gemälde nicht mit Kalk bedecken, sondern mit einer Leinwand, die sie über dem Originalfresko anbrachten. Mit der Meisterschaft der Handwerker jener Zeit, die dem Stoff das Aussehen einer Mauer zu geben vermochten. Und auf diese Leinwand trug der Maler der Allegorie seine Farben auf, so daß das darunterliegende Werk des Masaccio unbeschadet blieb. All das wissen die Mönche sehr genau. Aber sie reden mit niemandem darüber. Es ist ein Geheimnis und soll es auch bleiben.«

»Warum soll es ein Geheimnis bleiben?« meinte Scalzi. »Auf diese Weise setzen die Mönche das Werk doch der Gefahr ähnlicher Überfälle aus, wie ihn unsere Mafiosi planten ...«

Palazzari und Pasquini sahen einander wortlos an. Sie schienen verlegen. Dann erging Palazzari sich in einer etwas nebulösen Rede, bei der er sich mehrere Mal verhaspelte und immer wieder neu ansetzen mußte.

Vor allem müsse man Pepos Willen respektieren. Der Rechtsberater habe zwar den Schlüssel geliefert, der zu dem Fresko führe, aber nicht für Krethi und Plethi ... Man müsse sich schon sehr gut mit solchen Dingen auskennen, um das Geheimnis zu lüften ... Man müsse guten Willens sein ... Aber guten Willens in welchem Sinne? Im Sinne der wahren Liebe zur Kunst! Die *Sagra* sei ein Meisterwerk, wenn man dem Urteil jener Zeitgenossen glauben wolle, die es gesehen hatten. Sogar Michelangelo, der Masaccio als Maler schätzte, obwohl er sich über die Künstler vor seiner Zeit meist sehr kritisch äußerte – so hielt der große Buonarroti zum Beispiel gar nichts von Donatello –, Michelangelo also habe die *Sagra* in einer Zeichnung zum Teil kopiert ... Aber in unseren barbarischen Zeiten gebe es nur wenige Menschen, die die Kunst wirklich liebten, selbst unter jenen, die sich ihr beruflich verschrieben haben ... Und wenn es irgendwo versteckt unter der Erde, von einem Wandputz oder von anderen, wertlosen Werken überdeckt, den Blicken entzogen, unbekannt, unzugänglich, Meisterwerke der Vergangenheit gebe, so sei das nicht wirklich von Übel, meinte Palazzari. Es sei besser, wenn diese Werke versteckt blieben, ohne daß je wieder Menschen einen Blick darauf werfen oder Hand daran legen könnten.

Sie kehrten in die Kanzlei zurück. Vor dem Haustor hielt Olimpia, die den ganzen Weg über, in Gedanken vertieft, geschwiegen hatte, Scalzi am Arm fest:

»Ich verstehe das alles nicht. Die sind doch verrückt, die beiden. Oder sie führen etwas im Schilde. Ich glaube ja, die haben sich abgesprochen, um dich von dem Ruhm der Entdeckung auszuschließen. Aber warum willst du selbst nun auch das Geheimnis wahren?«

»Weil sie recht haben und es im besten Glauben tun«, antwortete Scalzi. »Manche Menschen, zu wenige leider – die Karmeliterbrüder von Santa Maria del Carmine gehören glücklicherweise zu ihnen –, finden, daß einige Meisterwerke besser unbekannt bleiben sollten, verschont vom Tourismus, von Restaurierungen und kommerziellen

Spekulationen. Meisterwerke werden doch heute in der Regel vermarktet wie irgendeine beliebige Ware. Palazzari hat schon recht: Wir leben in barbarischen Zeiten. Denk nur an die *Mona Lisa*, die Leonardo immer mit sich herumtrug, als sei sie ein Teil seines Körpers, ein Spiegel seiner Seele, in dem sich sein außergewöhnliches Leben mit allen seinen Veränderungen abbilden sollte. Heute ist sie eingesperrt, in einem kugelsicheren Schaukasten im Louvre gefangen wie eine Kriminelle, arme Gioconda. Oder denk an Rembrandts *Nachtwache*, auch sie ist hinter einer zentimeterdicken Glaswand eingesperrt. Um sie vor Beschädigungen durch irgendeinen Geisteskranken zu bewahren, wie es ja schon vorgekommen ist: Die Absicht ist lobenswert. Doch heißt das nicht die Notabeln und die Wachen herabwürdigen, die da die Stadt beschützen wollen, da sie nun selbst Schutz benötigen? Erinnere dich an jene berühmte antike Vase im Archäologischen Museum. Seinerzeit hatte ein Angestellter die Aufgabe, sie, auf einem Hocker sitzend, ständig im Auge zu behalten. Eines schönen Tages hielt der Wärter diese idiotische Arbeit nicht mehr aus. Er nahm den Hocker, warf ihn auf die Vase und zerschmetterte sie in hundert Stücke. Sie wurde natürlich wieder zusammengeklebt, und die Szenen des Trojanischen Krieges sind noch zu erkennen, aber es ist nicht mehr dasselbe. Wäre sie da nicht besser unter der Erde geblieben? Ich bin überzeugt, Kunstwerke haben wie Menschen ein Recht auf Unantastbarkeit. Von juristischer Warte aus sind sie Rechtssubjekte. Es brauchte eine Charta ihrer unantastbaren Rechte, wie vom Aussterben bedrohte Tierarten oder Kinder sie haben. Auch sie sollten das Recht haben, in Frieden zu ruhen, wenn das ihr Schicksal ist. Die *Sagra* ist vermutlich Masaccios Meisterwerk, und ich fühle mich ruhiger, wenn ich weiß, daß sie hinter einer Leinwand geborgen ist.«

»Jetzt bist du anscheinend auch verrückt geworden«, meinte Olimpia. »Wenn man sie nicht anschauen kann, die

Meisterwerke, wozu sind sie dann gut, kannst du mir das mal sagen?«

»Das ist genau der Punkt: Sie sind zu nichts gut. Sie brauchen zu nichts gut zu sein. Vielleicht werden sie eines Tages, wenn unsere unvollkommene Gesellschaft sich selbst zerstört hat, vor den Blicken einer neuen Zivilisation auferstehen. Vielleicht einer außerirdischen, was meinst du? Die kleinen grünen Männchen werden ihre kugelrunden Augen aufreißen und sich wundern: ›Wer hätte das gedacht, daß diese blutrünstigen Kannibalen zu so etwas fähig waren?‹«

Olimpia sah ein, daß Scalzi an diesem Tag einfach schlechter Laune war, wie immer, wenn er von den Außerirdischen anfing. Und so hielt sie lieber den Mund.

Florenz, Juni 2003

Inhalt

Erster Teil

Zweiter Teil

STREIFZÜGE MIT BÜCHERN UND AUTOREN
aufbau
Neue Promenade
20 FRÜHJAHR / SOMMER 2005
Matthew SHARPE
Ist diese Familie noch zu retten?
Goliarda SAPIENZA
Eine rebellische Anleitung zum Glücklichsein
Wladimir GELFAND
Das erste Tagebuch eines Rotarmisten auf dem deutschen Buchmarkt
FRED VARGAS
Die Serientäterin legt ihren neuen Roman vor

Nino Filastò:
»... molto italiano« WDR

Der Irrtum des Dottore Gambassi
Ein Avvocato Scalzi Roman
Unter den lieblichen Hügeln der Toskana entdeckt der ägyptische Etruskologe Fami ein sakrales Gewölbe, das Unbekannte für gar nicht heilige Zwecke nutzen. Doch bevor er den vermuteten Schatz heben kann, wird sein Fund ihm zum Verhängnis.
»Ein atemberaubender, erstklassig geschriebener Mafiaroman.« BUCHMARKT
Aus dem Italienischen von Julia Schade. 414 Seiten. AtV 1601

Alptraum mit Signora
Ein Avvocato Scalzi Roman
Florenz – lichte Stadt der Kunst und Stadt düsterer Geheimnisse. Zwei brutale Morde sind an Menschen geschehen, die einem Maler Modell gesessen haben, einem Fälscher, der malt wie die großen Künstler des Quattrocento.
»Ein scharfsinnig komponierter Krimi, in dem alles lebensecht italienisch wirkt – die raffiniert gefälschten Bilder inbegriffen.« BRIGITTE
Aus dem Italienischen von Bianca Röhle. 380 Seiten. AtV 1600

Die Nacht der schwarzen Rosen
Ein Avvocato Scalzi Roman
Im Hafenbecken von Livorno, der Geburtsstadt Modiglianis, wird die Leiche eines Kunstkritikers geborgen. Auf welch tödliches Geheimnis mag er bei seiner Recherche über die Echtheit einiger Skulpturen des Künstlers gestoßen sein? »Italien-Bilder voll authentischer ›Italianità‹: Filastò beschert uns einen überdurchschnittlichen Kriminalroman.« F.A.Z.
Aus dem Italienischen von Barbara Neeb. 352 Seiten. AtV 1602

Forza Maggiore
Ein Avvocato Scalzi Roman
Der Wirt einer heruntergekommenen Trattoria wird ermordet aufgefunden. Die Schuldigen sind schnell ausgemacht: Witwe und Tochter des Opfers. Doch Scalzi ist von der Unschuld der beiden Frauen überzeugt. Ihr angeblicher »Mord aus Leidenschaft« dient nur dazu, kriminelle Machenschaften weit größeren Ausmaßes zu vertuschen.
»Ein hervorragender Krimi, der nicht nur auf Spannung, sondern auch auf der psychologischen Wetterlage der urigen Hauptfiguren aufgebaut ist.« EX LIBRIS
Aus dem Italienischen von Esther Hansen. 352 Seiten. AtV 1604

Mehr Informationen über die Bücher von Nino Filastò erhalten Sie unter www.aufbau-verlag.de oder bei Ihrem Buchhändler

AtV

Fred Vargas: »Es ist unmöglich von Vargas nicht gefesselt zu sein« Die Zeit

Die schöne Diva von Saint-Jacques
Im Garten der Sängerin Sophia im Pariser Faubourg St. Jacques steht eines Morgens ein Baum, der am Tage zuvor noch nicht da stand. Niemand hat ihn gepflanzt. Zwei Tage später ist Sophia spurlos verschwunden. Ihr Nachbar Marc, ein junger Historiker, beginnt den Boden unter der kleinen Buche aufzugraben und stößt auf einen uralten Haß, der beinahe auch ihn das Leben kosten wird.
»Eine vielversprechende neue Stimme des europäischen Kriminalromans.« Der Tagesspiegel
Kriminalroman. Aus dem Französischen von Tobias Scheffel. 288 Seiten. AtV 1510

Der untröstliche Witwer von Montparnasse
Mathias, Marc und Lucien, die drei »Evangelisten« aus der »Schönen Diva von Saint-Jacques«, haben einige Monate später ihren nächsten Fall am Hals. Ihr Freund Louis Kehlweiler, Ex-Inspektor des Pariser Innenministeriums, versteckt einen mutmaßlichen Frauenmörder in ihrem Haus, von dessen Schuld er nicht überzeugt ist. Doch schon am nächsten Morgen steht das Phantombild des Mörders in allen Zeitungen.
»Es ist unmöglich, von Vargas nicht gefesselt zu sein.« Die Zeit
Kriminalroman. Aus dem Französischen von Tobias Scheffel. 278 Seiten. AtV 1511

Es geht noch ein Zug von der Gare du Nord
Auf Pariser Bürgersteigen erscheinen über Nacht mysteriöse blaue Kreidekreise, darin liegt stets ein verlorener oder weggeworfener Gegenstand. Keiner hat den Zeichner je gesehen, die Presse amüsiert sich, niemand nimmt die Sache ernst. Aber eines Nachts geschieht, was Kommissar Adamsberg als einziger befürchtet hat: es liegt ein toter Mensch im Kreis.
»Wer Donna Leon liebt, wird Fred Vargas vergöttern.« P.S., Zürich
Kriminalroman. Aus dem Franz. von Tobias Scheffel. 212 Seiten. AtV 1512

Bei Einbruch der Nacht
Ein Wolfsmensch, so sagen die Leute, zieht nach Einbruch der Dunkelheit mordend durch die Dörfer der provenzalischen Alpen. Der halbwüchsige Sohn eines Opfers und ein wortkarger Schäfer nehmen die aussichtslose Verfolgung auf. Ein urkomisches Roadmovie und eine zarte Liebesgeschichte um die schöne Camille und Kommissar Adamsberg aus Paris.
»Prädikat: hin und weg.« WDR
Kriminalroman. Aus dem Franz. von Tobias Scheffel. 336 Seiten. AtV 1513

Mehr Informationen über Fred Vargas erhalten Sie unter www.aufbau-verlag.de oder bei Ihrem Buchhändler

AtV

»Eine der vielversprechendsten russischen Krimiautorinnen« BUCHREPORT

Viktoria Platowa bei AtV

Die Frau mit dem Engelsgesicht
Nach dem Studium an der Filmhochschule wollten sie die Welt umkrempeln: der begabte Iwan, der angehenden Regisseur Nimotsi und ihre Freundin »Maus«. Doch dann ist nur noch »Maus« am Leben. Als rothaariger Racheengel sucht sie Vergeltung für den Tod ihrer Freunde. Schonungslos, rasant und lebensklug: Viktoria Platowa schildert Rußland von unten mit gnadenlosem Blick, bitterem Humor und gesundem Zynismus.
Kriminalroman. Aus dem Russischen von Olga Kouvchinnikova und Ingolf Hoppmann. 404 Seiten. AtV 1875

Ein Püppchen für das Ungeheuer
Wer bin ich? Von wem erwartete ich ein Kind? Habe ich tatsächlich jemanden ermordet? Eine junge Frau liegt im Krankenhaus auf der Intensivstation. Sie hatte einen Autounfall und leidet unter totalem Gedächtnisverlust. Fast jeden Tag wird sie von einem Miliz-Hauptmann verhört. Sie flieht, aber wohin im großen Moskau ohne Geld, ohne Papiere, ohne Gedächtnis?
Kriminalroman. Aus dem Russischen von Ganna-Maria Braungardt. 311 Seiten. AtV 1915

Die Diva vom Gorki-Park
Rein zufällig findet Eva einen neuen Job als Casting-Assistentin bei einem genialen Regisseur. Als man die Hauptdarstellerin seines neuen Films ermordet in ihrer Garderobe findet, will er das Verbrechen vertuschen. Viktoria Platowa, eine der großen russischen Krimiautorinnen der Gegenwart, erzählt die Abenteuer ihrer Heldin Eva, die zum Zuschauerliebling im russischen Fernsehen avanciert ist.
Kriminalroman. Aus dem Russischen von Olga Kouvchinnikova und Ingolf Hoppmann. 355 Seiten. AtV 1965

Die letzte Zeugin
Der Superkick für ganz reiche Neue Russen: Extremtourismus in der Barentssee, inklusive Robbenjagd. Gemeinsam mit einem Kameramann soll Eva zu Werbezwecken dieses tolle Reiseangebot dokumentieren. Doch was als Abenteuer beginnt, wird lebensgefährlich.
»Rasant wie ein Filmplot.«
THALIA LITERATOUREN
Kriminalroman. Aus dem Russischen von Ganna-Maria Braungardt. 374 Seiten. AtV 2015

Mehr Informationen über Viktoria Platowa erhalten Sie unter www.aufbau-verlag.de oder bei Ihrem Buchhändler

AtV